Kathrin Schumann

Ich bin Grund genug

Ein Roman über Veränderung,
Motivation, Hamburg und Liebe pur

AF131060

Bibliografische Informationen der Deutschen Nationalbibliothek:
Die Deutsche Nationalbibliothek verzeichnet diese Publikation
in der Deutschen Nationalbibliografie; detaillierte bibliografische
Daten sind im Internet unter http://dnb.d.de abrufbar.

Lektorat: Ellen Rennen
Umschlagsgestaltung: Constanze Kramer
www.coverboutique.de
Bildnachweis: ©niemannfrank – stock.adobe.com
Satz: TypeStudio Evertz GmbH, Neu-Isenburg

Herstellung und Verlag: BoD – Books on Demand, Norderstedt

ISBN: 978-3-732-24617-5

Printed in Germany
September 2019

Widmung

Für meine Mutter

Danke für deine Liebe,
deine Zeit, mir zuzuhören, und deine motivierenden Worte,
stets das zu tun, was mich glücklich macht.

Du hast mir so vieles mit auf meinen Weg gegeben,
für das ich dankbar bin.

In Liebe,
Deine Kathrin

… mein Herz schlägt aufgeregt.
Es kennt bereits die Antwort.
Während ich noch zögere, rede ich mir gut zu:
„Das Leben sorgt für dich. Sei mutig,
gestalte aus dir heraus und spüre dabei den Puls des Seins."

Veränderungen

Neele schaut mich mit wild funkelnden Augen an und rennt an mir vorbei. In der Haustür dreht sie sich um und schreit aus voller Kehle: „Tu doch einfach mal das, was du den Menschen in deinen Lesungen und Vorträgen immer erzählst!"

Ihre Stimme überschlägt sich fast. Dann wirft sie die Tür hinter sich zu und ich höre sie noch im Treppenhaus poltern.
Ihre Worte hallen im Raum nach und erreichen in Wellen langsam mein Herz. Ich reflektiere für mich, was gerade bei mir passiert. Jetzt wird mir einiges klar und das aus einer banalen Situation heraus.

Wie oft in den letzten Jahren habe ich Neele immer wieder gesagt: „Räum dein Zimmer auf. Sei dankbar für das, was du hast. Was du nicht wertschätzt, verlierst du irgendwann."

Und ich erkenne in dem Moment der zugeworfenen Tür und der Stille, dass ich selbst nicht wertschätzend mit mir bin und dass es an der Zeit ist, eine Entscheidung zu treffen. Bevor ich mich selbst verliere.

Was erzähle ich den Menschen in meinen Lesungen und Vorträgen immer wieder? Dass sie Ausreden finden, gewisse Dinge, die sie eigentlich von Herzen wollen, nicht zu tun. „Ich kann mein Leben nicht verändern, weil …
… mein Job in der Nähe ist."
… meine Familie hier ist."
… meine Eltern noch leben."
… ich ein Haus habe."
… es so bequemer ist."

Die Liste geht endlos so weiter. Die Menschen sind Meister im Ausredenfinden, nur um nicht aus der eigenen Komfortzone herauszugehen und ihrem Herzen folgen zu müssen.

Und ich? Ich bin auch nicht besser.

Mein eigener Satz lautet: „Ich kann nicht in mein heiß geliebtes Hamburg umziehen, weil meine Kinder ihre Schule noch nicht beendet haben."
Da ist er. Ich habe ihn endlich ausgesprochen. Den Satz.
Meine Ausrede.
Und die Wahrheit ist soeben in meinem Herzen angekommen. Es wird ganz warm und weich in mir und lädt mich in dem Moment so emotional auf, dass mir Tränen heiß die Wangen runterlaufen. Ausgelöst durch mein fünfzehnjähriges Kind. Kinder geben oft alles, damit wir Erwachsenen endlich kapieren.

Eigentlich will ich sauer sein auf Neele, weil sie mir gegenüber so einen Ton anschlägt. Ich bin immerhin ihre Mutter, da ist schon Respekt angesagt. Doch ich erkenne im Hier und Jetzt, dass es genau das ist, was ich brauche – ein erneutes Schlüsselerlebnis. Das ist der Schlüssel für mein Tor zur Welt. Hamburg. Es sollte genau an diesem Tag zu diesem Zeitpunkt passieren. Und es hat Klick gemacht.
Ich habe es verstanden.

Unsere Lebensreise ist kurz wie ein Wimpernschlag. Auf was warten wir also? Unsere Wünsche und Träume warten jeden Tag darauf, sich zu erfüllen. Sei es das Café am Strand oder der eigene Buchladen, eine Yogabegegnungsstätte in den Bergen oder die Ausbildung zur Heilpraktikerin. Mit kleinen Kindern arbeiten, da sie wunderbar sind. In Hamburg leben oder noch mal studieren. Was auch immer – alles ist möglich!

Wir sollten unseren Wünschen und Träumen auch die Möglichkeit geben, sich zu erfüllen.

Worauf warte ich eigentlich noch, meinen Traum endlich wahr zu machen und dort zu leben, wo ich schon so lange leben möchte?
In Hamburg.

…

Erst vor sechs Wochen war ich drei Tage dort im neuen Hotel The Fontenay zu einer Veranstaltung und wollte gar nicht mehr zurück. Ich habe allen Teilnehmern gesagt: „Hier lebe ich bald, in meinem Hamburg. Jogge um die Alster. Genieße die Elbe und die wunderbaren Menschen, die dort leben." Gelacht haben alle. Doch ich brenne für diese Stadt.
Die Menschen, das Wasser, diese Atmosphäre.
Es ist einfach zu schön!
Mein erstes Schlüsselerlebnis dazu hatte ich vor drei Jahren. Ich bin eines Tages in Hamburg gelandet, durch das Gate am Hamburger Flughafen gelaufen und mein ganzer Körper wurde von oben bis unten warm durchflutet. Es war so präsent und stark, dass ich angehalten habe. Ich hatte das Gefühl, als ob ich nach Hause komme. Von da an wusste ich, wo ich hingehöre.

Seitdem habe ich so gehandelt, dass meine Möglichkeiten dafür mehr wurden.

Als ich nach der besagten Tagung im März 2018 zurückfuhr, musste ich dringend auf die Toilette und stellte an der Raststätte plötzlich fest, dass ich mein Portemonnaie im Hotelsafe hatte liegen lassen. Tja, und der Tank? Kathrin, das ist mal wieder ganz großes Kino. Mir wurde klar, dass nicht nur meine Blase platzte, sondern ich ein richtiges Problem hatte.

Zu wenig im Tank, um zurückzufahren, und zu wenig, um nach Frankfurt zu kommen. Und nun? Zum Glück war der Tankwart mein Retter in der Not. Paypal und Passwort auf dem Laptop machten es möglich.

Auf der Fahrt mit leerer Blase und vollem Tank nach Frankfurt überlegte ich, warum das passiert war und welcher Sinn mal wieder dahintersteckte? Auf der Höhe Kasseler Berge war ich über den Berg mit meinen Überlegungen und hatte die Eingebung: Kathrin, ist doch klar!

Meine Identität und mein ganzes Geld liegen in Hamburg. Da ist sie, die Antwort meines Herzens. Gespiegelt im Hier und Jetzt. Danke schön! Schönste Stadt der Welt, ich komme! Bald.

Ich wollte nie im Rhein-Main-Gebiet leben, doch nun sind es achtzehn Jahre geworden. Ich habe es auch für meine Kinder gemacht, damit sie in der Nähe von ihrem Papa bleiben. Wir sind geschieden. Seit sechs Jahren. So egoistisch bin ich nun auch nicht. Also habe ich zuerst an die Kinder gedacht. Und ich habe es mit der Erziehung und dem Umgang mit den Mädchen so gut gemacht, wie ich konnte.

Doch eigentlich war für mich der Plan, im Sommer 2018 umzuziehen, wenn meine Große ihr Abitur in der Tasche hat und ins Ausland geht. Die Wohnung wird dann viel zu groß und zu teuer für meine Kleine und mich. Doch dann kam unser Urlaub in den USA und Annika hat für ihre Schwester gekämpft, mir ein Versprechen abgerungen, dass ich bis 2019 noch im Taunus bleibe, bis auch Neele ihren Schulabschluss dort gemacht hat.

...

Ich stehe immer noch im Flur und denke über Neeles Vorwurf nach.

Ein Jahr muss ich noch durchhalten, bis sie ihren Abschluss hat. Ein langes Jahr. 365 Tage, 8760 Stunden noch mal durchhalten. Will ich das? Nein!

Genau in dem Moment bin ich ganz klar in mir und renne an das Fenster, da Neeles Papa sie abholen kommt. Er steht bereits am Auto und Neele diskutiert wild mit ihm.

„Kannst du bitte noch mal hochkommen? Ich muss mit dir reden", bitte ich ihn. Er kommt.

Ich habe mich mit Kristian immer gut verstanden. Wir pflegen eine intensive Kommunikation bezüglich der Mädchen und sprechen offen miteinander, was die Kinder betrifft. Ich bin in den letzten Jahren daran geWACHSEN.

Als wir allein in meiner Küche stehen, kommt der Satz klar und deutlich: „Kristian, ich werde dieses Jahr bereits nach Hamburg ziehen."

Er schaut mich unsicher an. „Wann?"

„Wenn Annika ihr Abitur hat und ins Ausland geht. Die Wohnung ist für Neele und mich zu groß und auch zu teuer. Das steht in keinem Verhältnis mehr. Und extra für das eine Jahr in eine kleinere und günstigere Wohnung umzuziehen, macht auch keinen Sinn."

„Das verstehe ich. Und der Schulabschluss von Neele? Es ist doch nur noch ein Jahr."

Nur noch ein Jahr. Er hat keine Ahnung, wie es in mir aussieht. Wie sehr ich mich danach sehne, endlich mein Ding zu machen.

„Sie kann ihren Abschluss auch in Hamburg machen. Da gibt es auch Schulen und ich möchte nicht mehr warten. Du weißt, wie lange ich schon in diese Stadt will."

„Ja, ich weiß." Seine braunen Augen schauen traurig. „Kannst du das eine Jahr nicht doch noch durchhalten? Für Neele."

„Nein. Ich habe schon so lange durchgehalten, Kristian. Die Zeit ist abgelaufen."

Ich spüre innerlich eine solche Stärke, als ob alles in mir wie ein Uhrwerk zusammenläuft. Und zwar so, wie mein Herz tickt.

„Wissen die Kinder schon von deiner Entscheidung?"

„Nein, wissen sie nicht. Ich wollte erst mit dir als Papa sprechen."

„Wir lassen es auch erst mal so und telefonieren wieder."

Er verabschiedet sich und schließt die Tür leise hinter sich. Stille. So einfach ist das? Ich kann es gar nicht glauben, was ich gerade gemacht habe. Ich war ehrlich zu mir. Zu meinem Herzen und meiner Seele. Es fühlt sich großartig an!

Meine Gedanken drehen sich wie ein Karussell. Ich weiß gar nicht, wo ich zuerst einsteigen soll zum Denken.

Die nächsten Wochen verfliegen. Ich mache mir einen Plan. Eine Wohnung in der Traumstadt muss her. Und bitte mitten in der City. Wald und Wiese hatte ich jahrelang genug. Jetzt geht es mittenrein, Kathrin. Jaaaa! Ich werde mit meinem Chef sprechen. Und mit den Kindern. Die Große wird es nicht so stark treffen, da sie sowieso geht, aber die Kleine. Das wird schon schwieriger. Gehe mutig voran, Kathrin. Verfolge deine Träume und handle so, dass deine Möglichkeiten dafür mehr werden. Es wird sich schon alles fügen. Mach dein Ding und vertraue.

In den nächsten Wochen telefoniere ich öfter mit Kristian und wir einigen uns darauf, dass wir Neele die Wahl lassen, wo sie wohnen möchte. In ihrem gewohnten Umfeld oder mit Mama in Hamburg. Wir sind beide der Meinung, dass sie mit fünfzehn Jahren alt genug ist, und die Pistole wollen wir ihr auch nicht auf die Brust setzen.

Es ist bereits Ende März und ich habe Wohnungsgesuche auf etlichen Immobilienportalen eingestellt. Vier Zimmer Altbau, Küche, Bad mit Fenster, Balkon, lichtdurchflutet und das Ganze bitte bezahlbar mitten in der Millionenstadt. Ist ja klar. Kathrin ist der Volloptimist.

An dem Gespräch mit meinem Chef muss ich noch feilen, doch einen Termin dafür werde ich demnächst ausmachen. Und in Hamburg werde ich mein eigenes Unternehmen „Kathrin Schumann WORTE MENSCHEN DYNAMIK" richtig voranbringen. Mit Vorträgen zur Persönlichkeitsentwicklung und meinen eigenen Motivationscoachings. Und die Welt erobern mit meinem Charme und meiner Fröhlichkeit. Juchhu! Mein Herz sprudelt nur so vor Glück.

Das Gespräch mit meinen Töchtern will ich auch bald führen. Dafür bietet sich unsere letzte gemeinsame Reise an.

„So. Auf geht's. Wir müssen los, sonst kommt Neele zu spät zum Dreh." Ich bin genervt wegen des Zeitdrucks und quetsche alles noch mal zusammen, damit der Kofferraum endlich zugeht. Heute ist der 1. April. Kein Scherz. Erfurt ist das Ziel. Neele hat einen Fernseheinsatz in einer Kindershow.

Am nächsten Morgen frühstücken Annika und ich in aller Ruhe im Hotel, während Neele bereits im Einsatz ist.
Während sich der Frühstücksraum langsam leert, bin ich mutig und ergreife die Chance. „Schatz, jetzt ist genau der richtige Augenblick. Ich muss mit dir reden."
Sie hört auf, ihr Brötchen zu schmieren, und schaut mich mit großen Augen an. „Ja?" Kinder spüren sofort, wenn was im Busch ist.
Annika scheint innerlich in Deckung zu gehen. Als ob sie ahnt, was kommt.
„Ich habe euch immer gesagt, dass ihr eurem Herzen folgen sollt. Egal was in eurem Leben passiert."
Sie nickt und kann den Blick nicht von mir abwenden.
„Auch eure Mama macht das jetzt. Annika …" Stille. „Ich werde dieses Jahr bereits nach Hamburg ziehen. Genauer gesagt in vier Monaten. Nachdem du dein Abitur hast und ins Ausland gehst. Ich

möchte mein Herz nicht mehr belügen und endlich an dem Ort leben, wo ich schon immer leben wollte."

Ihre Augen füllen sich mit Tränen.

„Und Neele?", kommt es leise aus ihrem Mund.

„Neele darf entscheiden, ob sie mitgeht oder bei Papi bleibt. Ich habe mit Papa bereits gesprochen. Außer ihm weiß es noch keiner." Die ersten Tränen kullern bei ihr. „Ich weiß", fahre ich fort, „dass du mir vor zwei Jahren im USA-Urlaub das Versprechen abgerungen hast, so lange in Frankfurt zu bleiben, bis Neele ihre Mittlere Reife hat. Ich habe dir das damals versprochen. Annika, ich kann das Versprechen nicht einlösen. Ich will mein Herz nicht mehr verraten. Ich würde in mir selbst einen zu großen Schaden anrichten. Bitte versteh das. Mein Wunsch ist zu groß. Neele wird das schaffen. Sie ist ein starkes Mädchen."

Ich halte inne.

Auch Versprechen, die wir einmal gegeben haben, können wir jederzeit revidieren. Niemand ist dazu gezwungen, etwas durch- oder auszuhalten. Das erlegen wir uns nur selbst auf. Der normale Mensch erfüllt die Erwartungen seiner Mitmenschen. Der Glückliche folgt der Stimme seines Herzens und ist somit ein Vorbild und Geschenk für seine Mitmenschen. Doch wie ist es oft? Meist halten wir uns an die Versprechen, weil wir unsere Lieben nicht enttäuschen und verletzen wollen. Wie kann man diesen Konflikt lösen? Glücklich sein und trotzdem seine Mitmenschen nicht verletzen? Indem wir tatsächlich auf uns selbst schauen. Uns fragen: Welche Qualität, welche Haltung, welche Werte sind uns wirklich wichtig? Uns persönlich. Ehrlich.

Wenn es uns gut geht, geht es auch unserem Umfeld gut. Wenn wir gute Laune haben, stecken wir alle anderen mit dieser guten Laune an. Wir sind die wichtigste Person in unserem eigenen Leben. Wenn wir ehrlich zu uns selbst sind, spiegelt uns auch unser Umfeld Ehrlichkeit. Wenn der eine oder andere vielleicht jetzt sagt: „Ich kann doch nicht

immer nur auf mich selbst schauen. Das ist total egoistisch", lenkt er
*erneut von sich selbst ab. Wir SIND die wichtigste Person in unserem
Leben und wir gehen auf unserem eigenen Weg, über den wir selbst
bestimmen. In jedem Augenblick unseres Lebens haben wir die Möglichkeit, neue Entscheidungen zu treffen, Meinungen und Ansichten zu
ändern. Die Schranken dafür finden lediglich in unserem Kopf statt.*

Ich möchte glücklich sein. Das spürt auch meine Tochter. Während
sie sich die Tränen mit der Serviette abtupft, kommen ihre Gedanken
in Worten.

„Mama, ich weiß, dass du unbedingt nach Hamburg willst und es
ein großer Traum von dir ist. Ich möchte auch, dass du glücklich bist.
Trotzdem bin ich traurig darüber. Ich gehe, und wenn ich wiederkomme, ist mein Zuhause nicht mehr da. Unsere ganze gemeinsame
Zeit gibt es dann nicht mehr."

„Du darfst auch traurig darüber sein. Doch die gemeinsame Zeit gibt
es weiterhin, mein Schatz. In deinem Herzen! Bewahre sie in deiner
Erinnerung. Es kommen neue Zeiten. Es wird nichts mehr so sein,
wie es war, wenn du gehst. Und wenn du gehst, gehen wir auch. So
ist es für jeden neu. Deine Zeit im Ausland wird auch etwas mit dir
machen und dich verändern." Ich stecke mir eine Weintraube in den
Mund.

„Weiß Neele das schon?", fragt Annika vorsichtig.

Ich nippe an meinem heißen Tee und verbrenne mich fast daran.

„Nein. Ich werde es ihr sagen, wenn wir wieder zuhause sind."

Sie lehnt sich nach vorn zu mir und drückt mich plötzlich. Ganz
fest. Und da ist es um mich geschehen. Die Tränen laufen auch bei
mir. Ich weiß, dass die gemeinsame Zeit, die wir lange Jahre zu dritt
hatten, langsam und unaufhaltsam abläuft.

...

Noch nicht mal eine Woche später sitze ich mit meiner kleinen Tochter Neele am Tisch. Draußen ist es nebelig und man kann kaum fünfzig Meter weit sehen. Sehr passendes Wetter für so ein Gespräch.

„Neele, Mami muss dir etwas sagen."

Sie schaut fröhlich drein und ist gespannt, was jetzt passiert. Es tut mir schon fast leid, ihr jetzt etwas mitzuteilen, was ihre ganze Welt aus den Fugen geraten lässt.

„Schatz, du weißt, dass wir immer unserem Herzen folgen sollen."

Neele verdreht die Augen nach dem Motto: „Jetzt kommt schon wieder die esoterische Nummer meiner Mutter!"

„Neele, du weißt auch, dass ich nach Hamburg ziehen will. Und das werde ich."

Ich mache eine Pause.

„Ja, weiß ich. Nach meinem Schulabschluss nächstes Jahr." Sie ist sich sehr sicher.

„In vier Monaten."

Neele sieht bewegungslos in den Nebel und schluckt. Ihre Augen füllen sich mit Tränen. Sie begreift allmählich und ihre kleine Welt fängt an zu zerbrechen, ganz langsam.

Dann kommt es aus ihr heraus: „Und meine Freunde? Papa? Mein Schulabschluss ...? Das kannst du mir nicht antun, Mama! Du hast es Annika versprochen." Sie weint, schreit immer lauter, steht ruckartig auf und läuft heulend in ihr Zimmer. Ich habe keine Chance mehr, an sie heranzukommen. Die Wahrheit ist manchmal sehr, sehr bitter.

Das ist die Komfortzone, die wir verlassen müssen, wenn wir unser Leben verändern wollen. Ich gebe zu, kein leichtes Unterfangen. Doch dort zu leben, wo nicht der richtige Platz ist, einen Job zu haben, der uns eigentlich keinen Spaß macht, oder mit einem Menschen in einer Handelsbeziehung leben – ist das die bessere Alternative? Nichts bleibt, wie es ist. Das Leben bedeutet stetige Veränderung. Und es ist ein Prozess. On going.

Wir sollten uns nicht fragen: „Wie kann ich mein Leben verändern?",
sondern: „Wie wie kann ich das Ändern leben?" Darauf vertrauen, dass
alles richtig kommt – wie ein Fluss, der stetig fließt und darauf vertraut,
dass es um die nächste Ecke auch weitergeht und er ganz groß werden
kann. Veränderungen bieten so viele Chancen und Möglichkeiten. Dies
wird allerdings oft nicht gesehen, da wir Menschen im sogenannten
Überlebensmodus sind, wenn sich etwas stark verändert. Es erst mal so
annehmen, wie es ist, und sich selbst Zeit geben.

...

Mein Chef wusste zwar all die Jahre, dass ich über kurz oder lang
nach Hamburg ziehen möchte, doch dass ich das tatsächlich mache,
war ihm wohl nicht so ganz klar. Kurz nach meinem Geburtstag war
es dann so weit und ich bat um ein Gespräch.
Der Gründer des Unternehmens und mein direkter Vorgesetzter, Carl
Schneider, ist neunundfünfzig Jahre alt. Ein großzügiger, liebevoller
und immer noch sehr attraktiver Mann, der vor zehn Jahren
das Beratungsunternehmen gegründet hat. Er führt seine Firma
von mittlerweile neunundzwanzig Festangestellten und etlichen
Freelancern mit viel Wertschätzung sowie Respekt und hat sich
dadurch auch zu einem zukunftsträchtigen Arbeitgeber entwickelt.
Er ist sehr emphatisch und wir alle haben ein herzliches und offenes
Verhältnis zu ihm.
Es ist Montag. Ich ziehe mich besonders hübsch an. Wähle einen
schmal geschnittenen Rock und eine cremefarbene Bluse. Die daran
befestigte Schleife binde ich sorgsam vor meinem Hals und stecke
die Haare mit goldenen Nadeln zu einem lockeren Dutt zusammen.
Ein paar Strähnen fallen wie zufällig heraus und umrahmen mein
Gesicht. Hübsch. Ich strahle mich mit blauen Augen im Spiegel an
und werfe mir das passende Jackett zu meinem Outfit über. Sorgsam
tusche ich meine Wimpern und trage Lippenstift auf. Du musst

heute alle Register ziehen, Kathrin, und mit dem punkten, was du kannst. Mit deinem heutigen Herausputzen unterstreichst du das Gespräch.

Seit acht Jahren arbeite ich mittlerweile bei diesem Unternehmen. Ich bediene die Sparte „Veranstaltungen" und bin dort als Organisatorin und Moderatorin sehr gefragt und erfolgreich.

Mein Chef ist ganz glücklich mit mir, wobei das beim Vorstellungsgespräch vor etlichen Jahren bereits nach fünf Minuten zu kippen drohte. „Frau Schumann, also ich glaube, Sie sind hier falsch bei uns. Sie haben doch noch nie bei einer Beratung gearbeitet",
meinte mein Chef.

„Wenn ich glaube, dass ich das nicht könnte, dann hätte ich mich nicht bei Ihnen beworben." Dieser Satz, gepaart mit einer gewissen Vehemenz und Kathrins Charme sowie einem Lächeln, hat ihn beeindruckt, davon bin ich überzeugt. So verlief das Gespräch doch noch über eine weitere Stunde hinweg. Nach zwei Wochen bekam ich den Job. Und ich habe mich behauptet. Natürlich musste ich mich durch das eine oder andere Thema auch durchbeißen, doch dies mit Erfolg. Ich habe in den für mich persönlich schwierigen Phasen, in denen ich mir vieles selbst beibringen musste oder mich Kollegen knallhart aus meiner Komfortzone geholt haben, sehr viel gelernt, habe mich weiterentwickelt und bin in vielerlei Hinsicht auch innerlich gewachsen. Dafür bin ich dankbar. Mein Selbstbewusstsein, mein Selbstwertgefühl, meine Sichtweise auf die Dinge sind heute anders. Erwachsen. Erfahrener. Unsere Kunden sind begeistert und ich entpuppte mich als Bereicherung für unser Unternehmen. Wie jeder von uns eine Bereicherung ist. Jeder auf seine Weise mit seinem eigenen Potential. Die einen wissen um ihren Wert – sind sich dessen bewusst – die anderen lernen noch.

„Kathrin, Sie sehen heute fantastisch aus." Mein Chef begrüßt mich in seinem Büro und bietet mir einen Platz an.

„Oh, danke." Etwas nervös setze ich mich auf das graue Ecksofa.

„Was kann ich für Sie tun?"

Kathrin, du schaffst das. Sandwichtaktik – erst positiver Grundbelag, dann die unangenehme Nachricht, und hinterher noch mal richtig was Gutes obendrauf gepackt – lecker! Denk an deine Rhetorikkurse. Herr Schneider sieht mich aufmerksam an.

Ich setze mich aufrecht hin. „Carl, wie Sie wissen, gefällt mir meine Arbeit und ich mache meinen Job seit Jahren mit Begeisterung. Das merken auch unsere Kunden. Ich schließe aus den vielen Feedbackgesprächen, dass Sie zufrieden sind mit meiner Arbeit und mich als Mitarbeiterin sehr schätzen."

Pause. Herr Schneider schlägt die Beine übereinander, ohne den Blickkontakt mit mir zu verlieren.

„Nun schlägt mein Herz, das wissen Sie auch, für Hamburg, und ich beabsichtige, Mitte dieses Jahres dort hinzuziehen. Die Große ist jetzt aus dem Haus und ich möchte meinen Lebensmittelpunkt verändern. Die Kleine wird mitgehen und macht ihren Schulabschluss in Hamburg.

Da ich Ihnen vor acht Jahren aus einem Witz heraus versprochen habe, dem Unternehmen für siebzehn Jahre die Treue zu halten, möchte ich auch daran festhalten und zu meinem Wort stehen. Gerne möchte ich bei Ihrem Unternehmen bleiben, jedoch von Hamburg aus tätig sein. Das hat den Vorteil, dass ich Ihnen und den Kunden erhalten bleibe. Von wo aus ich arbeite, ist in der heutigen Zeit der digitalen Vernetzung egal. Ich bin kommunikationsstark, vor allem dann, wenn es Sinn macht und wichtig ist. Sie können sich darauf verlassen, dass ich meine Arbeit weiterhin ordentlich und gewissenhaft mache."

Ich schnappe nach Luft – das war ein langes Statement, doch jetzt ist es raus. Ich habe es gesagt. Kathrin, du hast es gesagt! Hamburg, ich bin nicht mehr weit von dir entfernt – Zielgerade würde ich sagen. Oder nicht?

Totenstille in seinem Büro. Draußen höre ich meine Kollegin lachen. Etwas schüchtern schaue ich meinen Chef an und versuche, aus seinem klaren Blick so etwas wie eine Antwort zu erhaschen. Kathrin, schaue überzeugend. Plan B hast du im Kopf. Wenn er nicht darauf eingeht, haust du nächste Woche gleich zehn Bewerbungen raus. Ich kenne glücklicherweise mittlerweile schon genügend Persönlichkeiten im Norden und würde bestimmt einen passenden Job finden. Da bin ich mir sicher.

„Kathrin, ich schätze Ihre Offenheit und Ehrlichkeit. Ich habe ab und zu daran gedacht, als Sie in den letzten Jahren oder Monaten immer wieder nach Hamburg geflogen sind. Bitte entschuldigen Sie die persönliche Frage: Haben Sie dort jemanden kennengelernt?"
„Nein. Beziehungsweise ja. Einige tolle Persönlichkeiten. Doch ich habe keinen Partner, wenn Sie das meinen."

Meine Nase läuft und ich suche in meinem Blazer nach einem Taschentuch. Möglichst leise versuche ich, mir die Nase zu putzen. „Es ist ein großer Verlust, wenn Sie nicht mehr jeden Tag im Büro sind – Ihre Energie, Ihre Fröhlichkeit und gute Laune. Ich kann Sie jedoch verstehen, denn Sie haben oft von ‚Ihrem Hamburg' geschwärmt. Wie stellen Sie sich im Norden das Arbeiten vor? Sie sind dort allein. Keine Kollegen, kein soziales Arbeitsumfeld. Haben Sie das bedacht?"

„Ja, das habe ich. Es gibt Unternehmen, wie zum Beispiel die Co-Working-Spaces, die sich genau darauf spezialisiert haben, Menschen einen Arbeitsraum zu geben, den man bei Bedarf nutzt, und ihnen dabei ein soziales Umfeld bietet. Man zahlt monatlich einen Betrag und kann kommen und gehen, wie man möchte. Ich finde das eine großartige Sache. Ich würde von dort aus arbeiten. So kann ich mich weiter vernetzen, gleichzeitig Werbung für uns machen und bin mit Menschen zusammen, was mir so wichtig ist. Ich biete Ihnen an, die Kosten selbst dafür zu tragen. Ein Homeoffice richte ich mir natürlich auch ein. Mit dem Flieger bin ich in einer Stunde hier und ich kann bei Freunden übernachten, wenn ich zu den Quartalsmeetings komme."

Etwas unruhig nestle ich an meinem Taschentuch.
Sein Fuß wippt über seinem Bein in kurzen Intervallen auf und ab.
„Verlieren möchte ich Sie ungern. Bitte gestatten Sie dennoch, dass ich mir Zeit nehme, um darüber in Ruhe nachzudenken."
„Carl, das ist völlig in Ordnung. Nehmen Sie sich die Zeit. Besteht denn die Möglichkeit, dass wir einen festen Termin vereinbaren, wann ich mit Ihrer Antwort rechnen kann? Wenn Ihre Entscheidung gegen meine Planung ausfällt, brauche ich genügend Zeit, um mich anderweitig zu orientieren."
„Ja, lassen Sie uns nächste Woche noch mal sprechen."
„Ich danke Ihnen, Carl. Ich werde einen Termin vereinbaren."
Ich stehe auf, streiche meinen Rock glatt und werfe das Taschentuch in den Mülleimer. Das war ein gutes Gespräch, denke ich noch und gehe in mein Büro. In meinem Leben läuft ja einiges, und das wie am Schnürchen. Ich mag es, selbst daran zu ziehen. Ich grinse.
Wer sagt denn, dass man nicht auch mit Mitte/Ende vierzig noch mal woanders komplett von vorn anfangen kann? Meine Freunde waren geschockt.
„Kathrin, das kannst du nicht machen." – „Du kennst doch niemanden dort." – „Wir, deine Freunde, leben doch hier."
Da hat Kathrin, wie so oft, ihren eigenen Kopf. „Ihr geht abends nach Hause, macht die Tür hinter euch zu und ich muss da leben, wo ich eigentlich nicht leben will?" Nein, ich mag Veränderungen, und vor allem, wenn ich sie selbst vorantreiben kann. Jeder kann entscheiden und selbst wählen, wo er leben möchte. Und das jeden Tag aufs Neue. Und wenn das im Ausland, auf einer Insel, auf dem

Boot oder in Hamburg ist. Es ist mein Leben und ich entscheide das. Wenn es mir nicht gefällt oder ich mich tatsächlich nicht wohl fühle, kann ich ja wieder umziehen. Meine Große ist im Juli aus dem Haus und führt ihr eigenes Leben. Und Neele?

Für sie war es nicht einfach, sie hat sich wochenlang mit der Entscheidung schwergetan. Immer wieder kam sie zu dem Schluss – egal, wie sie entscheidet –, sie wird ein Elternteil verletzen und zurücklassen.

Freunde und Familie kamen auf uns zu. „Neele tut sich schwer mit der Entscheidung. Sie quält sich. Nehmt ihr die Entscheidung ab. Ihr seid die Eltern."

Als Eltern machen wir auch nicht alles richtig und tun etliche Dinge zum ersten Mal. Und wir haben jederzeit die Möglichkeit, die Richtung zu wechseln. Was wir auch getan haben. Wir sind die Eltern und wir entscheiden, das ist ausschlaggebend.

Als Herkunftsfamilie haben wir uns zu viert an einen Tisch gesetzt und ihr die Entscheidung abgenommen. Sie war sichtlich erleichtert. Neele wird mit mir nach Hamburg gehen.

…

Mein Chef und ich sitzen genau eine Woche später wieder zusammen in seinem Büro und ich schaue ihn gebannt an. Ich bin nervös.

„Also, Kathrin, ich habe mich mit unserem Personalbeauftragten letzte Woche länger darüber unterhalten und ich bin danach zu dem Schluss gekommen …" Er macht eine kurze Pause und schaut mich an. Hier fehlt echt nur noch der Trommelwirbel. Ja?

„Wir möchten Sie gern in unserem Unternehmen behalten und Ihnen die Möglichkeit geben, von Hamburg aus für uns zu arbeiten. An unseren Quartalsmeetings nehmen Sie natürlich teil und tragen auch die Reisekosten dafür. Wir möchten es erst mal so für sechs Monate testen, danach setzen wir uns zusammen und reflektieren, was gut läuft oder verbessert werden kann. Was halten Sie davon?"

Mir steht der Mund offen. Das ist ... Ich bin restlos begeistert!

„Carl, ich bin happy! Das ist fantastisch. Ich freue mich riesig. Ja, damit bin ich absolut einverstanden und selbstverständlich machen wir das so."

Ich stehe auf und falle ihm spontan um den Hals. Ich habe den besten Chef ever. Da fällt mir schon so einiges an Last von den Schultern.

„Ich werde mein Bestes geben." Freudestrahlend lege ich meine Hände auf meine glühenden Wangen.

„Wir müssen das vertraglich festhalten. Seien Sie so gut und bereiten das entsprechend vor."

„Ja, das mache ich." In meinem Kopf dreht sich alles. Ich hatte ehrlicherweise darauf gehofft, dass mein Chef darauf eingeht. Aber dass es jetzt tatsächlich so ist, ist für mich noch nicht ganz fassbar. Ich habe nie ein Geheimnis daraus gemacht, dass ich nach Hamburg ziehen, von dort für dieses Unternehmen arbeiten und nebenbei mein eigenes Business hochziehen möchte. Das war immer mein Ziel. Nur, mein Ziel heißt nicht unbedingt anderer Leute Ziel. Ich war mutig und habe es versucht ... und gewonnen. Wenn es nicht so ausgegangen wäre, dann hätte ich mich anderweitig beworben. Es wären neue Chancen und Möglichkeiten gekommen. Da bin ich mir sicher.

Mit den Menschen ehrlich kommunizieren und sich austauschen hilft immer.

Wir können miteinander wachsen, voneinander lernen und gemeinsam erkennen, dass jeder Einzelne dazu beiträgt, Neues zu erschaffen.

Also, weiter alles geben und Einsatz zeigen. Jawohl! Kathrin, heute Abend wird gefeiert. Mit Prosecco und Konfetti! Ich bin so ein Glückspilz. Wenn jetzt noch der Mann aller Männer kommt, dann ist alles paletti.

Jetzt mach aber mal halblang – du hast gerade deinen Job behalten. Danke!

Ja, ich bin dankbar. Das Leben ist gut zu mir und dieses Unternehmen einfach traumhaft.

Glücklich laufe ich zu meinem Schreibtisch und stürze mich voller Elan und Euphorie über diesen Wahnsinnsmeilenstein, den ich geschafft habe, auf meine E-Mails, die wie Butter in der Sonne schmelzen. Nebenbei schreibe ich meiner Kollegin Katja, dass ich ihr alles in Ruhe erzähle, wenn unser Chef unterwegs ist.

Später kommt Katja ins Büro. „Na, wie schaut es aus? Kaffee oder lieber Prosecco zum Anstoßen?"

„Prosecco. Er hat es mir gestattet und ich bleibe DABEI!" Völlig aus dem Häuschen hüpfe ich um sie herum. Ach, ich freue mich so. Sie umarmt mich, obwohl sie nicht so glücklich aussieht.

„Komm, wir trinken erst mal einen Kaffee und schmieren uns Knäckebrote mit Tomatencreme."

Ich drehe mich um, schnappe mein Handy und laufe in die Küche.

„Jetzt erzähl schon. Wir war das Gespräch mit Carl?", will Katja wissen und schiebt sich das Knäckebrot in den Mund.

„Gleich. Ich muss nur noch eben eine Nachricht schicken und versuche, mich zu konzentrieren."

Während der Espresso in meine Milch läuft, erzähle ich Katja glücklich von Carls Angebot. Ich bin so happy über diese sensationelle Entscheidung, dass ich gar nicht weiß, wohin mit meinem innerlichen Glücksgefühl. Das geht hier für mich in eine gute Richtung. Eine richtig gute Richtung.

Als ich abends nach Hause fahre, danke ich einfach nur dem Tag, der mich heute reich beschenkt hat. Ich bin ein richtiges Glückskind, dass mein Chef mir erlaubt, von meiner Traumstadt aus zu arbeiten. Freiheit, ich komme!

Ich habe immer daran geglaubt und meine Gedanken dort hingesteuert.

Meine Gedanken sind der Schlüssel für Veränderungen, denn ich entscheide, was ich denke. Ich beobachte meine Gedanken immer wieder, und wenn ich merke, dass es negative Gedanken sind, wähle ich neue und positive Gedanken. Mir vorzustellen, wie es in Hamburg wird, sind so schöne Gedanken, die mich beflügeln.

Die Vorstellung, noch mal bei Null anzufangen, reizt mich persönlich kolossal. Sich ganz neu zu erfinden, finde ich sehr spannend. Wobei mir bewusst ist, dass ich mich extrem bewegen muss, um in der neuen Stadt Fuß zu fassen. Vom Arzt über Friseur, Fitnessstudio, Veranstaltungen und Orte, wo ich auf neue Persönlichkeiten treffe – alles muss ich neu finden. Doch ich entscheide das selbst und wähle aus freien Stücken. Niemand zwingt mich dazu. Die Vorstellung, dabei neue Menschen kennen und schätzen zu lernen, finde ich großartig. Ich liebe Menschen und ich mag es, mit Menschen zusammen zu sein. Mein Spruch: „Fremde sind Freunde, die ich noch nicht kenne", hat für mich weiterhin Bestand.

...

„Um wie viel Uhr treffen wir uns mit den anderen?" Ich klemme mir den Hörer zwischen Ohr und Schulter, während ich versuche, meine Hose auszuziehen.
„Ich schaffe es erst gegen 21.30 Uhr. Und Kathrin, denk daran, dass wir draußen sind. Es wird bestimmt frisch am Wasser", höre ich die Stimme meiner Freundin Franziska.
„Ja, ich weiß. Ihr holt mich gleich ab, okay?"
„Ja, wir kommen vorbei und du springst dann schnell ins Auto."
Wir legen auf. Eigentlich habe ich gar keine Lust wegzugehen.

Es ist erst 18 Uhr. Bis 21.30 Uhr bin ich längst eingeschlafen. Hilft alles nichts. Ich habe zugesagt und es ist eine willkommene Abwechslung zu meinen Umzugskisten, die überall in der Wohnung verteilt herumstehen. Ich muss mal wieder unter Leute.

In letzter Zeit habe ich mich zuhause vergraben. Bis zu meinem Umzug sind es nur noch drei Wochen. Hamburg wartet schon auf mich.

Die passende Wohnung habe ich gefunden. Auch hier bin ich erneut ein Glückskind. Gefühlt war ich auf sämtlichen Portalen für Wohnungssuche in der Großstadt gelistet. An einem Sonntagabend war es dann so weit. Morgens hatte ich meine Traumwohnung noch visualisiert und aufgemalt. Abends poppte sie dann auf. Es war genau das, was ich wollte. Die Mädels waren total begeistert von den Bildern, und auch die Beschreibung war genau so, was ich mir vorgestellt hatte. Ich habe mich direkt beworben. Einen Tag später habe ich nochmals reingeschaut, da ich mir die Bilder erneut ansehen wollte, doch da war sie schon nicht mehr sichtbar. Ich war enttäuscht. Dienstags kam dann überraschenderweise eine Einladung für Mittwoch zur Besichtigung, der ich sofort zugesagt habe, obwohl ich noch gar nicht wusste, ob ich vierundzwanzig Stunden später in Hamburg sein kann. Volle Kraft voraus und vertrauen, Kathrin! Meine Freundin Nicoletta fuhr genau einen Tag später zufällig – es ist mir zugefallen – mit dem Auto von Wiesbaden nach Föhr in Urlaub und musste sowieso an Hamburg vorbei. Sie hat mich und Neele mitgenommen, und somit standen wir pünktlich dreißig Minuten vor Besichtigungstermin in der Straße, und am nächsten Tag habe ich den Mietvertrag unterzeichnet. Was ein großes Glück! Es sollte alles genau so sein. Ich bin fest davon überzeugt, dass wir stets zum richtigen Zeitpunkt das bekommen, was wir brauchen.

…

Ich öffne meinen Kleiderschrank. Was ziehe ich bloß an? Die leidige Fragestellung einer Frau im fantastischen Alter von siebenundvierzig Jahren. Eigentlich ist es doch egal, was ich anhabe. Die Zeit hier ist sowieso abgelaufen. Daher entscheide ich, mich für mich selbst in Schale zu werfen. Zur eng anliegenden Jeans wähle ich ein schwarzes T-Shirt mit der großen Aufschrift „I love NY" – darauf prangt ein riesiges rotes Herz! Ja, das schlägt nur für mich, beschließe ich. Meine blonden Haare lasse ich offen. Fertig ist der Lack.

In der Küche koche ich mir noch ein paar Nudeln, damit ich wenigstens eine kleine Trinkgrundlage habe. Wer weiß, wo das heute Abend wieder hinführt? Mit fünf Mädels on tour – oha!

Es war eine anstrengende Woche und die nächsten Wochen werden nicht einfacher. Doch ich werde das alles hinbekommen. Wie immer.

Während die Nudeln im Wasser kochen, schneide ich meine Tomaten und den Mozzarella klein und checke meine Nachrichten. Mein Vermieter aus Hamburg hat geschrieben. Nächste Woche Mittwoch wird in meiner Wohnung eine neue Dusche eingebaut. Und er freut sich auf mein Kommen. Und ich mich erst.

Stadtteil Rotherbaum ist das Ziel. Eine supersüße, achtzig Quadratmeter große Wohnung, Altbau, komplett saniert und mit zwei Balkonen, erwartet mich dort. Vor zwei Jahren hatte ich mit dem Netzwerken im hohen Norden begonnen. Und es hat sich gelohnt, denn der eine oder andere in Hamburg hat mir geholfen mit Tipps und Kontakten, die für mich wichtig waren. Die Menschen sind so großartig in dieser Stadt und ich kann es kaum erwarten, dort zu leben.

Ich komme ursprünglich aus der Nähe von Bremen und mich hat es immer wieder in den Norden gezogen. Wie magisch. Warum? Ich habe keine Ahnung.

Mit der Gabel fische ich eine Spaghetti aus dem kochenden Wasser und werfe sie an die Wand, wo sie kleben bleibt. Wunderbar.

Mein Essen ist fertig. Hungrig kippe ich die Tomaten und den Mozzarella über die Nudeln und verteile zügig Aceto Balsamico darüber. Basilikum kommt noch on top – fertig. Das Auge isst schließlich mit. Oh, da könnte ich mich reinsetzen. Im Schneidersitz auf dem Sofa schlinge ich gierig das Essen hinunter. Was Fettiges wäre vielleicht besser gewesen, denke ich mir – vor allem in Anbetracht der Alkoholmengen, die nachher fließen könnten.

Nach dem Essen packe ich noch ein paar Kisten.

Mittlerweile ist es 21.45 Uhr und von Franziska und ihrer Freundin immer noch keine Spur. Ich werde nervös. Meine drei Kisten mit Büchern sind gepackt, beschriftet und stehen ordentlich in der Ecke des Wohnzimmers. Ich mag nicht mehr warten. Wenn ich mich jetzt hinsetze, werde ich müde.

Ich schreibe Franziska eine Nachricht. „Hey, was ist los? Wo seid ihr? Ich habe Bierdurst!"

„Sind auf dem Weg", kommt es zurück. Na gut, dann werden sie gleich da sein.

Ich werfe mir meine schwarze Lederjacke über und ziehe nochmals den knallroten Lippenstift nach, passend zum NY-Herz. Lust habe ich immer noch nicht.

Meine Laune ist nicht gerade die beste. Müde schließe ich die Wohnungstür ab, laufe die Treppe hinunter und warte an der Straße. Kathrin, komm, mach dir selbst gute Laune. Das kannst nur du selbst. Niemand sonst.

Als ich die Scheinwerfer von Franziskas Auto sehe, die aufblenden, winke ich. Meine Freundin hält. Mit einem kurzen „Hallo!" setze ich mich hinten in ihr Auto. Gute Laune sieht anders aus. Na ja, ich habe es wenigstens versucht.

Normalerweise bin ich die Stimmungskanone vor dem Herrn, doch heute ist irgendwie nichts zu machen. Franziska spürt das sofort und muss daher das Gespräch führen. Es fällt ihr schwer, vor allem mit ihrer Freundin, die schüchtern vorn auf dem Beifahrersitz sitzt. Ich kenne das Mädel nicht. Eigentlich bin ich jemand, der gleich mit allen ins Gespräch kommt, doch ich habe keinerlei Drive und auch keine Lust. Kathrin, du musst auch nicht immer den Animateur machen.

Vielleicht war die Woche doch zu anstrengend oder es passt mir nicht, dass Franziska ihre Freundin Vanessa aus Kindheitstagen dabei hat. Ich mag sie lieber für mich allein. Der kleine Egoist in mir schmollt.

Wir fahren nach Frankfurt rein. Ich bin still und schaue aus dem Fenster auf die Hochhäuser. Drei Wochen noch, dann bin ich weg. Ich freue mich so sehr darauf und verspüre keinerlei Wehmut oder Angst. Nichts von alledem – ich will einfach nur nach vorn schauen und bin gespannt auf meinen neuen Start. Denn in Hamburg wohnt auch mein Traummann! Juchhu!

Nach zwanzig Minuten Verkehr haben wir es endlich geschafft und finden einen Parkplatz. Dennoch müssen wir noch laufen. Betrunkene wanken uns bereits entgegen. Na toll.

Immerhin treffen wir auf dem Festival am Main meine Arbeitskollegin Katja und eine weitere Freundin bei dem Stand der Lesben und Schwulen. Die Musik ist hier am besten, die Stimmung sensationell, und ich beginne, nachdem ich endlich ein Bier in der Hand habe, zu der Musik zu wippen.

„Sag mal, was ist los, Kathrin? Du wirktest vorhin so still und genervt. Ist alles in Ordnung?" Franziska schaut mich besorgt an. „Ach, es ist schon viel los. Die Arbeit und das Packen. Und eigentlich hatte ich gar keine Lust, heute Abend wegzugehen. Doch ich habe es versprochen, und nun bin ich ja hier." „Na komm, trink noch ein Bier, relaxe und genieße den Abend mit uns. Es ist einer der letzten hier." Das tue ich. Nach zwei weiteren Bieren tanzen wir im Takt der Musik.

Mittlerweile ist meine Stimmung ganz gut und ich entspanne mich. Wir beschließen, in die Innenstadt zu fahren.

Nur noch zu Viert, da unsere andere Freundin irgendwo versackt ist, laufen wir zum Auto und ich lotse Franziska durch die Innenstadt zum Parkhaus. Mit Vanessa werde ich nicht warm. Egal, ich werde sie nicht wiedersehen. Außerdem muss man nicht mit jedem klarkommen.

Katja und ich gackern auf dem Rücksitz.

Gut gelaunt betreten wir das Restaurant „Der Grieche" und fallen gleich ein paar Jungs in die Arme, die uns zum Takt der Musik durch die Gegend wirbeln. Ach, das Leben ist doch schön bunt! Wir tanzen eine Runde, bevor ich weitere Getränke für uns ordere. Um 1.30 Uhr wechseln wir die Bar und fallen gleich den nächsten Männern in die Arme. Was ist denn heute los? Frankfurt ist wie ausgewechselt. Und etwas anderes erregt noch meine Aufmerksamkeit – eine ganz besondere Vorrichtung im Lokal – eine Pole-Stange, mitten in der Bar! Oh, sehr spannend. Mutig vom Alkohol und da ich sowieso eine verrückte Nudel bin, gehe ich direkt darauf zu, umfasse vorsichtig die Stange und fahre mit der Hand fast zärtlich und langsam daran von oben nach unten. Die passende Musik gibt den Rest dazu. Die ganze Bar brüllt vor lauter Begeisterung. Äh … so war das nicht gedacht. Ich ziehe meine Hand zurück. Franziska kommt mir zu Hilfe und macht es mir nach. Mir fällt plötzlich auf, wie viele Männer uns mittlerweile aufmunternd beklatschen, damit wir weitermachen. Was für ein Spaß! Soll ich es tun oder besser nicht?

Dennoch ermahne ich mich zur Vernunft. Wobei, ich bin sowieso bald weg und niemand wird mich hier je wiedersehen. Ich tue es dennoch nicht. Ist ja peinlich.

Der Abend ist auch ohne meinen Stangentanz lustig. Wir sind alle beschäftigt mit Tanzen, Reden und Küssen, bis Franziska zu mir kommt.

„Meine Freundin will nach Hause. Ich muss leider gehen."

„Was? Jetzt?", kreische ich ihr wegen der lauten Musik ins Ohr.

„Ja, ich kann sie nicht allein ins Taxi setzen. Ich würde auch lieber bleiben."

„Na gut, doch nur, wenn wir zusammen einen Pole-Dance-Kurs machen. Entweder in Hamburg, wenn du mich besuchst, oder wenn ich mal wieder in Frankfurt bin. Damit muss ich mich genauer beschäftigen. Diese Stange ist echt heiß."

Franziska wirft lachend ihre Haare in den Nacken. „Machen wir. Wo auch immer."

Dennoch bin ich wenig begeistert, dass sie geht, und verabschiede mich mit Küsschen rechts und links von ihr. „Ruf mich morgen an, ja?!"

Sie nickt und kämpft sich durch den Pulk nach oben. Da waren es nur noch zwei von der Truppe. Nur noch Katja und ich sind hier. Es ist mittlerweile 2.30 Uhr.

Was für ein Abend! Ich suche Katja. Sie steht mit irgendeinem Typ knutschend in der Ecke und ich fühle mich mitten in diesem vollen Raum plötzlich verloren.

Ich schaue mir die verschiedenen Menschen an, die tanzen, sich unterhalten oder an der Theke sitzen und einen Drink nach dem anderen nehmen. Verrückt, in drei Wochen werde ich nicht mehr hier leben, sondern an einem völlig anderen Ort sein. Andere Menschen, andere Locations, andere Luft, neue Umgebung… Und das nach achtzehn Jahren. Das muss man sich auch erst mal trauen. Ich traue mich. Ich bin mutig, und ich mag es, raus aus der Komfortzone zu gehen und über den Tellerrand des Lebens zu schauen. Da gibt es so viel zu entdecken.

Mein Blick schweift umher und bleibt an einem großen schlanken Mann hängen, der mit dem Rücken zu mir an der Bar steht und anscheinend eine Cola trinkt. Allein die Größe macht mich schon an. Wie magisch angezogen gehe ich auf ihn zu und will ihn mir ganz diskret von vorne genauer anschauen. Er merkt das und dreht sich zu mir um. Ich bin wie vom Donner gerührt.

„Das gibt es nicht! Thorsten, was machst du denn hier? Wir haben uns schon ewig nicht mehr gesehen."

Wir umarmen uns kurz und geben uns rechts und links einen Kuss auf die Wange. Wie er riecht … hm. Da wird Kathrin schwach. Er ist genauso überrascht wie ich.

„Hey, Kathrin! Schön, dich zu sehen. Das ist ja wirklich eine Ewigkeit her. Wie geht es dir?"

Während er spricht, mustere ich ihn und versuche, ihn mit meinen Sinnen zu erfassen. Meine Güte, sieht der gut aus! Äußerlich verändert hat er sich nicht wirklich. Durchtrainiert sieht er in seinem weißen Hemd zum Anbeißen aus. Seine gepflegte Hand umfasst das Colaglas.

Wie viele Jahre ist das her, seit wir uns das erste Mal getroffen haben? Damals war ich auf einem Geburtstag eingeladen. Da habe ich ihn kennengelernt und fand ihn sofort toll. Wir haben uns gegenseitig magisch angezogen. Und Monate später haben wir uns durch Zufall in einer Bar wiedergesehen und wild rumgeknutscht. Der konnte küssen – Wahnsinn! Er hat mich absolut erfasst, in allem. Hat mich zum Fließen gebracht und weich gemacht für das, was folgen sollte, doch das ist bedauerlicherweise nie passiert. Er hat sich nicht wieder bei mir gemeldet. Ich wusste, dass er verheiratet ist und zwei Kinder hat.

„Kathrin, wann haben wir uns das letzte Mal gesehen?", holt er mich aus meinen Gedanken.

„Das Jahr weiß ich nicht mehr, doch unsere Begegnung war mehr als heiß …"

Ich bin ehrlich, habe nichts zu verlieren. Der Typ ist einfach nur hot. Und ich spüre die gegenseitige Anziehung von damals immer noch.

„Ich weiß, es ging mir ebenso. Wir wollten uns doch auch zum Essen verabreden. Hat irgendwie nicht geklappt."

„Tja, du hast dich nie wieder bei mir gemeldet. So sieht es aus. Wie bedauerlich. Sollte wohl nicht sein. Bist du allein hier?", frage ich ihn in der Hoffnung, dass er keine Gruppe im Schlepptau hat.

Er schaut mich an. Ruhig und klar. Mir wird heiß und dieser Blick von ihm erregt mich sofort. Oh, wie lange hatte ich schon keinen Sex mehr?

„Ja. Ich war heute Abend mit Freunden verabredet. Habe zu viel Gin Tonic getrunken. Die anderen sind schon nach Hause und ich wollte hier nur noch kurz was trinken."

Was für ein glücklicher Zufall, denke ich, sage jedoch laut zu ihm:

„Und dann treffen wir uns. Das sollte wohl so sein."

Wir schauen uns beide an. Keiner sagt etwas. Es knistert wie Feuer zwischen uns, das wir gerade entzündet haben. Imaginär schleppe ich noch mehr Brennholz heran. Ich habe Lust auf diesen Mann, der mir vor so vielen Jahren scheinbar verloren gegangen ist.

Wir unterhalten uns ausgiebiger. Sprechen darüber, wohin es uns verschlagen hat und was wir derzeit beruflich machen. Ich werde mutiger und berühre ihn immer wieder wie zufällig am durchtrainierten Arm. Hm … er fühlt sich so gut an. Ich male mir lieber nicht aus, was passiert, wenn ich die nackte Haut anfasse …

Es wird immer voller in der Bar und unsere Körper kommen sich näher. Ich kann ihn riechen. Dieser Mann ist der pure Sex. Sag mal, Kathrin, wie viel Alkohol hast du eigentlich getrunken? Komm mal wieder auf den Teppich! Ich schnipse den imaginären Engel von meiner Schulter.

Thorsten berührt mich ebenfalls. Ich mag es, wie er mich anfasst. Ich erzähle ihm, dass ich als Veranstaltungsleitung in einer Beratung arbeite und nebenher mit meinem eigenen Business als Motivationscoach und Vortragsrednerin arbeite, nebenbei vor zwei Jahren ein Buch geschrieben habe und in drei Wochen in mein heiß geliebtes Hamburg ziehen werde.

„Ist nicht dein Ernst! Da habe ich auch eine Zeit lang gelebt. Und du hast ein Buch geschrieben? Spannend. Wie heißt es denn?", will er wissen.

„‚Tagebuch einer Geliebten'. Das lesen übrigens auch Männer", schiebe ich hinterher und gebe ihm meine Visitenkarte.
Von hinten werde ich geschubst und an seinen Oberkörper gedrückt. Ich vergesse mich hier gleich …
„Das Buch kaufe ich mir. Vielleicht kann ich da erfahren, wie ich dich zu meiner Geliebten machen kann?"
Ich lache lauthals. Ja, ja, ist klar …
Wenn der wüsste. Das werde ich in meinem Leben nicht mehr mitmachen, was mir damals passiert ist.
„Bist du allein? Oder hast du dort oben im Norden jemanden kennengelernt?"
„Nein, weder die Liebe noch der Job. Ich tue das nur für mich selbst. Und du? Bist du noch mit Miriam zusammen?", frage ich zurück.
„Ja, aber nur wegen unserer Kinder", antwortet er, schaut mich jedoch nicht dabei an.

Ich breche hier gleich in der Bar zusammen. Uah! Das darf nicht wahr sein. Warum führen die Menschen so oft eine Handelsbeziehung? Wegen der Kinder, wegen der Nachbarn, wegen der Eltern, was sollen andere Menschen über uns denken? Alles Ausreden, nur um von sich selbst und seinen eigenen Träumen abzulenken.
Kathrin, beruhige dich. Alles ist gut. Du bist in drei Wochen weg – schon vergessen?

Okay, alles klar. Hab es verstanden. Beruhigen. Umzug. Hamburg. Neue Chancen. Neuer Mann. Nordischer Sex. Jippie!

Dass ich diesen Mann heute treffe, hat einen Sinn. Definitiv. Und der heißt ganz klar – SEX, und zwar auf meinen letzten Frankfurter Metern. Den nehme ich noch mit.

Als ob Thorsten meine Gedanken lesen kann, hebt er mein Kinn, sieht mich an, neigt seinen Kopf langsam zu mir und drückt seine Lippen auf meine. Ich zerschmelze und mein Kopf ist von hundert auf null komplett leer. Ich gebe mich dem hin und lasse mich leicht gegen seinen muskulösen Körper fallen. Dieser Mann riecht so gut. Er fasst mit seiner starken Hand um meine Taille und drückt mich noch näher an sich. Ich muss leise stöhnen.

Ich habe jegliches Zeitgefühl verloren und bin einfach nur im Hier und Jetzt. Höre nichts mehr von dem Krach um mich herum.

Er küsst noch um Klassen besser als vor Jahren und ich will nicht, dass er aufhört.

Nach einer gefühlten Ewigkeit lösen wir uns voneinander. Thorsten schaut mich an und grinst.

„Kathrin, wieso treffe ich dich hier?"

„Das weiß ich auch nicht. Doch die Anziehung ist genauso stark wie damals." Ich bin ehrlich, Single und habe nichts zu verlieren.

„Sollen wir gehen?", fragt er mich mit rauchiger Stimme an meinem Ohr.

Ich bin so erregt und dieser Satz lässt alles in mir fließen. „Ja, bitte! Aber ich muss noch meiner Freundin Bescheid sagen, dass ich gehe."

„Muss das sein? Komm, lass uns einfach gehen." Er zieht an meiner Hand.

„Nein, ich gehe eben zu ihr." Ich löse mich von ihm und suche Katja. Durch das Gewühl von Menschen schlängelnd finde ich sie in einer Ecke, immer noch wild knutschend. Ich tippe ihr auf die Schulter.

„Katja, ich fahre nach Hause."

Sie schaut mich fragend an. „Allein?"

„Nein, mit einem Mann. Ich kenne ihn von früher. Er wohnt auch in meiner Gegend. Alles gut."

„Okay, sag mir kurz Bescheid, wenn du gut angekommen bist. Fahrt ihr mit dem Taxi?"

„Ja, genau. Also, tschüss."

Ich drehe mich um und laufe durch die mittlerweile extrem volle Bar wieder zu Thorsten. Hand in Hand bahnen wir uns den Weg nach draußen. Wir laufen zum Taxi, das – was für ein Zufall – schon vor dem Ausgang steht. Er hält mir galant die Tür auf, ich setze mich hinein und gebe dem Fahrer meine Adresse durch.

Nachdem Thorsten eingestiegen ist, erzählt er mir, wie viel er arbeitet, wie viel Eigentum er besitzt und wie scharf die Frauen auf ihn sind. Es interessiert mich nicht die Bohne. Ich mag ihn so, wie er ist, und es ist mir in diesem Moment scheißegal, wie viele Wohnungen, Häuser, Autos und Frauen er hat. Ich bin heiß auf diesen Typen. Mein innerliches Feuer brennt schon lichterloh. Und es ist mir klar, dass andere Frauen auch nicht blind sind und sehen, dass er ein richtig anziehender Mann ist. Ich weiß aus meiner jahrelangen Tätigkeit, dass Menschen, die sich nach außen profilieren müssen, innerlich noch einiges unbewusst für sich selbst bewältigen müssen.

Endlich – der Taxifahrer fährt bei mir zuhause vor. Ich steige aus, Thorsten zahlt und lässt sich eine Quittung geben – ohne Datum. Aufgeregt gehe ich die Treppe zu mir hoch. Er folgt mir.

„Hier wohnst du also. Seit wann?"

„Seit sieben Jahren."

„Warum wusste ich das nicht?"

„Das kann ich dir nicht beantworten, Thorsten."

Ich schließe die Wohnungstür auf. Es ist mittlerweile vier Uhr morgens. Ich nehme seine Hand, nachdem er seine Schuhe ausgezogen hat, ziehe ihn zu meiner bodentiefen Fensterfront im großen Wohnzimmer und deute auf den wunderschönen Ausblick in den beleuchteten Park. Ich merke, er ist sehr beeindruckt.

Mit dunkler Stimme flüstert er: „Kathrin, die Wohnung passt so gut zu dir."

Mit seinen starken, warmen Händen nimmt er meinen Kopf, zieht mich in Zeitlupe zu sich ran und küsst mich. Langsam und vorsichtig schiebt er seine Zunge in meinen weichen Mund, öffnet ihn und wird dann immer fordernder. Mein Herz schlägt schneller, ich gebe mich ihm total hin und öffne an seinem Hemd die Knöpfe – einen nach dem anderen. Er löst sich von mir und fährt mit seiner Zunge an meinem Nacken entlang, während er mit seinen Händen gefühlvoll und doch bestimmt in meine langen blonden Haare fasst. Er drückt seine Zähne mit einer gewissen Erregung sinnlich in meinen Hals. Ein tiefes Stöhnen entrinnt ihm.

Ich schiebe ihn vom Fenster weg und nehme ihn langsam, Schritt für Schritt, mit in mein Schlafzimmer. Die Hände können wir nicht voneinander lassen. Ich will diesen Mann so sehr. Jetzt. Und sofort.

Dort angekommen, hält er inne.

„Das ist dein Zimmer?", fragt er ehrfurchtsvoll.

Ich lache leise, weil er diesen Ort wohl als etwas Besonderes empfindet.

Thorsten schaut aus meinem großen Fenster in den mit Sternen bedeckten Himmel. Der Mond ist nicht zu sehen. Es ist still, wir hören nur unseren eigenen Atem. Ich streichle seinen breiten Rücken, schmiege mich an ihn, öffne sein Hemd weiter und streife es ihm über die Schultern. Er trägt nichts darunter. Sein nackter Oberkörper fühlt sich perfekt an.

Er flüstert in mein Ohr: „Wie schön du bist!"

Ich werfe den Kopf zurück, meine weichen Haare fallen mir in den Rücken und berühren seine Arme, die immer noch um mich geschlungen sind. Da ist es um ihn geschehen. Er packt mich und schiebt mich Richtung Bett.

„Ich will dich, Kathrin. Jetzt sofort!"

Als er mich erregt ins Kissen drückt, raunt er mir mit dunkler Stimme zu: „Kathrin, du bist stärker als andere Frauen. Doch ich möchte immer die Kontrolle behalten."

Was ist denn das für eine Aussage?

Ich denke später darüber nach, beschließe ich schnell. Jetzt will ich mich ganz diesem Moment hingeben.

Und die Rakete, die imaginär die ganze Zeit zündelnd zwischen uns stand, wird endlich abgeschossen. Die sprühenden Funken in meinem Kopf nehme ich nur verschwommen wahr.

Erschöpft liege ich kurze Zeit später in seinen Armen und schaue ihn an. „Du bist ein Glückspilz mit so einer wunderbaren Persönlichkeit im Arm." Ich fühle mich gerade vollkommen zufrieden mit mir selbst.

„Ja, bin ich", antwortet er sanft. „Ich sehe dich immer noch vor mir. Vor so vielen Jahren in deinem sexy Kleid und deinen tollen langen blonden Haaren. Du bist unglaublich schön. Deine Haut ist so weich. Ich werde immer daran denken, wenn ich an dieser Straße vorbeifahre", flüstert er mir ins Ohr, während er mit den Fingern gefühlvoll über meinen Arm streichelt.

Dann schläft er ein.

Ich schiebe es auf seine vielen Gin Tonics, decke ihn liebevoll zu und schnuppere an ihm. Er riecht nach Sex mit mir. Vorsichtig stehe ich auf, hole mir, leise wie eine Katze, ein Glas Wasser und schaue auf mein Handy. Auweia – ich habe vergessen, Katja Bescheid zu geben. Sie hat bereits geschrieben, ob alles okay sei bei mir. Ich antworte ihr schnell und schmiege mich danach noch einmal still an Thorstens warmen starken Körper. Er riecht so gut. Dann falle ich in einen leichten Schlaf.

Draußen wird es bereits hell und Thorsten wacht auf.

„Wo ist dein Bad? Kann ich eben duschen? Und kannst du mir ein Taxi bestellen?"

Ich zeige ihm alles und rufe das Taxi. Plötzlich bin ich hellwach und in der Realität angekommen.

Er duscht, zieht sich an und setzt sich auf meine Bettkante, nimmt meine Hand und streichelt sie.

„Ich habe deine Karte und melde mich."

Thorsten beugt sich zu mir herunter und küsst mich ein letztes Mal. Dann steht er auf und geht. Ich bleibe liegen und höre das Klicken der Haustür.

Was für eine Nacht – was für ein toller Mann! Ich lasse den Gedanken dort, wo er ist. Schließlich bin ich sowieso bald weg. In meiner neuen Welt; und da werde ich den Mann treffen, der frei ist und der mich als Partnerin will, mit allem, was zu Kathrin dazugehört.

Ich schlafe glücklich ein und träume von meiner neuen Heimat.

Ich schlafe, bis die Sonne in mein Zimmer scheint.

Langsam kommen die Gedanken zurück. Bar... Stange... Bier... Gin Tonic... Thorsten... Taxi... Muskeln... Sex... heißer Sex... ganz heißer Sex ... Mein Laken riecht nach dem durchtrainierten Mann, der noch vor sechs Stunden neben mir lag. Ich schäle mich aus meinem Bett und gehe auf die Toilette. Oh nein, wie es hier wieder aussieht! Wieso räume ich eigentlich nie auf, bevor ich weggehe? Hier fliegen Schuhe und Handtücher rum, Kisten, überall Kisten, und das Badezimmer ist ein einziges Chaos.

Dabei ist Ordnung das erste Gesetz des Himmels.
Unser äußeres Chaos spiegelt unser Inneres. Wissen wir jedes einzelne
Teil zu schätzen und kennen dessen Wert? Unsere eigene Macht nutzen
und machen, und zwar klar Schiff und Ordnung im eigenen Leben. Ich
gebe zu, wir sind schon eine Weile unterwegs auf unserer Lebensreise,
da kommt eben auch einiges zusammen. Wie viel Ballast tragen wir oft
freiwillig jahre- oder sogar jahrzehntelang mit uns rum? Sich davon
lösen – das können nur wir selbst.

Ich löse mich von meinem Gedankenchaos, husche mit meinen
schönen warmen Socken in die Küche und setze Teewasser auf.
Versonnen schaue ich aus dem Fenster. Wie kann ein Mann einen
so erfüllen? Das hatte ich nicht oft in meinem Leben. Trotzdem
mache ich einen Haken dran. Er ist sowieso verheiratet und ich bin
bald weg. Was für ein Glück, dann brauche ich mir darüber schon
mal keinen Kopf mehr zu machen. Kathrin, du hattest gestern einen
One-Night-Stand … Das gibt es ja nicht. Das geht bei mir eigentlich
gar nicht. Na ja, ich glaube, da musste noch etwas zum Abschluss
gebracht werden, erkläre ich mir den Umstand. Vor Jahren hatten wir
stundenlang Küsse hinter einer Bar ausgetauscht, und dieses Mal war
eben der Sex dran, der damals nicht zustande kam. Punkt. Nimm
alles mit, was das Leben dir bietet. Ich mache bald den Abflug und
werde in Hamburg meinen Traumprinzen finden. Das ist der Plan.
Zufrieden über meine Entscheidung schmiere ich mir ein Brötchen
mit dick Marmelade drauf. Ich brauche Kraft nach der letzten Nacht.
Das Einzige, was ich richtig bedauere, ist, dass ich diesen Adonis
nicht nüchtern erleben konnte, sondern etwas angeschickert war.
Fünf Bier waren wohl doch zu viel. Ich weiß nicht, was ich mit ihm
noch alles angestellt hätte, wäre die ganze Nacht unsere gewesen.
Was für Gedanken! Ich glaube, ich brauche eine kalte Dusche, um
wieder auf ein normales Level zu kommen. Doch erst mal hinsetzen
und Tee trinken, auf meinem sonnengefluteten Balkon. Dort ist

mein Platz – auf der Sonnenseite des Lebens. Danke an das Leben, das mir so eine tolle Nacht geschenkt hat kurz vor Ende. Irgendwie verrückt, dass gerade Thorsten gestern Abend in dieser Bar war. Ich weiß nicht, wie viele Bars es in Frankfurt gibt. Er hätte überall sein können, doch er sollte in die gehen, in der ich auch war. Das Leben hatte anscheinend genau das mit ihm vor. Ihn vielleicht an etwas erinnern, was wichtig für ihn und seine Entwicklung ist.

Momentchen mal, Kathrin, schön bei dir bleiben. Vielleicht hat das Leben ja mit dir was vor, und was bedeutet das für dich …?

Ich balanciere mein Frühstück auf einem Tablett nach draußen und setze mich, nur in meinen weichen Bademantel gehüllt, an den kleinen Holztisch. Es ist herrlich warm. Die Vögel zwitschern und ich höre Radio Hamburg. Ich stelle mich schon mal auf meine neue Heimat ein. Oh Mann, ich freue mich so sehr. Während ich frühstücke, mache ich mir einen Plan, was ich noch alles organisieren muss. Mein nackter Gartenzwerg schaut mich grinsend an, während ich mir das Marmeladenbrötchen in den Mund schiebe.

Zwei Wochen arbeite ich noch, dann kommt der große Umzug. Ich werde nächste Woche nach Hamburg fliegen, um mir die neue Dusche anzuschauen und meine Wohnungsschlüssel in Empfang zu nehmen. Außerdem erwarte ich eine Möbellieferung, die ich freundlicherweise schon in meiner neuen Wohnung unterstellen darf. Mein neuer Vermieter ist auch so ein Glücksgriff. Ich freue mich so sehr auf mein neues Zuhause.

Mein Handy zeigt zweiundzwanzig neue Nachrichten an – was ist denn hier los? Während mir der Sirup meiner zweiten Brötchenhälfte über die Finger läuft und ich diesen ablecke, lese ich und antworte postwendend.

Süß, Franziska macht sich Sorgen, ob wir gut nach Hause gekommen sind.

Katja schreibt mir, dass sie gestern Nacht noch in eine Polizei-kontrolle geraten ist und blasen musste … oha! Mit 0,45 Promille hat sie gerade noch ihren süßen Hintern gerettet, schreibt sie. Ich bin froh, dass für sie alles so glimpflich ausgegangen ist.

Ich mampfe weiter mein Brötchen. Donnerschlag, habe ich einen Hunger!

Plötzlich poppt von einem „Thor" eine Nachricht auf. Hä?

Wer ist denn „Thor"?

Oha, mein Adonis von letzter Nacht … Na, mein Gedächtnis ist auch nicht mehr das beste.

„Es war ein schöner Abend. Alles gut bei dir?", schreibt er.

Regel Nr. 2 – melde dich nie direkt umgehend bei einem Mann, wenn er eine Nachricht schickt.

Eigentlich hasse ich solche Regeln, doch ich halte mich trotzdem meist daran. Die nächste Stunde kümmere ich mich um meine Liste mit Erledigungen und anderen Nachrichten.

Nach vierzig Minuten kommt die nächste Nachricht von ihm:

„Ist alles in Ordnung?"

Ha … das ist er wohl nicht gewohnt, dass man nicht gleich antwortet. Diese Regeln sind doch gut! Erst weitere zwanzig Minuten später antworte ich ihm: *„Muss erst mal langsam wach werden."*

Da freut er sich, denn prompt kommt ein Smiley zurück.

Ich räume mein Frühstücksgeschirr in die Küche zurück und hüpfe anschließend noch mal ins Bett. Das riecht so gut nach ihm.

Kurze Zeit später räume ich die Klamotten vom Boden auf und entdecke dabei einen unbekannten Armreif. Er liegt unter meinem BH. Den hat Thorsten wohl im Dunklen vergessen. Also, den Armreif meine ich … Ich nehme ihn in die Hand und betrachte ihn. Handgemacht, sehr edel. Er passt zu ihm. Ich lege ihn auf mein Bett. Mal sehen, wann Thorsten ihn vermisst.

Ich habe heute Nachmittag einen Termin für eine Location-Besichtigung ganz in der Nähe und beschließe, bis dahin noch ein paar Kisten zu packen.

Mein Handy vibriert. Es ist erneut Thorsten. *„Ich habe mein Armband bei dir liegen lassen. Hast du es gefunden?"*

Na, immerhin fällt es ihm auf.

„Wann kann ich es mir abholen?", schiebt er hinterher.

Ich vergesse, ihm zu antworten, da ich mit meinen Umzugskartons zu kämpfen habe.

Ich schaffe es, vier weitere zu packen, und putze noch etwas. Erst gegen Mittag, ich bin zum Kaffee verabredet, meldet sich Thorsten erneut. Na, der ist ja wohl voll auf Konversation aus.

„Bist du zuhause? Darf ich gleich vorbeikommen wegen des Armbands?"

Jetzt ist es ihm aber ernst.

„Ja, ich wollte zwar weg, doch wenn du dich beeilst, erwischst du mich noch."

„Bin in zehn Minuten da", kommt es prompt zurück.

Hui, so schnell? Na, es muss ihm besonders wichtig sein. Ich werfe mir schnell ein Kleid über, zaubere mir irgendwie etwas Farbe ins Gesicht, stecke meine Haare hoch, schnappe mir den Müll und bringe ihn runter. Dann befülle ich den Stauraum meiner Vespa mit meiner Handtasche. In dem Moment kommt Thorsten auch schon angedüst. Er steigt aus seinem Auto aus und schlendert mir lässig entgegen. Der Mann sieht auch im Hellen mit dreckiger Jeans und T-Shirt gut aus. Er entschuldigt sich für den Aufzug und zeigt auf seine Klamotten.

„Komme gerade von der Baustelle."

Ich gehe darüber hinweg und drücke ihn herzlich. Er riecht immer noch gut. Ich gebe ihm sein Armband und frage ihn nach der Herkunft des Schmuckstücks.

„Ich habe es in einem Urlaub in Afrika machen lassen und hänge sehr daran."

Ich werde das Gefühl nicht los, dass er mich einfach noch mal sehen wollte.

Während unseres Gesprächs ist er schüchtern und kann mir kaum in die Augen schauen. Ich spüre, wie sehr er mich mag. Vielleicht ist er deswegen so nervös. Ich bin ganz normal, freue mich über seinen Besuch und zeige ihm stolz meine Vespa. Sein Gesicht strahlt. Männer und Motorräder.

„Ich habe auch eine", erzählt er fröhlich.

„Was? Im Ernst? Das ist genial."

Ich bin ganz aus dem Häuschen. Und wir tauschen uns eine Weile über Vespas im Allgemeinen aus. Er schlägt vor, dass wir gemeinsam mal eine Tour machen könnten. „Mal" ist ein ganz schlechtes Wort …

„Mal" bedeutet, dass es eigentlich gar nicht stattfindet. Machen wir mal. Wir treffen uns mal. Kannst du das mal machen? Das ist alles unverbindlich. Wenn einem Menschen etwas wichtig ist, warum wählt er die Worte nicht anders? „Ja, das machen wir." „Wir treffen uns. Schlag einen Termin vor." „Kannst du das bitte machen?" Es hört sich völlig anders an. Verbindlich. In dem Wort steckt Verbindung. Sich binden. An eine Aussage, eine Person, ein Versprechen. Das wiederum schafft Vertrauen.

Doch hier ist keine Verbindung außer dem Sex von letzter Nacht.

„Gern, aber ich und auch meine Vespa sind nur noch drei Wochen da – genauer gesagt zweieinhalb."

Thorsten schaut traurig, oder scheint mir das nur so?

Ich gebe ihm noch einen alten Flyer meines Romans „Tagebuch einer Geliebten" mit, den ich vor zwei Jahren geschrieben habe.

„Die fahre ich immer noch in meiner Vespa spazieren. Wir sprachen bereits gestern in der Bar darüber."

Er ist sehr interessiert und verspricht erneut, sich das Buch zu kaufen. Na, da bin ich gespannt.

„Ich muss jetzt los, Thorsten." Laut klappe ich die Sitzklappe der Vespa runter.

„Es war unglaublich schön gestern." Er sieht mich an und ich schaue ihm in die Augen. Keiner sagt was, bis ich fast flüsternd erwidere: „Ja, das finde ich auch."

Er küsst mich rechts und links auf die Wange, verabschiedet sich, steigt in sein Auto und braust davon.

Wiedersehen, schöner Mann. Kathrin, immer nach vorn schauen, und das bedeutet – Hamburg, ich komme! Dankbar sein für diese tolle Nacht gestern. Du hast jetzt andere Dinge, die deine ganze Aufmerksamkeit erfordern, nicht das Frankfurter Sixpack, das du gestern in deinem Bett liegen hattest. One-Night-Stand heißt, eine Nacht muss reichen.

Austausch

Gut gelaunt fahre ich zur Arbeit. Das Radio ist auf voller Lautstärke. Während Mark Forster darüber singt, dass sowieso alles gut wird und irgendwo immer eine neue Tür aufgeht, krame ich in meiner Tasche, um mich zu schminken. Bin ja multifunktional. Das Leben ist so schön. Mein neuer Vermieter hat mir heute Morgen geschrieben, dass die Dusche bereits heute eingebaut wird, und gefragt, wann ich noch mal genau komme vor dem Umzug. Ja, ich eile – nächste Woche fliege ich noch mal hoch. Neele hat Ferien und ist nur unterwegs.

Ich bin total aufgeregt. Das wird alles so klasse. Ich freue mich riesig auf diese Stadt, die Menschen, mein neues Zuhause und wie alles wird. Und das Tollste: Mein Mann wohnt auch dort! Das weiß er nur noch nicht, aber ich! Haha.

Das kann nur so sein. Jedes Mal, wenn ich im Auto sitze und das Universum frage, wo der richtige Mann für mich ist, fahren mir hier doch tatsächlich alle Nase lang Autos mit Hamburger Kennzeichen über den Weg. Und nicht nur eins, sondern gleich mehrere! Ist das spannend. Ich finde die Antworten des Lebens einfach klasse. Von daher steht das schon mal fest. Hier wird das nichts mehr, hat ja auch keinen Sinn.

Der Adonis Thorsten ist bedauerlicherweise aufgrund seines Beziehungsstatus raus und wohnt sowieso in Frankfurt. Egal. Das Thema Frankfurt ist bald Geschichte. Ich schaue auch gar nicht erst. Muss dringend noch einen letzten Friseurbesuch bei Luisa ausmachen, bevor ich gen Norden entschwinde. Während ich mir die Wimpern tusche und mich im zäh fließenden Verkehr Richtung Bundesstraße schlängle, wähle ich ihre Nummer. Was erledigt ist, ist erledigt. „Salon Luisa Heitgen, guten Morgen!", höre ich ihre Stimme durch die Freisprechanlage. „Ich bin's, Kathrin!"

„Hey, wie läuft es mit dem Kistenpacken?"

„Alles super. Ich mach eins nach dem anderen. Am Wochenende kommt Franziska und hilft mir bei den Kleiderschränken." Ich klappe die Sonnenblende hoch und stecke den Lippenstift in die Tasche.

„Das hört sich toll an. Gern bringe ich euch Kartoffelsalat vorbei. Hast du denn noch Geschirr da?"

„Ja, habe ich. Ich habe mir ein neues Geschirr für Hamburg bestellt. So kann ich das alte dann wegtun. Das hat so viele Dellen …" Wie mein Leben, da hab ich mir auch so die eine oder andere Delle geholt, denke ich.

Endlich geht es vorwärts im Verkehr. Oh, das wird in Hamburg auch anders. Mein Auto verkaufe ich, wenn ich in Hamburg bin. Da wird nur noch Rad, Vespa, U- und S-Bahn gefahren. Herrlich.

„Luisa, ich wollte einen letzten Termin bei dir ausmachen. Wann darf ich denn kommen?" „Wenn du nächste Woche noch Urlaub hast, komm doch am Mittwoch um neun Uhr vorbei." Im Kopf gehe ich schnell meine Termine durch. „Das passt. Tausend Dank!" Ich lege auf und drehe zufrieden das Radio wieder auf.

Mir fallen noch so viele Sachen ein, die ich machen muss. Kathrin, Ruhe bewahren und eins nach dem anderen. Wie war das noch mit der Selbstliebe und dem Sich-um-sich-Kümmern? Auch Pause machen und Ausgleich schaffen. Du hast heftige Wochen vor dir, und wenn du da durchrast wie ein Tornado, hast du hinterher keine Puste mehr. Also Kräfte einteilen und Pausen einlegen. Ich schalte in den dritten Gang und biege in unsere Firmenstraße ein. Okay, ich habe es verstanden. Heute Abend einen Sprung in die Sauna. Könnte ich mir gönnen. Ach herrje, die Mitgliedschaft im Fitnessclub muss ich auch noch kündigen.

Ein leises Pling meines Handys ertönt. Ich schiebe meinen Zugangs-chip über das Berechtigungsfeld der Garagenschranke und linse auf mein Display. Thorsten schreibt, während Adel Tawil immer wieder

singt: „Ist da jemand? Ist da jemand...?" Äh, ja, ich bin hier und grinse innerlich. Kann ja nicht wahr sein. Was will der denn? „Dir einen wunderschönen guten Morgen!"
Wow. Nicht schlecht. Adonis, das wünsche ich dir auch. Du bist hundertmal besser als mein Gartenzwerg auf dem Balkon. Der hat zwar einen Knackarsch, doch nicht so ein Sixpack wie du. Ich bekomme Gänsehaut bei dem Gedanken an seinen definierten Bauch. Der Sex war genial. Er hatte es wirklich drauf, aber dieses Kontrolldenken ... Hm, da muss ich nochmals drüber nachdenken. Ich fahre in die Tiefgarage. Kathrin, Männer bitte beiseitestellen, da hast du jetzt echt keine Zeit für. Ruhe bewahren und umziehen, heißt die Devise. Es gibt noch tausend Sachen zu erledigen, und arbeiten muss ich auch noch nebenbei.

Nach vielen Telefonaten und E-Mails habe ich einiges weggeschafft und schicke meiner Lieblingskollegin Katja eine E-Mail mit dem Wort „Pause!". Mit dem Handy bewaffnet laufe ich in unsere Firmenküche.

Während ich den Milchaufschäumer befülle, poppt eine Nachricht von Thorsten auf. *„Hallo, habe übrigens Dein Buch bestellt ..."*
Na, das ist ja mal spannend. So, so, hat er tatsächlich gemacht... Das hätte ich nicht gedacht.
Während die Milch schäumt und Katja Knäckebrote mit unserer heiß geliebten Tomatencreme beschmiert, schicke ich ihm schnell eine Nachricht zurück: *„Mein Buch hast du bestellt? Wow, ich bin beeindruckt. Zwischen Sagen und Tun ist ja immer noch ein Unterschied..."* Zack, und weg ist die Nachricht.
Der Milchaufschäumer läuft über. Oh, das war wohl zu viel Milch. Während ich die Sauerei aufwische, blinkt schon wieder mein Handy auf. Ja, sag mal, was ist denn hier los? Thorsten schon wieder. Muss der nicht arbeiten?

„Übrigens, das Buch musst du mir dann signieren." Aha, na, das wird ja immer besser. Meine Augen hüpfen zwischen Kaffee, Handy und meiner Kollegin hin und her … multifunktional stresst.

„Sag mal, wem schreibst du denn da die ganze Zeit?", will Katja wissen.

„Na, dem Typ aus der Bar letzte Woche. Kannst du dich erinnern? Mit dem ich nach Hause bin."

„Ist nicht dein Ernst! Erzähl!"

So, Thorsten lass ich jetzt zappeln. Ich muss nicht immer gleich postwendend antworten. Machen Männer auch nicht.

Ich erzähle Katja alles ausführlich bis fast ins kleinste Detail. Nach zwanzig Minuten sitze ich wieder brav an meinem Schreibtisch. Heute plane ich, zeitig Feierabend zu machen. Ich habe noch einiges vor … Ach, wollte ich heute Abend nicht noch was für mich tun und in die Sauna gehen? Ich entscheide mich dafür.

Während ich meinen Laptop zusammenpacke, fängt es draußen auf einmal an zu schütten. Ich schicke Thorsten noch schnell eine Antwort auf seine Nachricht. *„Wenn du lieb bist, signiere ich dir gerne das Buch."* Dann schnappe ich meine Tasche und das Paket, das heute für mich kam, und laufe in die Tiefgarage.

Mit auf Hochtouren laufenden Scheibenwischern fahre ich ins Fitnessstudio und hüpfe dort in die Sauna. Es ist nicht viel los. Die Wärme tut mir gut. Ich drehe die Sanduhr um und lege mich auf mein weiches Handtuch, versuche durchs Atmen meinen Puls zu beruhigen, schließe die Augen und beginne mich zu entspannen. Und dann kommen sie wieder, die vielen Gedanken, die mich beschäftigen. Ich versuche all die Dinge, die mir im Kopf rumgehen, zu sortieren. Bald bin ich nicht mehr da. Meine Freunde lasse ich zurück, das Büro, in das ich schon so lange jeden Tag fahre. Viele Menschen, die ich hier kennen und schätzen gelernt habe, werde ich nicht mehr sehen. Gewohntes wird sich verändern. Ich werde mich auf so vieles neu einstellen müssen, mich bewegen, mich motivieren und offen sein zu dem, was kommt. Ich habe mich entschieden, in eine Stadt zu ziehen, in der ich niemand kenne und wo ich mit siebenundvierzig Jahren komplett bei null anfange. Ich bin echt mutig, doch mich reizt das. Es ist spannend, was der Umzug mit mir macht. Das Leben für mich arbeiten lassen und offen sein gegenüber Neuem.

Mir läuft der Schweiß von der Stirn. Ist das Angstschweiß? Na ja, der Drops ist gelutscht, würde Franziska sagen. Der Mietvertrag ist unterschrieben und alles so weit geregelt. Kathrin, du schaffst das schon, und wenn es nicht klappt und du dich unwohl fühlst, dann kannst du jederzeit wieder zurück oder woanders hinziehen. Dennoch geht es mir nicht gut. Wenn ich mehr in das Gefühl reingehe, in Hamburg ganz allein auf mich gestellt zu sein, wird mir schummrig.

Doch nichts ist in Stein gemeißelt, obwohl es viele Menschen glauben. Ich kann jederzeit neu entscheiden. Wer sagt, dass ich mein ganzes Leben an einem Ort leben muss? Es gibt so viele schöne Städte, Orte, Länder, in denen wir leben und die wir entdecken können. Auch uns selbst. Doch jeder entscheidet für sich, wie er es gerne möchte. Haus im Grünen mit Garten und Terrasse. Oder das Appartement in der Stadt, wo ich viele Menschen um mich habe, Kultur, Restaurants, Bars und den Bäcker um die Ecke. Auf einer Insel, in Italien, Frankreich oder auf einem Hausboot. Jeder entscheidet aus freiem Willen, wo er leben möchte. Auch wenn viele sagen, dass sie das nicht tun und durch alles Mögliche gezwungen werden. Es sind Ausreden, nur um sich selbst nicht zu bewegen. Doch darum geht es im Leben. Es ist eine Reise, um zu lernen, zu erkennen und zu erschaffen. Altes korrigieren und das eigene Herz immer weiter zu öffnen.

Ich zwinge mich, noch fünf Minuten sitzen zu bleiben, obwohl mir irre heiß ist.

Doch es ist definitiv zu heiß. Ich laufe in den Sauna-Innenhof, um mich abzukühlen. Was für eine herrliche Luft hier draußen! Ich werde mich kurz auf die Liege legen und dann nach Hause fahren. Ich fühle innerlich eine Unruhe in mir und will einfach heim. Heim, wie sich das anhört ...

Ich blättere liegend die Zeitschriften durch und schweife immer wieder mit den Gedanken ab. Das hat hier keinen Zweck. Im Hier und Jetzt ist was anderes. Ich nehme mein Handtuch, schlüpfe in meine Flipflops und laufe zur Umkleidekabine. Nach zehn Minuten sitze ich im Auto und brause nach Hause. Da fällt mir erneut ein, dass ich immer noch meine Mitgliedschaft kündigen muss. Auf meinem Handy poppt wieder eine Nachricht auf. Thorsten. Der lässt nicht locker. Warum kümmern sich solche Männer nicht mal um ihre Ehefrauen, anstatt ihre Zeit in andere Frauen zu investieren? Kathrin, es ist nicht deine Angelegenheit. Kümmere dich um deine eigenen. Außerdem ist es für einen Mann hier vor Ort zu spät. In drei Wochen bist du weeeeeegg!

Wenn es mir gut geht, geht es allen anderen auch gut. Wenn ich gute Laune habe, stecke ich andere damit an. Wenn ich lachend durch die Fußgängerzone laufe, lachen achtzig Prozent der Menschen zurück. Normale Menschen erfüllen die Erwartungen ihrer Mitmenschen. Der glückliche Mensch ist Vorbild und Geschenk für seine Mitmenschen. Jeder kann wählen. Will ich glücklich oder normal? Ich nehme glücklich und danach lebe ich jetzt auch.

In Hamburg werde ich das total durchziehen.

Ich laufe die Treppe hoch und schließe auf. Meine Nachbarin kommt mir entgegen und wir halten einen Plausch. Sie will mir die Tage beim Packen helfen und eventuell das eine oder andere noch übernehmen, damit ich es nicht mit umziehen muss. Wunderbar, das kommt mir sehr gelegen. Wir verabschieden uns und ich laufe in meine Wohnung. Es hallt richtig, so leer ist es mittlerweile, auch an den Wänden. Die Bilder hatte ich letzte Woche abgehängt.

Während ich mit einem Bein schon in meiner Jogginghose stecke, schaue ich nochmals meine E-Mails an. Mein Vermieter hat erneut geschrieben. Oha, ich muss mich unbedingt bei ihm melden. Morgen. Heute nicht mehr. Jetzt habe ich Hunger und Durst. Was gäbe ich dafür, ein Glas Rotwein zu trinken, doch ich habe so gut wie nie Alkohol im Haus. Wenn Freunde kommen, bringen sie den Alkohol immer mit. Sehr praktisch. Somit habe ich keine Verführung – weder alkoholtechnisch noch männlich. Wobei … nun sei mal nicht undankbar. Vor nicht mal zwei Tagen hattest du sensationellen Sex mit einem echt heißen Mann. Während das Wasser für die Tortellini langsam kocht, wird mir schon wieder heiß bei dem Gedanken. Da hilft nur kaltes Wasser, das ich gierig trinke. So, Kathrin, auf geht es! Essen, Packen, Schlafen. Das ist der Plan.

Es klingelt an der Tür. Wer ist denn das? Ich laufe zur Tür und frage an der Sprechanlage, wer da ist.

„Ich bin es. Habe Bier dabei. Das braucht man beim Kistenpacken." Genial, meine Freundin Franziska. Sie ist ein Schatz. Ist zwar kein Rotwein, doch wenigstens Alkohol.

Ich öffne die Tür und sie kommt fröhlich die Treppe hochgelaufen.

„Ich unterstütze es zwar nicht, dass du mich hier allein lässt und in die oberste Ecke von Deutschland ziehst, doch ich bin kein Unmensch. Na, wie geht es meiner kleinen Bald-Hamburgerin? Und, was wichtig ist zu wissen: Was macht der One-Night-Stand?"

Ich boxe ihr in die Seite, lache und schließe die Tür.

Wir fläzen uns aufs Sofa, ich stopfe mir die Pasta in den Mund und muss ihr, nachdem wir die Flaschen mit einem Plopp geöffnet haben, reinen Wein einschenken, wie die ganze Geschichte mit Thorsten wirklich war. Sie ist begeistert.

„Kathrin hatte einen One-Night-Stand. Passt gar nicht zu dir."
Sie lacht aus vollem Halse.
Ich strecke ihr die Zunge raus. „Tja, kannst mal sehen. Kathrin ist in der Lage, sich auch mal was zu gönnen."
Wir beginnen nach der ersten Flasche Bier, Kisten zu packen. Zu zweit macht es viel mehr Spaß.

Nach zwei Stunden und drei Bier muss ich immer wieder gähnen. Ich bin hundemüde. Franziska auch. Wir drücken uns gegenseitig und sie fährt nach Hause. Ich falle schlagkaputt in mein Bett. Es ist stockduster draußen. Immer noch kein Mond zu sehen.

Packen

Heute ist Freitag. Genau vor einer Woche habe ich Thorsten wiedergetroffen. Wir haben derzeit regelmäßigen Austausch über WhatsApp. Ich versuche, dem Ganzen nicht so viel Bedeutung beizumessen, doch ich bin ehrlich, irgendwas reizt mich an dem Mann. Was das ist? Keine Ahnung! Vielleicht hatte ich in letzter Zeit wirklich zu wenig Sex.

Egal, denk nicht drüber nach. Kathrin, pack deinen Kleiderschrank in Kisten und ab geht die Post. Es ist sieben Uhr morgens und ich will vor der Arbeit schon die Winterklamotten aus dem Schrank haben. Ein Umzugsunternehmen habe ich bereits zu einem guten Preis organisiert und ich freue mich, dass nicht die ganze Arbeit an mir hängt. Am schwierigsten wird, meine heiß geliebte Vespa heil nach Hamburg zu bringen. Und das auch noch ohne mich. Doch es wird alles klappen, ganz sicher. Immer positiv.

Um 8.30 Uhr mache ich mich auf den Weg zur Arbeit. Eine Woche arbeite ich noch von hier aus und dann habe ich Urlaub. Was für ein Glück! Da kann ich mich voll und ganz auf den Umzug konzentrieren. Ich fahre rasant in den Kreisel rein und überlege noch, welchen Weg zur Arbeit ich heute fahren soll. Es gibt ja nicht nur eine Möglichkeit und viele Wege führen nach Rom. Herrlich. Innerlich mach ich Schnick, Schnack, Schnuck, und die Entscheidung fällt für den längsten und schönsten Weg. Ich mag es, immer wieder andere Wege zu nutzen. Nicht immer dasselbe – das langweilt mich. Da trifft man auch neue Menschen, die Begebenheiten sind anders und man ist viel bewusster, als wenn man jeden Tag denselben Weg nimmt. Auch das ist eine Entscheidung – jeden Tag aufs Neue.

Im Kopf gehe ich meine To-do-Liste durch. Ich muss unbedingt noch das Fitnessstudio kündigen und meinem alten und neuen Vermieter schreiben. Übergabe und Einzug. Oh, ist das alles aufregend! Ich tusche mir gerade die Wimpern, als die Ampel auf Rot springt. Ich gehe in die Eisen. Das ABS reagiert sofort. Donnerschlag, das war knapp! Okay, jetzt steck schnell deine Schminksachen weg und konzentrier dich! Das zum Thema „bewusst" … dass ich nicht lache!

Im Büro angekommen, lüfte ich und werfe den Computer an. Es ist viel los – ich muss meine Projekte für die Zeit nach dem Umzug planen, damit ich alles im Griff habe. Drei Vortragsanfragen und Angebote müssen geschrieben werden. Für meinen Chef muss ich auch noch ein paar Dinge erledigen. Dann gib mal Gas, Kathrin! „Um zehn Uhr Pause?", ruft Katja mir zu und wir verabreden uns dafür in der Kaffeeküche.
Da fällt mir ein, eigentlich müsste ich noch eine Abschiedsfeier machen für all meine Freunde – am besten in der leeren Wohnung. Mit Pizza und Rotwein und fertig. Gute Idee!
Mein Handy blinkt. Thorsten. Wieso poppt ständig dieser Adonis auf? Ich will das nicht und es passt mir jetzt gar nicht in den Plan. *„Hey, wie geht es dir?"*, schreibt er.

Ich habe keine Zeit dafür.
Um zehn Uhr klingelt mein Pausenwecker. Ich mache mir einen leckeren Milchkaffee und erzähle Katja von meiner Idee mit der Party. Sie ist begeistert. Ich mache eine Kissenparty – jeder bringt sein Kissen selbst mit –, geniale Idee. Das mache ich am besten zwei Tage vor meiner Abreise. Ich fahre dann mit meinem Auto nach Hamburg. Das werde ich nach ein paar Monaten dort oben verkaufen. Minimieren ist so herrlich! Ballast abwerfen. In dem Wort Ballast steckt Last. Ich löse mich von Dingen, die ich nicht mehr brauche, und werde dadurch innerlich reich an Freiheit.

Das Telefon klingelt – ich sause in mein Büro und helfe weiter, wo ich kann. Also heute ist wieder was los! Der Tag geht rum wie nix. Meinem Vermieter beziehungsweise Makler habe ich geschrieben und gefragt, wann wir die Übergabe für die alte Wohnung machen. Ich schlage ihm den Tag vor meiner Abreise vor. Die Putzfrau muss ich auch noch bitten, einen Putztag für die komplette Endreinigung einzulegen. Wie viele Jahre habe ich hier verbracht? Habe hier gelebt, gelacht, geweint, geliebt und gearbeitet, und das, obwohl ich hier eigentlich nie leben wollte. Nun gut, ich habe es für meine Mädels gemacht. Und einen guten Job habe ich auch. Okay, Kathrin, nun sei mal nicht so undankbar. Du hast dich dafür entschieden. Du hättest jederzeit eine andere Wahl treffen können. Hast du aber nicht.

Hopp, ab ins Auto! Ich muss in den Baumarkt, Spachtelmasse besorgen für die Löcher in meinen Wänden, die ich heute zuspachteln will. Was erledigt ist, ist erledigt.
Kaum bin ich auf dem Heimweg, stehe ich schon im Feierabendstau. Ha, das lasse ich auch hinter mir. S- und U-Bahn-Fahren ist in Hamburg angesagt. Da stehe ich nicht im Stau und im Sommer fahre ich mit meiner Vespa an allen vorbei. Juchhu!

Ich nutze die Zeit und schreibe Thorsten zurück. *„Ja, mir geht es gut! Danke der Nachfrage. Wie war dein Tag?"*
Kaum habe ich das abgeschickt, kommt auch schon postwendend eine Antwort. Sag mal, sitzt der auf seinem Handy oder hat er so viele Frauen am Start? *„Ja, war ganz okay … wie immer zu viel Arbeit."* Was soll ich dazu sagen? Ich glaube, der braucht mal motivierende Worte. *„Und deiner?"*, fragt er noch.
„Ich schicke dir von meiner Energie etwas rüber. Mach das Beste daraus und nutze sie gut! Mein Tag war fantastisch! Die Lebenswelle, auf der ich schwimme, ist genial. Ich mag die Bewegung."

Der Verkehr läuft wieder. Während ich in den dritten Gang schalte, kommt schon die Antwort. *„Wow – du hast Energie! Privat habe ich auch Energie im Überfluss, im Job manchmal nicht so viel. Trotzdem danke für den Energietransfer. LG und einen tollen Abend, Thorsten."* Mein Motivationsherz schlägt Purzelbäume. Oha, das ist mal bezeichnend: „… im Job manchmal nicht so viel." Leider ist er sich dessen nicht bewusst, er macht immer weiter. Hinterfragt nicht, reflektiert nicht. Da ist die Entscheidung: Ich halte das durch, koste es, was es wolle. Wäre ein guter Kunde … doch mit Kunden sollte man nicht schlafen. Okay, vergiss die Akquise. Ich wäre bei dem verloren!

Zuhause angekommen hole ich mir ein großes Glas Wasser, stelle mich ans Fenster und schaue in den Park. Die Sonne scheint und die Bäume leuchten in herrlichem Grün. Wie viele Jahreszeiten habe ich hier erlebt? Es ist schon eine schöne Wohnung und ich muss ehrlicherweise zugeben, ich habe mich hier sehr wohl gefühlt. Sicher, die Miete ist wahrlich horrend, doch das zahlt man für so eine tolle Lage. Ich hatte immer Glück mit Wohnungen – egal, wo. Und mit MEINER in Hamburg habe ich echt den Sechser im Lotto mit Zusatzzahl gezogen! Geniale Lage – mittendrin, zwei Stationen zum Jungfernstieg, komplett saniert, tolle Ausstattung, moderne große Küche, alter Dielenboden in der ganzen Wohnung komplett neu abgezogen. Neues Bad, und das Beste – zwei Balkone. Und ich schaue von dort auch ins Grüne. Es ist ein altes verklinkertes Mehrparteienhaus – wunderschön in einer kleinen Seitenstraße, rundherum Bars, Restaurants, der Bäcker und ein süßer kleiner Klamottenladen. Mit der netten Frau habe ich schon ein Pläuschchen gehalten, als ich mir bei meiner ersten Wohnungsbesichtigung dort einen Schal gekauft habe. Oh, ich freue mich so sehr. Mein Herz hüpft.

Da ich so lange Vorlauf hatte, habe ich beschlossen, meine komplette Inneneinrichtung neu zu kaufen, alles andere verkaufe oder verschenke ich – bis auf mein Schlafzimmer. Das ist so schön mit meinem weißen Bett und dem weißen Schrank, der auf alt getrimmt ist. Und eine weitere Kommode, die meinen Eingang verschönert.

Ich habe eine tolle Sofalandschaft in Creme gewählt und an die Wände kommt eine Tapete mit Sandsteinoptik, die sieht aus wie eine echte Wand. Das wollte ich schon immer so haben.

Hunger habe ich. Mal sehen. Was habe ich denn noch im Kühlschrank? Speck, Joghurt und Eier. Kartoffeln habe ich auch da. Tja, das ist nicht viel, doch daraus kann ich mir was zaubern.
Ich haue alles in die Pfanne und keine dreißig Minuten später sitze ich satt auf meinem Sofa und überlege, mit welchem Loch in der Wand ich anfange. Dabei gehen meine Gedanken spazieren. Wer hat eigentlich die Löcher in die Wand gebohrt? Ich kein einziges. Alles unterschiedliche Männer. Da fällt mir ein, dass Thorsten an dem besagten Abend meinte, ich sei stärker als andere Frauen. Haha, aber nicht beim Löcher-in-die-Wand-Bohren. Dennoch eine interessante Aussage. Stärker als andere Frauen.

Jede Frau ist stark auf ihre Weise, doch ich glaube, dass viele sich ihrer eigenen Stärke nicht mehr oder noch nicht bewusst sind. Dabei hat jeder ausreichend Kraft für das Leben, das er zu meistern hat. Nur wir selbst trauen uns oft nicht, uns unserer eigenen Kraft zu bedienen.

Ich möchte mich auch meiner eigenen Kraft bedienen für mich und mein eigenes Unternehmen. Vorträge zur Persönlichkeitsentwicklung halten, ein Buch nach dem anderen schreiben und Motivationscoachings geben. Selbst gestalten und mein eigener Chef sein. Ich bin dafür wie gemacht mit meiner Fröhlichkeit, meinem Optimismus und meiner Dynamik! Das Blinken meines Handys holt mich zurück in die Realität. Franziska fragt, wo ich bin und was ich mache. Wir schreiben ein wenig und der Blick an die leere Wand erinnert mich daran, dass ich noch meine Löcher stopfen muss.

„Franziska, ich muss Schluss machen und mich um meine Löcher kümmern."

„Was denn für Löcher?"

„Die auch dein Mann in meine Wände gebohrt hat ..." Ich lache lauthals und wir machen eine Uhrzeit für Samstag aus zum weiteren Kistenpacken.

„Luisa kommt und will uns Kartoffelsalat vorbeibringen. Supernett!"

„Na, dann kann ja nichts mehr schiefgehen. Freue mich!"

Nach bereits vierzig Minuten habe ich es geschafft und die Löcher sind gestopft. Renovieren wird der Nachmieter. Damit habe ich nichts mehr zu tun. Die Endreinigung lasse ich nach der Party machen und – auf Wiedersehen!

So, Kathrin, ab ins Bett! Morgen ist auch noch ein Tag. Der letzte vor dem Wochenende.

Die Sonne scheint, als ich aufwache. Da habe ich gleich gute Laune und springe mit dem Gedanken *„Ich darf aufstehen!"* aus dem Bett. Mir wird ein neuer Tag geschenkt, an dem ich gestalten kann, was immer ich mir vorstelle. Ich mache mich in aller Ruhe fertig fürs Büro und gehe beschwingt aus dem Haus.

Es ist Freitag. Die Tankanzeige meines Autos leuchtet auf. Schnell zur Tankstelle. Dann kann ich gleich Croissants fürs Büro kaufen. Während der Zapfhahn meinen Tank füllt, antworte ich Thorsten auf die Nachricht von gestern.

„Moin! Thorsten, ich kenne da einen guten Coach für fehlende Energie im Job. Dir einen dynamischen Freitag!"

Der Zapfhahn klickt – der Tank ist voll. Ich schließe den Deckel und gehe bezahlen. Während ich mich in der Schlange anstelle, denke ich darüber nach, dass ich außer meinen Freunden und der liebevollen Familie meines Ex-Mannes niemand vermissen werde. Ich kam mit den Leuten hier irgendwie nie klar, wurde nie recht warm mit ihnen, obwohl ich eine so offene und fröhliche Person bin. In Hamburg war das immer anders – kaum war ich da, flogen mir die Herzen nur so zu, und das war bei jedem Besuch dort oben so. Nicht erklärbar. Doch die anderen spiegeln mich. Scheinbar spüren die Menschen, dass ich eigentlich gar nicht hier sein will.

Doch alles hat seine Zeit.

„Hallo!" Der Tankwart schaut mich ungeduldig an.

„Oh, sorry, war in Gedanken."

„Ja, das habe ich gemerkt", antwortet er genervt.

Na, das ist ja eine tolle Begrüßung am Morgen. Ich bestelle meine Croissants, bezahle und hüpfe wieder in mein Auto, während mir ein tankender Porschefahrer zuzwinkert. Nice! Sehr nice.

Kathrin, jetzt brauchen die auch nicht mehr anzukommen. Die hatten schließlich jahrelang Zeit und haben es nicht genutzt. Bäh, und jetzt bin ich weg. Pech gehabt. Lachend starte ich mein Auto. Als ich an dem Porschefahrer vorbeifahren will, tritt er an mein Fenster. Was ist denn? Ich fahre die Scheibe runter und strahle ihn an. Er sieht echt gut aus. Genau mein Typ.

„Lust, einen Kaffee trinken zu gehen?"

„Gerne, doch nicht jetzt, und ansonsten bin ich in den letzten Zügen hier. Ich ziehe nach Hamburg."

„Was? So eine Schönheit zieht nach Hamburg? Das geht ja gar nicht! Bitte geben Sie mir Ihre Nummer. Ich melde mich bei Ihnen, vielleicht klappt es ja doch vorher noch. Es würde mich sehr freuen. Sonst muss ich nach Hamburg für den Kaffee kommen."

Ich gebe ihm eine meiner KATHRIN SCHUMANN-Visitenkarten und verabschiede mich charmant. Das gibt es ja nicht. Kaum habe ich in Frankfurt abgeschlossen, kommen die Männer angelaufen. Ich tanke hier seit zehn Jahren. Es hat mich noch nie jemand angesprochen. Was hat das Universum wieder mit mir vor? Zum Glück habe ich meine Wohnung gekündigt, damit gibt es kein Zurück mehr. Das fehlt mir noch. Neele fände es sicher großartig… Ich glaube, so ganz hat sie die Hoffnung nicht aufgegeben, dass noch eine Wendung kommt.

Bevor ich weiter darüber nachdenken kann, habe ich mich im Verkehr eingefädelt und ab geht es zum Arbeiten.

„Das ist alles, was du noch an Kartons hast?", fragt mich Franziska einen Tag später ungläubig. „Die reichen niemals für deinen ganzen Kleiderschrank! Du bist schlimmer als Carrie Bradshaw aus Sex and the City."
„Lass uns die doch erst mal füllen. Ich kann später immer noch welche besorgen", antworte ich genervt. „Der Baumarkt hat bis 18 Uhr offen."
„Na gut, zur Not habe ich auch noch welche zuhause. Von unserem letzten Umzug", meint Franziska, während sie versucht, einen der Kartons zusammenzubauen.

Ich bin tiefenentspannt. Das geht hier ganz flott bei mir. Schrank auf. Kleiderbügel inklusive Klamotte direkt in den Karton.
„Wie läuft es mit deinem Adonis? Hat er sich noch mal gemeldet?"
„Ja, doch ich will nichts von dem. Er ist sowieso verheiratet, hat genug andere Baustellen, und so toll er auch ist, zumindest sein Körper und die Anziehungskraft, die er auf mich ausübt – ich ziehe ich in zwei Wochen nach Hamburg. Was will ich mit dem?"
„Ja, stimmt. Du hast recht."
„Das eine Mal war jetzt einfach dran und da sollte wohl noch was zu Ende geführt werden, was vor Jahren noch nicht dran war. Ich belaste mich nicht mit so einem."

„Ich verstehe dich."

Und just in dem Moment blinkt mein Handy auf. Thorsten – das war wohl Telepathie. *„Was machst du?"* Äh … Ich stecke mit dem Kopf im Umzugskarton und bin beschäftigt. Der hat Nerven. Na gut, woher soll er wissen, was ich mache? Ich habe keine Zeit und Lust, mich zu melden. Es gibt momentan Wichtigeres. Knallhart lege ich das Handy weg und lasse Adonis Adonis sein.

„Luisa, Katharina, wie schön, dass ihr vorbeikommt!", begrüße ich freudestrahlend meine Freundin und ihre Tochter, die verschmitzt hinter ihrer Mutter hervorschaut. Luisa trägt die Schüssel Kartoffelsalat in meine fast leere Küche. Es hallt richtig.

„Wie leer das aussieht."

Katharina steigt über Umzugskartons in Annikas altes Zimmer, die vor nicht langer Zeit in die USA als Au-pair gegangen ist. Sie geht nun ihren eigenen Weg und macht ihre Erfahrungen, und bei Neele wird es auch nicht mehr so lange dauern.

„Ja, hier ist Aufbruchstimmung!", sage ich und öffne zwei Bierflaschen.

„Ich will keins, muss gleich noch beim Friseur-Großhändler was einkaufen."

Franziska macht die Würstchen im Wasserbad heiß. Auf einmal merke ich, wie hungrig ich bin. Wir packen schon seit vier Stunden und haben fast alles aus den Schränken im Karton.

Ich schiebe mir gerade eine Gabel Kartoffelsalat in den Mund, als mein Handy vibriert. Unbekannte Nummer. Hä? Wer ist denn das?, denke ich. Ich hebe ab.

„Grüße Sie. Klaus Petersen. Ich bin der Mann von der Tankstelle." Er lacht und seine Stimme hört sich verdammt sexy an.

Ich werde rot, warum auch immer, und er hat sofort meine volle Aufmerksamkeit. Meine Freundinnen schauen mich neugierig an.

„Ich wollte Sie auf einen Kaffee abholen. Passt es dieses Mal?"

„Oh, sorry. Ich stecke mit dem Kopf im Umzugskarton und werde gerade mit Kartoffelsalat und Würstchen versorgt."

„Ah, okay." Er klingt enttäuscht. „Wie lange geht denn die Aktion noch?", schiebt er hinterher.

„Keine Ahnung." Bis alles in Kisten verstaut ist. Franziska macht irgendwelche Zeichen mit den Händen, die mir scheinbar sagen sollen, dass sie bald geht.

„Vielleicht haben Sie Lust auf einen entspannten Wein heute Abend? Sozusagen als Belohnung für den anstrengenden Tag." Das hört sich in der Tat gut an.

„Wo und wann?", will ich wissen.

„19 Uhr. Lassen Sie sich überraschen. Ich hole Sie ab. Wo wohnen Sie denn?" Ich gebe meine Adresse durch. „Prima, ich freue mich. Bis später!"

„Ja, bis später." Ich lege auf und schaue meine gespannten Freundinnen an, die auf eine Erklärung warten.

„Was war das bitte?!", fragt Franziska wie aus der Pistole geschossen.

„Ja, äh, also ich war gestern tanken …"

„Tanken? Aha … ja, ist klar. Und da verteilst du wild deine Visitenkarten oder wie?"

„Ja, so ungefähr …" Ich lache verschmitzt. „Er hat mich angesprochen. Einfach so. Und dann wollte er mit mir einen Kaffee trinken gehen. Ich musste jedoch zur Arbeit, und überhaupt – was will ich mit ihm? Ich ziehe um."

„Ich hab dir ja gesagt, Kathrin, bleib hier. Du muss dich einfach locker machen und entspannen. Aber nein, du willst unbedingt nach Hamburg." Sie verdreht die Augen und fuchtelt wild mit ihren Händen umher.

„Wie alt ist er denn?", will Luisa wissen und flechtet ihrer Tochter den aufgegangenen Zopf neu.

„Äh, keine Ahnung. Ich schätze, so alt wie ich."

„Wenn er samstagsabends Zeit hat, mit dir einen Wein trinken zu gehen, dann ist wohl keine Frau dahinter."

„Na ja, in der Vergangenheit haben wir auch andere Erfahrungen gemacht. Da kannst du auch nichts mehr darauf geben", meint Franziska.

„Darüber habe ich überhaupt nicht nachgedacht. Er machte gestern an der Tankstelle einen sehr netten Eindruck, und ich mache das jetzt einfach. Ich habe nichts zu verlieren, und einen netten Abend bei einem Glas Wein auf den letzten Metern hier in Frankfurt ist doch wunderbar. Er hat gesagt, ich solle mich überraschen lassen, wohin wir gehen. Das hatte ich auch noch nicht. Bisher musste ich immer sagen, wo es am besten ist. – Will noch jemand Kaffee?", frage ich und laufe in die Küche.

Das Leben ist bunt. Herrlich!

Date

Hitzewallungen bekomme ich. Das, was ich anziehen will, ist in einem dieser vielen Kartons vergraben. Schreibenkleister! Meine Freundinnen nebst Tochter sind vor dreißig Minuten gegangen. Franziska musste ich versprechen, dass ich mich melde, wo mein Date mit mir hingeht.

Ich habe noch eine Stunde, bis der nette Porschefahrer mich abholt. Und ich will genau das Oberteil mit den schwarzen eleganten Spitzen am Abschluss des Dekolletees anziehen und nichts anderes – mir ist so danach. Und wenn Kathrin ihren Willen haben will, dann ist sie nicht zu stoppen.

Ich öffne gerade den sechsten Karton, als mein Handy klingelt. Wer ist denn das? Genervt schlage ich den Karton zu und laufe ins Wohnzimmer. Wo ist das Telefon? Ich bekomme hier echt die Krise. Es klingelt unermüdlich. Ich finde das Handy auf dem Esszimmertisch unter einem Wust aus Zeitungen.

„Hey, Kathrin, Thorsten hier. Wie geht es dir?"

Etwas baff über den Anruf weiß ich im ersten Moment gar nicht, was ich sagen soll.

„Ja, gut. Außer dem Umzugschaos. Und dir?"

„Bei mir ist alles paletti. Ich melde mich, da ich dich heute Abend einladen will. Du bist ja nicht mehr lange da." Pause in der Leitung.

„Leider." Kommt noch hinterher.

Sag mal, was ist denn mit den Männern los? Habe ich irgendwas gemacht, dass die auf einmal alle so verrückt darauf sind, sich mit mir zu treffen? Was hat sich verändert? Komisch. Vielleicht hätte ich schon früher umziehen sollen. Hätte, wäre, wenn … alles keine guten Wörter.

„Thorsten, das ist sehr nett von dir, doch ich bin heute schon eingeladen."

Ich spüre sofort seine Enttäuschung, obwohl er noch gar nichts gesagt hat.

„Schade. Vielleicht klappt es noch ein anderes Mal, bevor du gehst?"
Ich schaue auf die Uhr … Ach, du Schreck. Mir bleiben noch fünfundzwanzig Minuten, bis ich abgeholt werde.

„Ja, vielleicht."

„Wann ist der Umzug?", will er wissen.

„In einer Woche. Thorsten, ich muss mich sputen."

„Oh, sorry, ich wollte dich nicht aufhalten. Ich melde mich noch mal nächste Woche."

Hat der keine Ehefrau, um die er sich kümmern sollte? Na ja, was kümmert es mich? Jetzt mal zack, zack, Kathrin! Du musst dich beeilen. Ich suche konzentriert in meinen Umzugskartons und finde mein Oberteil tatsächlich. Natürlich im vorletzten Karton, ist ja klar. Schnell Farbe ins Gesicht und fertig. Ziehe ich hohe Schuhe an oder lieber flache? Kathrin, mach keinen Aufriss. Flache, dann hast du wenigstens festen Boden unter den Füßen. Du willst ja niemand aufreißen.

Das Klingeln an der Tür holt mich aus meinen Gedanken. Ein letzter Blick in den Spiegel, der noch als Einziges an der Wand hängt. Ja, Kathrin, du siehst klasse aus, so kannst du gehen. Meine blonden Haare fallen weich über meine Schultern. Ich schnappe mir meine Handtasche und laufe das Treppenhaus hinunter. Durch die Scheibe sehe ich seinen frischpolierten schwarzen Porsche. Ich öffne die Haustür und am Ende der Treppe steht meine „Tankstellenbekannt-schaft".

Sah der so gut aus? Das kann doch gar nicht sein. Ein großer, schlanker und gut gebauter Mann wartet am Ende der Treppe auf mich. Er sieht lässig aus mit seiner Lederjacke und seinen Jeans. Sein leicht graumeliertes Haar ist gepflegt und lässig zur Seite gegelt. Wow! Er strahlt mich an.

„Sie sehen toll aus!", sagt er charmant und nimmt meine Hand an der letzten Stufe. „Danke sehr", antworte ich leise.

Während er mir die Autotür galant aufhält, meint er: „Ich finde es klasse, dass Sie sich überraschen lassen. Es wird toll. Versprochen!" Ich muss lachen, da er sich so freut. Das wird definitiv ein spannender Abend. Mir fallen jetzt schon tausend Fragen ein – doch Zurückhaltung ist gefragt, Kathrin.

Lässig steigt er in sein Auto ein, lacht mich an und startet den Wagen. Was für ein Geräusch, als der Motor aufheult – das allein ist schon heiß.

„Wie weit sind Sie gekommen mit dem Packen?"

„Ich bin schon sehr weit. Nächste Woche muss ich noch stückweise arbeiten, und am Freitag kommen die Möbelpacker. Wenn die Wohnung abends leer ist, mache ich noch eine Kissenabschiedsparty für alle meine Freunde."

„Kissenabschiedsparty?"

„Ja, es sind ja keine Möbel mehr da. Jeder bringt ein Kissen mit, ich bestelle Pizza, organisiere Rotwein und wir feiern meine letzte Party auf dem Boden der Tatsachen."

„Coole Idee!"

Wir fahren Richtung Frankfurt und unterhalten uns lebhaft, sofern das bei dem lauten Motor möglich ist.

Man merkt, dass er sich gut auskennt und er weiß, wo er hinwill. Herrlich. Ich brauche mich nicht zu kümmern und den Weg zu weisen. Ich darf Frau durch und durch sein und fühle mich gut in meiner Haut. Ich bin so voller Vorfreude auf meine neue Heimat, bin glücklich über den bevorstehenden Abend und genieße einfach nur.

Es geht in die Innenstadt. Er parkt in MEINEM Parkhaus, in dem ich so viele Jahre immer geparkt habe, und hält mir beim Aussteigen die Tür auf. Gentleman durch und durch. Ich bin beeindruckt.

Wir laufen ein Stück und er lotst mich in das Eurotheum hinein. Achtsam geht er mit mir durch das Drehkreuz und lässt mir dabei den Vortritt in den Aufzug. In der 22. Etage öffnet sich die Aufzugtür und wir laufen Richtung Bar. Am Empfang lächelt uns eine sehr hübsche Kellnerin an.

„Ich habe reserviert – einen Tisch für zwei Personen auf den Namen Petersen." „Selbstverständlich, Herr Petersen. Hier entlang."

Er hält seine Hand in meinem Rücken und ich gehe vorweg. Donnerschlag, fühlt sich das gut an. Mehr – ich will mehr davon. Kathrin, sei vollkommen im Hier und Jetzt und konserviere das.

Wir bekommen den schönsten Platz direkt am Fenster in der 22nd Lounge. Ich mag mich noch nicht setzen. Eine traumhafte Aussicht auf das beleuchtete Frankfurt begrüßt uns. Ich versuche, das für mich festzuhalten. Das nenne ich eine Überraschung.

„Ist Ihnen der Platz recht?" Er lächelt mich verschmitzt an.

„Herr Petersen, das ist ein Traum."

„Ich dachte mir, da Sie bald gehen, will ich Ihnen nochmals zeigen, wie schön Frankfurt ist, damit Sie eine gute Erinnerung daran behalten. Ich freue mich, dass es Ihnen gefällt."

„Ich bin sehr beeindruckt, das muss ich sagen. Eine echte Überraschung."

Langsam setze ich mich in den bequemen und stylischen Sessel.

„Zwei Glas Champagner, bitte", bestellt er bei der netten Kellnerin.

„Sehr gern, Herr Petersen."

Oh, ich liebe solch eine Dienstleistung und Kundenorientierung. Ich merke, wie wertschätzend er mit dem Personal umgeht und wie nett hier alle sind. Toll! Da hüpft mein Herz.

Herr Petersen erklärt mir, wo was von Frankfurt in der schwindelnden Höhe zu finden ist. „Arbeiten Sie hier?", will ich wissen.

„Ja, das tue ich. In einem der Hochhäuser."

So, so … Wie aus dem Nichts erscheint unser Champagner in eisgekühlten Gläsern. Zwei silberne Schalen mit Datteln im Speckmantel und Oliven werden ebenfalls auf unseren Tisch gestellt. Das ist ein Traum. So umsichtig.

Als die Kellnerin verschwunden ist, nimmt er das Glas Champagner und ich tue es ihm gleich.

„Auf unser Kennenlernen an der Tankstelle! Danke, dass Sie mit mir hier sind, und sehr gerne möchte ich auf unser DU trinken, wenn Ihnen das recht ist." Freudestrahlend schaut er mich mit seinen blauen Augen an und stößt klirrend mit seinem Glas an meines. Ich muss herzhaft lachen, er sieht sehr süß aus.

„Ja, auf unser Kennenlernen! Danke für die Einladung, und sehr gerne – Kathrin!"

„Klaus. Ich freue mich sehr."

Der Champagner läuft mir wohltemperiert prickelnd die Kehle hinunter. Das hier ist formvollendet und wie aus dem Bilderbuch. Danke, Herr Klaus Petersen. Schöner Name. Eigentlich sehr nordisch.

Wir unterhalten uns prächtig, lachen viel und er erzählt von sich, fragt höflich nach mir, jedoch nicht zu aufdringlich, und er zeigt, wie toll er mich findet. Immer wieder strahlt er mich an. Ich vergesse alles, was ich in meinem Alltag stemme und organisiere, und bin völlig im Hier und Jetzt.

Ein fünfzigjähriger Gentleman, wie aus dem Paradies entwischt. Um zu tanken.

Geschieden und Vater von drei Kindern, die bereits alle aus dem Haus sind. Er kommt gebürtig aus Düsseldorf und lebt seit fast zwanzig Jahren in Frankfurt. Er ist Inhaber einer großen Immobilienfirma, auch im Ausland unterwegs und arbeitet sehr viel. Das war auch der Grund seiner Trennung vor einigen Jahren. Sehr spannend alles.

„Möchtest du etwas essen? Bestimmt war es anstrengend heute mit dem Packen."

„Ja, eine Kleinigkeit wäre klasse."

Klaus lässt sich die Karten bringen und wir wählen zusammen eine Vorspeise und einen kleinen Hauptgang aus. Einen sehr guten

Rotwein aus der Toskana wählt er ebenfalls aus der Weinkarte. Ich fühle mich wohl in seiner Nähe. Und nicht nur der Ausblick auf Frankfurt ist ein Traum, sondern auch dieser Mann …

Ohne jegliches Zeitgefühl muss ich auf die Toilette. Ich entschuldige mich und die hübsche Kellnerin weist mir den Weg. Erst jetzt merke ich, wie voll der Laden ist. Und wir haben so einen schönen Platz – direkt am Fenster zur Welt. Als ich mir die Hände wasche, mit Blick durch das bodentiefe Fenster auf diese Stadt, die ich in genau einer Woche verlasse, schaue ich in den Spiegel. Meine Augen strahlen und glitzern wie die Lichter der Stadt unter mir. Dann fällt mein Blick auf die Uhr und ich bin überrascht, dass es schon kurz nach 23 Uhr ist. Ich will gar nicht nach Hause. Es ist so schön. Wie lange hatte ich das schon nicht mehr, so eine wertschätzende Unterhaltung, so einen respektvollen Umgang und so viel Lachen mit einem Mann, der auch noch so gut aussieht? Kathrin, du hast das Beste überhaupt verdient. Du darfst und du kannst. Nimm, was das Leben dir schenkt, und sag einfach nur Danke! Danke!

Stolz laufe ich zu unserem Platz zurück. Auch von hinten sieht der Mann fantastisch aus. „Klaus, es ist ein schöner Abend! Vielen lieben Dank."

Er strahlt. „Hast du noch Lust, tanzen zu gehen?", fragt er und schaut mich von der Seite her an.

„Was für eine mega Idee! Da bin ich dabei!"

Klaus ist aus dem Häuschen. „Ich kenne auch einen Laden, der Musik spielt aus der guten alten Zeit. Tanzt du gern?"

„Oh ja, ich liebe Tanzen!"

„Bitte die Rechnung!", ruft er der Kellnerin zu.

Eine Viertelstunde später stehen wir vor dem Aufzug – nicht allein. Mindestens fünfzehn Leute wollen nach unten. Die Tür öffnet sich und alle strömen hinein. Es ist eng. Ich stehe nahe an Klaus, da die Leute von allen Seiten in den Fahrstuhl drängen. Ich kann ihn riechen … und er riecht gut. So männlich … Sein After Shave macht mich an. Ich schaue langsam zu ihm hoch. Er hält beschützend seine Hand in meinem Rücken.

Oh, das ist hier aber echt heiß …

Ich liebe jedes Stockwerk, das wir passieren. Einige unterhalten sich, andere lachen und planen, wo sie jetzt hingehen. Klaus sagt nichts. Ich fühle, wie er schweigsam die Berührung genießt. Ich traue mich nicht, mich zu bewegen.

Wieder auf dem Boden angelangt, schlendert er zielstrebig mit mir durch Frankfurt. Ich hake mich bei ihm unter und wir lachen über die einfachsten Dinge. Er steuert mich in eine Bar, in der Achtzigerjahremusik läuft. Hier ist die Hölle los und das Publikum sehr angenehm und lässig. Ich fühle mich sofort wohl.

Nachdem er mir aus der Jacke geholfen und diese an der Garderobe abgegeben hat, nimmt er meine Hand und steuert mich auf die Tanzfläche. Ich schwebe in seinen Armen. Donnerschlag, kann der gut tanzen! Klaus hat mich voll im Griff, und das ist bei Kathrin nicht so einfach. Er führt mich, als ob es schon immer so gewesen wäre – das ist genau das, was ich brauche. Ich denke über nichts nach, lasse führen und bin einfach nur da, genieße diesen Ort, das Tanzen und diesen Mann. Ein fantastisches Lied nach dem anderen wird gespielt und es wird immer enger auf der Fläche. Mir ist heiß.

„Ich hole uns was zu trinken. Was möchtest du?", ruft Klaus mir zu.

„Gerne ein Wasser."

„Ich hole mir auch noch einen Gin Tonic. Du auch?" „Immer!"

Zu Phil Collins Musik schwinge ich die Hüften. Ich fühle mich sauwohl. Die Discokugel an der Decke dreht sich mit mir im Kreis. Ich könnte die Welt umarmen. Was für ein grandioser Abend!

Nach zehn Minuten reicht mir Klaus das Wasser und hält meinen Gin Tonic fest. „Komm, wir stellen uns hier an die Seite!", ruft er mir ins Ohr. Am Rand ist ein Stehtisch frei geworden. Wir unterhalten uns eine Weile. Immer wieder fasst er mich am Arm an. Die Unterhaltung wird schwieriger, da die Musik zu laut ist und zu gut.

Als das Lied „I like Chopin" von Gazebo gespielt wird, nimmt Klaus wortlos meine Hand und zieht mich langsam auf die Tanzfläche, ganz nah an ihn. Ist das erregend. Er zieht mich magisch an. Im Rhythmus der Musik bewegt er sich mit mir, als ob wir eins wären. „Kathrin, du bist eine so anziehende Frau", flüstert er mir ins Ohr. Ein Schauer fährt durch meinen Körper. Ich lache und werfe meinen Kopf zurück. Meine langen Haare berühren seine Hände, die um meinen Rücken gelegt sind.

„So was habe ich noch nicht erlebt", meint er und schaut mich von oben an. Die Musik ist absolut passend und die ganze Situation soll so sein. Er umfasst liebevoll meine Wange mit seiner Hand und kommt langsam mit seinem Mund näher. Ich werde komplett weich und schmelze dahin, als er zärtlich meinen Mund küsst. Jetzt dreht sich alles in mir – die Diskokugel kommt nicht mehr hinterher … Dieser Mann ist ein Traum. In dem Moment ertönt „Heartbreaker" von Dionne Warwick. Was passiert hier gerade? Ich möchte nicht, dass mir das Herz in Frankfurt gebrochen wird. Ich will mich doch in Hamburg verlieben – das ist mein Plan, der unbedingt so sein soll. In dem Wort „unbedingt" steckt das Wort „bedingt". Kathrin, du brauchst nur bedingt deinen Plan. Denn das Leben macht, was es will, und ich bin mittendrin. Kathrin, hör auf zu denken. Küsse, liebe und genieße!

Klaus umfasst meine Taille und öffnet mit seinen Lippen meinen Mund, während er mich im Takt der Musik dreht. Er küsst wie ein Gentleman, vorsichtig, liebevoll und dennoch offen. Ich verliere mich und lasse es zu. Ich kann nur gewinnen. Mit geschlossenen Augen lasse ich mich führen und bin Frau durch und durch. Er löst sich von mir und schaut mir in die Augen.

„Kathrin, du küsst so gut. Ich wusste es von Anfang an, als ich dich an der Tankstelle gesehen habe. Du bist eine Wahnsinnsfrau", haucht er in mein Ohr. Ich bekomme unweigerlich Gänsehaut. Irre, wie dieser Mann mich erreicht.

Ich löse mich von ihm und breite beide Armen aus – lache aus vollem Hals. Ich bin so glücklich. Auf der Zielgeraden nach Hamburg, mitten in Frankfurt mit dem Mann von der Tankstelle, der so viel Stil und Klasse hat. Und mit Musik in den Ohren, die genau meine ist. Das Leben ist so bunt wie Konfetti und ich werfe imaginär gerade beutelweise davon.

Klaus freut sich mit mir, und wir tanzen und küssen bis in die frühen Morgenstunden. Um 4.30 Uhr bin ich müde und möchte nach Hause. Wir laufen lachend und tanzend zur Tiefgarage.

Klaus hält mir formvollendet erneut die Tür auf und lässt mich einsteigen. Wir fahren nach Hause. Vor meiner Haustür zieht er mich langsam in seine Arme und küsst mich zum Abschluss. Er macht in keiner Weise den Anlauf, noch mit mir kommen zu wollen. Das gefällt mir.

„Magst du nächsten Freitag zu meiner Party kommen?", frage ich ihn spontan. Die Frage hört sich einfach stimmig an für mich.

„Zu deiner Kissenabschiedsparty? Ich mag zwar nicht, dass du gehst, doch ich komme sehr gern. Danke für die Einladung." Seine Augen ruhen auf mir. „Siehst du eine Chance, dass wir uns nächste Woche noch mal sehen – außer Freitag?"

Ich lache leise. „Mal sehen. Ich muss mir erst einen Überblick verschaffen."

„Alles klar. Du hast meine Nummer?"

„Ja, habe ich."

Klaus küsst mich zärtlich und lässt mich erst nach einer gefühlten Ewigkeit los. „Danke für den fantastischen Abend", sage ich.

„Kathrin, ich habe zu danken. Du bist einfach bezaubernd! Bis hoffentlich bald!"

Ich lache ihn an und winke ihm, nachdem ich die Haustür geöffnet habe, noch mal zu. Erst als ich meine Wohnungstür aufschließe, höre ich Klaus davonfahren. Ein außergewöhnlicher Mann, ein sensationeller Abend! Wertschätzung und Respekt auf der ganzen Linie. Dass ich das noch erleben darf – genial! Danke an das Leben. Als ich im Bett liege, spüre ich auf einmal, wie müde ich bin, und schlafe sofort ein.

Die Sonnenstrahlen auf meiner Nasenspitze wecken mich. Ich fühle mich so ausgeschlafen wie lange nicht mehr. Mit dem Blick auf die Uhr fahre ich erschrocken hoch. Was? 11.30 Uhr? Heiliger Bimbam – so spät! Ich suche mein Handy und finde es in meiner Handtasche. Da fällt mir ein, dass ich Franziska vergessen habe zu sagen, wo ich mit Klaus hingefahren bin. Mist. Ich stelle fest, dass mein Handy auch keinen Saft mehr hat und ausgegangen ist. Ich stecke es an die Ladestation und setze Teewasser auf. Erst mal richtig wach werden. Was war gestern alles? Ein spektakulärer Abend mit einem absolut feinen Mann, der bedauerlicherweise an Frankfurt gebunden ist. Das ist eigentlich nicht mein Plan, doch das Leben hat seine eigenen Spielregeln. Gut, ich stelle mich dem.

Endlich meldet sich mein Handy an und ich muss auf etliche Nachrichten und verpasste Anrufe von Franziska schauen. Scheiben-kleister! Ich habe es echt vergessen. Dieser Mann hat mich vergessen lassen – und damit alles um mich herum. Das hat lange keiner mehr geschafft.

Als letzte Nachricht poppt Klaus auf meinem Handy auf – kurz nachdem er mich gestern oder besser heute Morgen nach Hause gebracht hat. *„Kathrin, danke für diesen wunderbaren Abend. Du bist eine attraktive Frau! Ich möchte dich wiedersehen. Bitte gestatte mir das nächste Woche – außer Freitag! KUSS, K."*

Oh, da schmilzt mein Herz dahin. Es war wirklich spitze. Während der Tee zieht, gehe ich erneut ins Bett und erinnere mich an die Küsse und Berührungen von Klaus. Nicht auszudenken, wie der Sex mit diesem Mann ist … Da wird mir richtig heiß und ich habe noch keine Tasse Tee intus.

Ich schreibe Franziska zurück, dass alles super ist und das Handy keinen Saft mehr hatte. Ein ausführlicher Bericht folgt dann später. Smiley.

Klaus will ich noch nicht antworten, muss zunächst richtig wach werden, abwarten, Tee trinken und frühstücken. Dann bin ich für die richtigen Worte bereit, die dieser Mann verdient hat. Glücklich Toast mampfend in meinem weißen Traumbett und mit einem Becher heiß dampfenden Tee in der Hand mache ich Bestandsaufnahme.

In sechs Tagen ist Freitag. Das Umzugsunternehmen kommt Freitagmorgen um acht Uhr. Die haben gesagt, dass sie in vier Stunden alles im Wagen haben, inklusive meiner Vespa. Mein Vermieter hat sich angeboten, den Umzug in Hamburg zu koordinieren. Ich muss auch noch etliche Amtsgänge machen, mich ummelden und so weiter.

In drei Tagen fliege ich nach Hamburg und kläre alles mit meinem neuen Vermieter. Wie oft habe ich mit ihm hin und her geschrieben. Er ist so bemüht und unterstützt mich. Ich liebe meine Hamburger jetzt schon. Am Samstag kommt gegen neun Uhr meine Putzfrau Anne mit einer Freundin, um die Endreinigung zu machen. Um 13 Uhr wollen sie fertig sein. Ich habe um 14 Uhr die Übergabe der Wohnung mit meinem Makler und dann hüpfe ich in mein Auto und fahre in meine neue Heimat. Jaaaa! Das ist der Plan. Den Haustürschlüssel für mein neues Zuhause bekomme ich bereits am Dienstag, damit ich Samstagabend in meine Wohnung kann, wo hoffentlich mein Bettchen schon bereitsteht und auf mich wartet. Ich kann es kaum abwarten. Das wird so schön. Ich habe Gänsehaut.

Plötzlich kommt mir Klaus in den Sinn. Es war so ein genialer Abend gestern. Bedauerlich, dass ich nun weggehe. Mein ganzes Singledasein habe ich auf so einen Mann gewartet, und kurz vor meinem Umzug steht er auf der Matte. Doch sei entspannt, Kathrin. Alles wird schon richtig kommen. Wobei ... ist wahrscheinlich auch so eine Alltagsfliege.

Thorsten genauso. Einen Narren hat er an mir gefressen. Von ihm waren gestern Abend auch drei Nachrichten, ob wir uns nächste Woche noch mal sehen. Er denkt an mich und ich solle mich doch unbedingt melden …

Mein Gefühl sagt mir ganz klar: Schieß ihn freundlich ab. Er ist verheiratet und hat somit genug Baustellen. Brauche ich nicht. Klaus hingegen ist ein ganz anderes Kaliber. Wertschätzend, auf dem Boden geblieben, Single, so wie ich, und hat drei Kinder. Klingt gut, doch er wohnt in Frankfurt. Und ich bald in Hamburg. Nun gut, es ist so, wie es ist.

Ich stelle meinen Teller auf dem Boden ab und beschließe in 10 Minuten aufzustehen. Morgen packe ich weiter ein, und dann arbeite ich Montag, Mittwoch und Donnerstag, Freitag habe ich bereits Urlaub. Ich bin so aufgeregt auf alles.

Mein Handy blinkt auf. Klaus. *„Alles gut bei dir?“* Er ist echt süß. Ja, bei mir ist alles mehr als gut, grinse ich in mich rein. Ich schließe die Augen und denke an seine Küsse gestern Nacht. Er kann richtig gut küssen. Männlich, stark, doch auch weich und zärtlich. Es ist einfach eine gute Mischung.

Ich muss mich jetzt auch mal aufmischen. Hopp, hopp, Kathrin, ab unter die Dusche! Heute ist Samstag und ich habe noch eine Menge vor.

Nachdem ich frisch geduscht in Jeans und T-Shirt geschlüpft bin, schreibe ich in aller Ruhe Klaus zurück, bevor ich weiterpacke.

„Danke dir vielmals für den überragenden Abend! Ich bin immer noch begeistert und es waren so erfüllende Stunden mit dir. Ist auch alles gut bei dir? Was ist heute geplant?“

So, Handy weg. Ich muss jetzt in die Vollen gehen. Ich wirble stundenlang, packe, räume zusammen und die Schränke leeren sich immer mehr. Heute Nachmittag kommt jemand vorbei und holt den großen Esszimmertisch mit allen Stühlen. Die Wohnungen in Hamburg sind etwas kleiner und ich brauche den großen Esszimmertisch nicht mehr. Ich möchte alles eher nordisch weiß einrichten. Das hat mir schon immer gefallen, und ich mache es endlich so, wie ich möchte. Ist das spannend. Ich mag Spannung.

Gegen 16.30 Uhr schaue ich wieder auf mein Handy. Ach, du Schreck, unzählige Nachrichten! Franziska, Luisa, mein Chef, Klaus, Thorsten …

Jetzt mal eins nach dem anderen. Luisa fragt, ob mein Friseurtermin am Mittwoch steht. Thorsten nervt. Ich solle mich mal melden. Ja, mache ich MAL… wieder dieses unnötige Wort.

Klaus schreibt ganz lieb, dass er immer noch hin und weg ist von den schönen Stunden und ob ich heute Lust auf Kaffee und Kuchen habe. Kuchen? Hatte ich ihm gestern erzählt, dass ich Kuchen liebe? Ich glaube schon. Er hört echt gut hin.

Ich war fleißig heute – also, warum nicht? Nächste Woche um die Zeit bin ich schon auf der Autobahn gen Norden. Komm, Kathrin, mach das. Alles braucht Ausgleich. Du hast stundenlang gepackt. Ich habe kaum noch was im Haus und Lust auf Kuchen habe ich immer!

„Da hast du gestern gut zugehört. Kuchen? Immer!"

Postwendend kommt die Antwort. *„Klasse. Ja, ich habe genau zugehört. Was magst du denn gerne? Hole ich dich ab oder soll ich Kuchen vorbeibringen und wir machen Umzugspicknick?"*

Was für eine süße Idee! Das finde ich sehr kreativ. Ich habe ehrlicherweise auch keine Lust, mich groß aufzubrezeln und nach draußen zu gehen.

„Lässig! Das machen wir. Ja, komm vorbei. Meine Kaffeemaschine ist in Betrieb und noch nicht verpackt. Lieblingskuchen? Irgendwas mit Mandeln, Nüssen oder Streuseln, oder alles auf einmal."

„Bin um 17 Uhr bei dir und bringe alles mit, wie gewünscht."

Mein Herz hüpft. Ach, ich liebe solche spontanen Dinge! Eigentlich bin ich auch gut im Zeitplan und kann mir das zwischendurch gönnen.

Ich stelle die Kaffeemaschine an und fülle den Wassertank auf. Dann schminke ich mich etwas und mache mir einen neuen Pferdeschwanz. So sehe ich ganz passabel aus. Bis Klaus kommt, packe ich weiter. Ich habe bald die Kleiderschränke leer, und entgegen Franziskas Befürchtung sind noch fünf leere Kartons übrig. Tja, gut gepackt. Zugegeben, ich habe auch einiges aussortiert. Knallhart bin ich vorgegangen. Habe Platz gemacht für Neues – außerdem habe ich in Hamburg nicht mehr so viel Stauraum. Sehr von Vorteil.

Um Punkt 17 Uhr klingelt es – der ist ja pünktlich wie die Kirchenmaus. Das gefällt mir. Ich drücke den Türknopf und rufe nach unten: „Erster Stock!"

Dann kommt Klaus die Treppe hoch. Wow! Jeans, Poloshirt und Sneakers. In der Hand trägt er einen großen Picknickkorb, aus dem eine Flasche Prosecco und ein Baguette herauslugen. Oh, das ist ja obersüß!

„Hallo, Klaus, was hast du denn alles dabei? Das sieht sehr vielversprechend aus."

„Na ja, ich denke, du hast fast nichts mehr im Haus. Und für die nächsten Tage brauchst du Kraft. Da musst du doch gut versorgt sein."

Das gibt es nicht – kann er Gedanken lesen? Scheinbar. Ich umarme ihn fest. Klaus stellt den Korb auf meiner Kommode ab, um sich mir zu widmen. Er nimmt mich in den Arm und küsst mich, langsam und zärtlich! Ich bin verloren. Dann löse ich mich von ihm, bevor ich komplett weiche Knie bekomme.

„Komm doch rein. Pass auf, dass du nirgends drüberstolperst."

„Kathrin, das ist eine Traumwohnung. Hast du schon einen Nachmieter?"

„Ja, die Wohnung war innerhalb einer Woche weg."

„Schade. Ich hätte sie sofort genommen."

„So ging es mir damals auch, und ich hatte Glück. Doch meine Wohnung in Hamburg ist genauso schön, wenn nicht sogar noch schöner, denn sie ist da, wo ich tatsächlich leben will."

Er sagt nichts.

Nachdem ich ihn durch die fast leere Wohnung geführt habe, klingelt es erneut an der Tür.

„Das ist der Mann, der meinen Tisch und die Stühle holt." Ich laufe zur Tür und hebe ab. „Hallo?"

„Hier ist Thorsten. Ich dachte, ich überrasche dich, und wollte fragen, ob ich dir beim Packen helfen kann."

WAS?! Scheiße! Was macht der denn jetzt hier? Ich höre durch die Sprechanlage, dass mein Nachbar gerade nach Hause kommt und Thorsten hereinlässt. Nein! Das darf doch nicht wahr sein!

„Kathrin? Ist alles okay?", ruft Klaus aus der Küche.

„Ja!" Meine Panik kann ich nicht verbergen. Während Thorsten fröhlich über die Treppe hochkommt, höre ich, wie Klaus aus der Küche um die Ecke läuft.

Nun bin ich genau zwischen ihnen. Thorsten steht auf meiner grauen Fußmatte und Klaus genau hinter mir im Wohnungseingang. Na, das ist mal wieder bezeichnend. Der eine ist drin und der andere nicht. Haha, nicht witzig, Kathrin. Ich bekomme hier gleich einen Anfall. Ich will einfach nur meine Sachen packen und ab nach Hamburg. Das ist mir alles too much.

Ich winke Thorsten unbeholfen zu, und Klaus streckt ihm professionell die Hand entgegen.

„Klaus Petersen."

„Thorsten Nord."

Die Stimmung ist etwas befremdlich. Die beiden schauen sich wie zwei Hunde an, die noch nicht genau wissen, ob sie in den Kampf übergehen oder nicht. Und ich mittendrin. Na, prima! Erst passiert hier jahrelang nichts und dann gleich zwei auf einmal. Das ist nicht in Worte zu fassen und die fehlen mir auch gerade. Kathrin sprachlos, das ist auch eine Seltenheit, und wer schafft das? Die Männer. Superspitzenklasse!

Okay, schalte auf den Geschäftsmodus um, Kathrin.

„Thorsten, ich bin gerade im totalen Chaos und habe wenig Zeit."

„Ach ja?!" Thorsten schaut hinter mir Klaus an.

„Wie bitte?" Ich schaue ihn fragend an. Habe ich richtig gehört? Sag mal, spinnt der? Was maßt der sich eigentlich an?

Ich drehe mich zu Klaus um. „Entschuldige mich bitte kurz."

Dann trete ich aus meiner Wohnung, nicht ohne vorher meine Schlüssel zu schnappen, schließe die Tür und sage zu Thorsten in einem sehr bestimmten Ton: „Thorsten, was möchtest du hier? Gibt es ein Problem, bei dem ich dir helfen kann?"

„Ja, ich wollte dich sehen. Du antwortest nicht auf meine Nachrichten, und ich war mir sicher, dass du packst und somit zuhause bist. Es gibt ein Problem – das steht da in deiner Wohnung. Wer ist der Kerl?"

„Erstens ist das kein Kerl, sondern Herr Petersen. Zweitens muss ich niemandem Rechenschaft ablegen, wann ich mich bei wem wie melde, und drittens: Du bist verheiratet!" Bei drittens ist meine Tonlage bereits ganz oben angekommen.

Stille im Treppenhaus. Auch wenn Klaus vielleicht an der Wohnungstür klebt, was ich nicht hoffe, mischt er sich nicht ein. Was für ein Glück.

„Kathrin, ich bin nicht verheiratet. Wie kommst du darauf? Wir haben letzte Woche noch miteinander geschlafen. Schon vergessen?"

Mir läuft der Angstschweiß den Nacken runter. Wie peinlich. Was passiert hier gerade?

„Pass mal auf, Thorsten. Ich habe keine Lust und Zeit, mit dir zu diskutieren. Wir haben keinerlei Verhältnis oder sonst etwas in der Art. Sei so gut und lass mich in Ruhe. Ich will einfach nur nach

Hamburg umziehen, und gut ist. Und nun sei so gut und geh bitte. Danke!"

Ich drehe mich um und will meine Tür aufschließen, da nimmt er meinen Arm und dreht mich sanft zu sich.

„Kathrin, ich glaube, ich habe mich in dich verliebt ..."

Zweisamkeit

Ich bin wie in Schockstarre. Thorsten hat sich in mich verliebt? Nach einer Nacht? Und seine Frau, seine Kinder? Ja, wer hat mir je erzählt, dass er verheiratet ist? Na ja, ich ging immer selbst davon aus. Er hat Kinder und eine Mutter der Kinder. Also die Partnerin. Und ich habe mir dann zusammengereimt, dass er verheiratet ist. Ist ja normal. Doch was ist schon normal? Wer gibt das vor? Mir sausen tausend Sachen gleichzeitig durch den Kopf. Heute Morgen habe ich mir noch gesagt, dass ich ihn besser abschießen soll. Da steht mir nur Ärger ins Haus und das verlasse ich gerade.

Jetzt steht Thorsten in meinem Treppenhaus, das in genau einer Woche der Vergangenheit angehört, und sagt mir, dass er sich in mich verliebt hat? Letzte Woche lag ich noch nackt in seinen Armen und war heiß auf diesen Mann. Doch dann geht Kathrin tanken und alles ist anders. Ich muss raus aus dieser Situation.

„Thorsten, bitte lass mich. Das ist mir zu viel. Ich will mich jetzt auf meinen Umzug konzentrieren."

Ich schließe die Tür auf, drehe mich um und verabschiede mich von ihm. Ohne ihn noch mal anzuschauen, schließe ich die Wohnungstür hinter mir. Klaus ist nicht zu sehen. Er hat sich wohl, falls er nicht gelauscht hat, dezent zurückgezogen.

Ich finde ihn in der Küche. Er steht an die Theke gelehnt mit einem Kaffee in der Hand und schaut gedankenverloren aus dem Fenster. Keiner sagt ein Wort. Ich suche einen Becher in dem Chaos und will mir einen Kaffee machen.

„Ich habe dir bereits einen Kaffee gemacht, Kathrin. Hier." Er reicht mir einen Kaffeebecher, der scheinbar von ihm ist, mit der Aufschrift „I love Frankfurt". Ich heule gleich. Irgendwie fühle ich mich total beschissen, doch weiß ich gar nicht, warum. Ich muss niemandem Rechenschaft ablegen oder sonst irgendwas. Ich gehöre zu niemandem, ich bin Single, und das auch noch zufrieden. Tatsächlich. Habe lediglich zwei Männer innerhalb von zwei Wochen kennengelernt. Mit dem einen hatte ich wilden Sex und mit dem anderen einen perfekten Abend, und ich will eigentlich nur nach Hamburg ziehen. Auf irgendwelche Männerprobleme habe ich gar keine Lust. Warum passiert das alles auf einmal? Was bedeutet das schon wieder? Ich werde noch wahnsinnig.

Ich sehe Klaus an der Nasenspitze an, dass er wissen will, wer Thorsten ist, doch er fragt nicht. Ich habe im Moment auch keine Lust, ihm das zu erzählen.

„Lust auf Kuchen?", fragt er und lächelt mich an. Obwohl ich gar keinen Hunger mehr habe, schaue ich ihn dankbar an. Er zaubert aus seinem Superkorb einen Kirschstreuselkuchen mit Mandeln obendrauf. Oh, lecker! Da läuft mir doch das Wasser im Mund zusammen. Wir setzen uns draußen auf ein paar Kartons, essen Kuchen und trinken unseren Kaffee. Keiner erwähnt den Vorfall von gerade eben und nach einer Weile kehrt der unbefangene Zustand von vorher wieder ein. Warum, wieso, weshalb? – Keine Ahnung. Ich bin einfach nur dankbar, dass es so ist. Klaus verhält sich absolut erwachsen. Das gefällt mir. Sehr.

Nachdem der Kuchen in meinem Bäuchlein ist, hilft Klaus mir, die Kartons ordentlich übereinanderzustapeln, sodass sie für die Umzugsleute gut vorbereitet sind. Er ist süß.

„Du hast einen lustigen Gartenzwerg auf dem Balkon stehen. Und er ist nackt."

„Ja, ein Verzweiflungskauf. Nachdem mir mein Terracotta-Gartenzwerg vor Jahren die Treppe runtergefallen ist, habe ich mir einen Adonis-Gartenzwerg gegönnt. Der hat nun die letzten Jahre hier bei mir ausgeharrt."

„Interessante Verzweiflung." Klaus lacht mich an. „Ich habe mir übrigens dein Buch bestellt."

„Ach ja?" Ich bin überrascht.

„Ja, du interessierst mich als Mensch. Ich möchte mehr über dich erfahren, und ich denke, da bin ich mit einem autobiografischen Buch doch gut beraten, oder?"

Ich nicke wortlos. In dem Moment bin ich nicht sicher, ob ich das so gut finde. Lieber würde ich ihm die Geschichte persönlich erzählen. Gestern Abend habe ich das Buch nur kurz angerissen.

Um 18.30 Uhr ist der Mann für die Tischabholung immer noch nicht da. Findet er das Haus nicht oder was ist da los? Ich merke, wie nervös ich bin. Keine Ahnung, wieso.

„Kathrin, ist alles okay? Komm mal her …"

Klaus nimmt mich in den Arm und ich fange plötzlich an zu weinen. Ich verstehe es selbst nicht. Doch mir laufen die Tränen nur so über die Wangen. Er hält mich fest, während ich an seiner starken und breiten Brust liege und weine. In mir bricht der Damm, den ich jahrelang immer höher gebaut habe, damit ja nichts durchgeht und alles standhält. Doch nun ist Auf- und Durchbruch angesagt, Loslassen, Veränderung und Wandel. Ich habe keine Kontrolle mehr. Das ist alles zu viel für Kathrin. Genau in dem Moment ist dieser Mann da. Dieser starke Mann, der mich festhält. Und ich fühle eine solche Geborgenheit. Sie ist so rein und unfassbar weich. Ich schluchze immer lauter und lasse es geschehen. Klaus wiegt mich in seinen Armen, streichelt meinen Rücken und küsst meine Stirn. Und weil er so liebevoll ist mit mir, heule ich noch mehr und kann mich kaum beruhigen.

Nach einer gefühlten Ewigkeit verebbt der Fluss der Tränen, als ob alles geweint wäre. Sein Poloshirt hat schwarze Flecken von meiner Wimperntusche. Ich schaue ihn mit verweinten Augen an. Es scheint ihm das Herz zu zerreißen. Klaus nimmt mein Kinn, hebt es an, und dann küsst er mich mit so viel Liebe und Zärtlichkeit, wie ich es noch nicht erlebt habe. Ich schluchze ein letztes Mal und spüre, wie Adrenalin heftig in meine Adern gepumpt wird, das mich ganz leicht macht. Dieser Mann macht mich so weich. Ich gebe mich diesem

Kuss komplett hin und will, dass er nicht aufhört. Klaus hält mich eng umschlungen. Ich höre, wie er schneller atmet, und fühle, wie ihn unser Kuss erregt. Er löst sich von meinem Mund und legt seine Wange an meine, die nass von den geweinten Tränen ist.

„Kathrin, du hast etwas mit mir gemacht. Dieses Gefühl ist so unbeschreiblich. Ich weiß nicht, was gestern passiert ist. Das habe ich noch nie in dieser Form erlebt", flüstert er an meinem Ohr.

Seine Stimme klingt wie selbst überrascht und vorsichtig, als ob er auf dünnem Eis läuft. Ich höre auch etwas Angst in seiner Stimme. Allein diese Worte lassen mich leise aufstöhnen. Er küsst mich ein letztes Mal. Dann holt er ein Tempo aus seiner Hosentasche und trocknet meine Tränen.

Ich entschuldige mich bei ihm, laufe ins Bad und richte mich wieder einigermaßen ansehnlich her. Okay, Kathrin, Krönchen richten und dich dem stellen, was ist. Bin ich hier gerade im Begriff, mich zu verlieben? Geht gar nicht. Ich ziehe doch nach Hamburg. Ich denke an Franziskas Spruch: „Irgendwas ist immer." Unwillkürlich muss ich lächeln.

Als ich wieder ins Wohnzimmer komme, hat Klaus den Prosecco geöffnet und schenkt gerade zwei mitgebrachte stilvolle Gläser ein.

„Ich möchte ein Glas auf uns beide trinken und dann lass ich dich in Ruhe, einverstanden? Ich muss noch arbeiten. Es war aufregend genug heute, was?"

„Das ist ein guter Plan. Danke dir." Ich nehme ihm ein Glas ab und proste ihm zu.

„Kathrin, ich möchte dich wiedersehen. Vor Freitag, wenn möglich, und das meine ich ernst." Klaus schaut mir dabei ruhig in die Augen. Mir wird warm ums Herz.

„Ja, ich muss Montag arbeiten und fliege am Dienstag nach Hamburg, da ich noch einige Dinge mit meinem neuen Vermieter besprechen muss."

„Wie kommst du zum Flughafen?"

„Ich wollte meine Freundin Franziska fragen, ob sie mich fährt."

„Gestattest du mir, dass ich dich fahre?"

Ich überlege kurz. „Ja, wenn du das machen möchtest? Gern. Franziska ist das sicher recht, da sie eine kleine Tochter hat und es für sie etwas schwieriger ist."

„Schick mir einfach deine Flugdaten. Dann hole ich dich entsprechend hier ab. Ich richte mir das so ein. Wann kommst du denn zurück?"

„Dienstagabend um 20.30 Uhr lande ich in Frankfurt."

„Darf ich dich auch abholen? Dann können wir gemeinsam was essen gehen, du hast sowieso nichts zuhause, und du erzählst, wie es war. Ist das ein Plan?"

„Ein guter Plan. Einverstanden." Ich mag seine spontanen Vorschläge, die kreativ und mitdenkend sind.

Wir genießen unseren Prosecco, lachen erneut über den Gartenzwerg, der nackig und mit roter Mütze auf dem Balkon steht und sein Dasein bis zum Umzug fristet.

Gegen 19 Uhr macht sich Klaus auf den Weg. Ich höre noch seinen Porsche, als er losfährt. Irgendwie bin ich glücklich, obwohl so viel passiert ist, und müde bin ich. Schrecklich müde.

Ich suche mal wieder mein Handy, da ich unbedingt Franziska noch anrufen will. Ich finde es nicht. Also bringe ich etwas Klarschiff und Ordnung in das Chaos, und siehe da, ich finde das Handy in der Küche neben der Kaffeemaschine.

Was esse ich eigentlich heute Abend? Mein Kühlschrank ist mittlerweile auch leer. Da fällt mir der Korb von Klaus auf, der immer noch auf dem Küchentisch steht. Ich schaue hinein und traue meinen Augen nicht. Ein großer Zettel liegt darin, auf dem steht: „Sicher hast du dich gefragt, was du heute Abend essen sollst. Daher habe ich dir was besorgt für Leib und Seele. Kathrin, du bist eine klasse Frau. Ich bin so dankbar, dass ich dich kennenlernen darf."

Hammer! Unter dem Zettel finde ich Tomaten-Mozzarella-Spieß-chen, ein superleckeres Sandwich und einen Joghurt, worauf ein Küsschen aus Schokolade klebt. Mir fehlen die Worte. Diesen Mann schickt das Universum, das kann gar nicht anders sein. Und was mache ich? – Gehen. Na toll!

Ich schnappe mir den Korb, setze mich auf mein Noch-Sofa und sehe meine Nachrichten auf dem Handy durch. Thorsten hat sich mehr-fach gemeldet. Zehn Anrufe in Abwesenheit von einer unbekannten Nummer, wahrscheinlich der Tischtyp, und dann noch Franziska. Und Klaus hat geschrieben. Er vermisst mich jetzt schon.

Ich schreibe ihm sofort und bedanke mich für mein Abendessen. Ich mache ein Bild von mir, während ich in das Sandwich beiße, und schicke es ihm.

Dann höre ich die Mailbox-Nachricht ab. Der Tischtyp hatte einen Unfall und versucht morgen zu kommen. Es sei nichts Schlimmes passiert. Was für ein Glück.

Anschließend rufe ich Franziska an. Das Telefonat dauert sage und schreibe anderthalb Stunden. Es sprudelt nur so aus mir heraus. Um 22 Uhr liege ich völlig erschöpft im Bett. Was für ein Tag! Bevor ich über alles nachdenken kann, fallen mir die Augen zu und ich bin im Reich der Träume. Ohne Mond und mit Gartenzwerg.

Endspurt

Es ist Sonntag. Die Sonne scheint draußen. Ich höre die Vögel fröhlich zwitschern. Kathrin, nächste Woche um die Zeit wachst du bereits in deinem neuen Zuhause auf. Andere Vögel, anderes Licht, alles neu. Ich bin so aufgeregt.

Völlig zerzaust schaue ich auf meinen Wecker. 7.35 Uhr … Oh, es ist doch Sonntag. Hättest du heute nicht mal ein bisschen länger schlafen können?

Egal. Lange Liegenbleiben ist eh nicht drin – ich habe heute volles Programm. Von daher passt es mir gut, dass ich so früh wach bin. Der frühe Vogel fängt den Wurm, heißt es doch so schön. Ich mag aber keine Würmer. Egal, raus aus den Federn und erst mal unter die kalte Dusche. Ich laufe ins Bad und schiebe mir meine Zahnbürste in den Mund. Während ich putze, überlege ich mir, was ich nach dem Frühstück zuerst beginne.

Nachdem ich das Baguette von Klaus im Ofen aufbacke, koche ich mir schnell einen Tee und hüpfe in meine Jeans. Die trage ich schon seit Tagen. Egal, ich kann jetzt nicht noch ewig neue Sachen anziehen. Ich muss mir unbedingt das zurechtlegen, was ich nächste Woche brauche. Schnell werfe ich mir mein lässiges weißes T-Shirt über und setze mich in meine Küche. Liste. Ich werde eine Liste schreiben, was ich noch alles machen muss, sonst verliere ich den Überblick. Wo ist eigentlich mein Handy? Ich fange an zu suchen und finde es unter dem Bett. Wie ist das denn da schon wieder hingekommen?

Während der Name Klaus mit mehreren Nachrichten auf dem Display erscheint und ich grinsend in die Küche zurücklaufe, fange ich an zu scrollen. Thorsten – schon wieder. Der hört nicht auf. Er will sich für sein Verhalten entschuldigen. Ich schüttle nur den Kopf und schmiere mir die Marmelade auf mein Baguette. Der Typ ist raus. Aber so was von.

Meine Herren, was für eine Entwicklung der letzten Jahre! Was war ich vor drei Jahren noch so bedürftig nach einem Mann und habe mich selbst zum Opfer gemacht – eine Abwärtsspirale. Unfassbar gegen heute. Da sage ich mal ohne mit der Wimper zu zucken: Der ist raus. Bedürftig zu sein ist kein guter Zustand. Also habe ich mir die eigene Fülle in den letzten Jahren wirklich erarbeitet, mich selbst reflektiert, das Alleinesein mit mir genossen, war positiv und habe mir immer wieder gesagt: Der Richtige wird schon kommen und mich finden. Scheinbar hatte das Universum irgendwann ein Einsehen und schickte mir Klaus. Doch da ist irgendwas mit dem Zeitplan schiefgelaufen. Was soll ich mit ihm, wenn ich jetzt nach Hamburg ziehe? Egal. Ich bin nächste Woche weg. Auf mich hat auch keiner Rücksicht genommen, als ich hier in den letzten Jahren so oft in Tränen aufgelöst saß.

Ich habe immer gesagt: Der Mann für mich fällt nicht so einfach vom Himmel. Vor zwei Jahren habe ich einen Schornsteinfeger kennengelernt. Ein Schornsteinfeger! Wie süß ist das denn?! Jetzt kommt endlich die Glückssträhne für Kathrin, dachte ich bei mir – der Mann vom Himmel. Ich war begeistert. Ich liebe Schornsteinfeger! Doch dieser Glücksbringer, das stellte sich kurze Zeit später heraus, war verheiratet und wollte nur ein Abenteuer. Über den Dächern war es ihm scheinbar nicht abenteuerlich genug. Wie bedauerlich – die Geschichte hatte so schön angefangen. Ich habe ihm wertschätzend mitgeteilt, dass verheiratete Männer mir nicht guttun. Tja, gesagt, getan. Seitdem bin ich nur noch auf Männer getroffen, die alleinstehend waren. Lag wahrscheinlich an der klaren Aussage und meiner eigenen Wertschätzung, die ich mittlerweile verinnerlicht habe. Letzte Woche hat Thorsten mich in der Bar erwischt. Es war sicher der Alkohol.

Ich trinke schnell meinen Rest Tee aus und räume mit dem letzten Gedanken den Tisch ab. Jetzt aber mal in die Puschen, Kathrin … Konzentriert packe ich weiter zusammen und stelle alles ordentlich zur Abholung bereit. Nach ungefähr zweieinhalb Stunden Durch-powern klingelt es an meiner Tür. Wer ist das denn? Bitte keine Männer! Innerlich muss ich lachen und gehe an meine Sprechanlage. Der Tischtyp. Juchhu – endlich! Ich öffne ihm und bin happy, dass er nicht mein Typ ist. Ein älterer untersetzter Mann kommt die Treppe hoch und begrüßt mich freundlich. Ich frage ihn nach dem Unfall und ob es ihm gut geht. Er berichtet und ich mache ihm einen Kaffee. Während er den Tisch abbaut, muss ich an Klaus denken, wie wir gestern zusammen in der Küche standen. Mein Herz wird sofort warm und schlagartig fällt mir ein, dass ich mich heute noch nicht bei ihm gemeldet habe, obwohl er so viele Nachrichten geschickt hat. Das ist nicht besonders wertschätzend von mir und passt auch gar nicht zu mir. Ich mag es, mit den Menschen zu kommunizieren, und mit denen, die mir am Herzen liegen, erst recht. Doch jetzt ist Ausnahmezustand bei Kathrin und ich hoffe, dass das alle verstehen. Nun gut, er kennt mich gerade mal zwei Tage.

Ich laufe aus der Küche mit dem frischen Kaffee, der Tisch steht bereits nicht mehr. Donnerschlag, ist der schnell!

„Was machen Sie beruflich? Sie sind ja flott!"

Er nimmt mir den Kaffee dankbar ab. „Schreiner. Ich bin Schreiner."

Alles klar. Wir quatschen ein bisschen, bevor er sein Werkzeug zusammenräumt. Ich stelle ihm eine Quittung aus und bitte ihn, nachdem er mir das vereinbarte Geld gegeben hat, gut mit meinem Tisch umzugehen. Er lacht.

Nach zwanzig Minuten ist der Schreiner verschwunden – mit Tisch und allen Stühlen. Eine Ära geht damit zu Ende. Acht Jahre habe ich ihn genutzt. An ihm gegessen, gelacht, geweint, gestritten, gekritzelt und noch tausend andere Dinge … Es hallt im Raum. Leere. Ich setze mich ans bodentiefe Fenster und beschließe, Klaus keine Nach-richt zu schicken, sondern ihn anzurufen. Ich mag seine beruhigende Stimme hören.

„Kathrin!" Ich merke sofort an seiner Stimmlage, wie sehr er sich über meinen Anruf freut. „Wie geht es dir? Was macht der Umzug? Hast du genug gegessen?"

Ich muss lachen bei so vielen Fragen. Wie besorgt er um mich ist. Aus dem Fenster schauend erzähle ich ihm von meinem bisherigen Tag. Als ich bei der Übergabe des Tisches und der Stühle bin, höre ich die Stille in der Leitung. Ich spüre sofort seine Traurigkeit. Seltsam. Ich fühle ihn regelrecht.

„Klaus?"

„Entschuldige bitte, ich musste mich gerade sammeln." Erneute Pause in der Leitung. Dann fährt er fort: „Ich will nicht, dass du wegziehst. So schön die Stadt Hamburg auch ist, ich habe dich doch gerade erst gefunden."

„Klaus, ich habe so viele Jahre hier ausgehalten, ich habe so viele Tränen geweint, weil ich immer wusste, ich gehöre nicht hierher. Mein Herz schlägt woanders. Weißt du, wie fürchterlich es ist, wenn man am falschen Platz ist?"

Er räuspert sich. „Ja, Kathrin, das weiß ich." Er sagt es klar und deutlich und so bestimmt, als ob ich einen Nerv bei ihm getroffen hätte. Ich möchte dieses Gespräch nicht so weiterführen. Die Zeit ist zu kostbar, und das sage ich ihm auch. Unten läuft eine Frau mit ihrem Hund durch den Park. Ich beschließe, später auch noch mal rauszugehen, als Klaus mich fragt, ob wir uns heute sehen.

Mein Herz hüpft sofort. Ja, das will ich. Ich habe große Lust dazu. Ich ziehe einfach durch mit den Sachen, die ich noch machen muss, und dann kann ich mir das heute Abend gönnen. Alles braucht Ausgleich. Juchhu!

„Sehr gerne!"

„Ich lasse mir was einfallen."

„Bitte nichts Großartiges, Klaus. Ich habe keine Klamotten mehr im Schrank", sage ich lachend.

„Mach dir keine Gedanken. Ich suche schon das Passende raus."

Ich weiß sofort, dass er das tut. Ich vertraue ihm hundertprozentig, und das, obwohl ich ihn erst seit zwei Tagen kenne. Wahnsinn.

Wir verabreden uns für 19 Uhr. Er holt mich ab. In heller Vorfreude auf die Abwechslung am heutigen Abend stürze ich mich auf meine Umzugskartons.

Während ich die silbernen Bilderrahmen aus meinem Schlafzimmer in Papier einschlage, halte ich ein Bild von mir und meinen beiden Mädels in den Händen. Wir stehen gemeinsam auf der Brooklyn Bridge in New York. Lachen in die Kamera. Es war ein so grandioser Urlaub. Drei Wochen Auszeit – das hatte ich noch nie. Wir haben so viel erlebt, gelacht und intensiv Zeit miteinander verbracht. Die Mädchen haben es sehr genossen, und ich erst! Ich werde traurig. Schaue aus dem bodentiefen Fenster auf die Burg. Sie steht felsenfest und seit so langer Zeit schon dort. In dem Moment habe ich das Bedürfnis, sie nochmals zu besteigen. Ein letztes Mal. Ich wollte sowieso noch mal raus und kann eine Pause gut vertragen. Es ist quasi ein Katzensprung für mich.

Schnaufend laufe ich den Berg hoch. Bald kommt der Eingang. Der Pförtner lässt mich kostenfrei rein, da ich Bürgerin der Stadt bin. Noch.

Während ich über den Schotter zur Aussichtsplattform laufe, denke ich an die vielen Jahre, die wir hier gewohnt haben. Wir hatten schon eine gute Zeit. Die Wohnung ist sensationell. Altstadtlage. Viel Grün. Die Kinder besuchen eine gute Schule, die direkt gegenüber unseres Zuhauses liegt. Die Geschäfte sind um die Ecke. Die Menschen kennen einen. Alles sehr vertraut. Ein bisschen rosa Wolke in einer großen Welt. Will ich wirklich raus aus dieser Wolke? Eigentlich sind die Menschen doch auch nett. Ich habe ein Netzwerk hier. Meine Arbeit ist in der Nähe. Die Familie und meine Freunde sind da. Neele hat nur noch ein Schuljahr hier – sprich neun Monate.

Und was noch? Klaus tankt hier.

Ich schaue durch das Fenster in der Festung und es bietet sich mir ein fantastischer Blick über diese Stadt, in der ich seit Langem wohne. Wo vieles zur Gewohnheit geworden ist. Bequem. Unangestrengt. Eingespielt. Meine Kinder sind so glücklich hier. Wie kann ich den beiden den Umzug nur antun? Ich bin eine Rabenmutter. Egoistisch und getrieben. Mir kommen die Tränen. Es ist doch schön hier. Und Klaus wohnt in der Nähe. Alles ist perfekt. Und genau das gebe ich jetzt auf. Scheiße! Immer wenn es schön ist, gehe ich und sorge für Chaos, Aufbruch, Trennung. Wieso sucht sich meine Seele genau solche Erfahrungen? Langsam bahnen sich meine Tränen den Weg über meine Wangen und tropfen auf die kalte Festungsmauer.

Was wäre, wenn ich alles rückgängig mache? Ich kündige die Wohnung in Hamburg wieder und bleibe einfach. Habe es mir anders überlegt. Meine Kinder wären megahappy, ich spare viel Geld für den Umzug, stecke das in die bestehende teure Wohnung. Mein Chef wäre auch glücklich. Ich habe keine ständigen Reisekosten von Hamburg nach Frankfurt, und statt immer in Bewegung zu sein, genieße ich die Liebe zu diesem tollen Mann. Gut, mein Business kann ich hier auch voranbringen. Wird vielleicht länger dauern oder ich lass es ganz. Ob ich Bücher schreibe, Vorträge halte und Menschen motiviere oder nicht, ist letztendlich egal. Ich stelle alles infrage und befinde mich in einem Abwärtsstrudel negativer Gedanken. Meine Nase läuft.

Ein Steinadler fliegt am Himmel. Du hast es gut, denke ich bei mir. Du bist frei und brauchst dir darüber keine Gedanken zu machen. Kathrin, hast du wirklich Kraft genug für diesen Akt, der in wenigen Tagen auf dich zukommt? Der dich so viel Energie kosten wird. Ich spüre, wie ich innerlich kämpfe. Gegen den Kopf, der gegen meinen Bauch steuert. Dieses Ungleichgewicht. Wie ich schwanke. Der Wind weht sanft meine Haare ins Gesicht und ein paar Strähnen kleben an meinen Tränen fest. Ich fühle mich allein. Einsam. Keiner ist da, der mir bei dieser schweren Entscheidung hilft. Diesem Gefühlschaos. Dieser Wegkreuzung des Lebens. Am liebsten würde ich laut schreien. Bleibe dennoch still. Ein paar Touristen gehen hinter mir lachend an mir vorbei.

Der Adler landet auf einem Baumwipfel. Auch der Wipfel schwankt. Wie ich. Der Adler schaut sich um und fliegt nach kurzer Zeit wieder gen Himmel. Lässt sich tragen von der Thermik.

Ich drehe mich um, suche nach einem Taschentuch in meiner Hosentasche, finde keines und wische mir die Tränen mit dem Handrücken weg. Ich schüttle mich.

Okay, Kathrin. Glaub an dich. Erinnere dich daran, warum du diesen Schritt so lange schon machen wolltest. Du schaffst das. Schaue nicht zurück. Dein Hamburg, dein Zuhause wartet. Gehe mutig weiter, vertraue darauf, dass du auch getragen wirst vom Leben. Alles wird sich fügen. Dein Herz kennt den Weg.

Es klingelt. Klaus. Ich hüpfe in meine enge Jeans, drücke den Knopf der Sprechanlage und öffne die Haustür. Just in dem Moment fällt mein Haargummi aus den weichen Haaren und ich bücke mich danach. Als ich hochschaue, fallen mir meine langen Haare ins Gesicht.

Bevor ich sie zur Seite schieben kann, raunt Klaus an mein Ohr: „Lass mich das machen." Langsam und extrem erotisch schiebt er meine Haare hinter mein Ohr. Er hebt meinen Kopf dabei ein wenig an und küsst mich im Zeitlupentempo. Ich muss unweigerlich aufstöhnen. Meine Knie zittern. Das ist so sexy. Die Tür fällt ins Schloss. Er spürt sofort meine Erregung und dringt weiter in meinen weichen Mund ein. Er ist so bestimmend.

Ich vergesse alles um mich herum. Dieser Mann ist so anziehend, so erotisch, so maskulin. Er hat mich bereits in seinen Bann gezogen. Klaus umfasst meine Taille fester und zieht mich noch näher zu sich ran, während er mich fordernder küsst. Mein ganzer Körper drängt zu ihm. Der Kuss dauert eine Ewigkeit und ich will nicht, dass er damit aufhört. Ich bin von null auf hundert heiß auf diesen Typ, den ich vor ein paar Tagen an der Tankstelle getroffen habe. Er greift mir sanft in meine Haare und fährt mit seiner Zunge an meinem warmen Hals entlang. Ich schnappe nach Luft. Mein ganzer Körper ist hochgradig erregt. Sanft fährt er mit seiner gepflegten Hand unter meine leichte Bluse. Seine starken Hände auf meiner Haut – mir wird bei dieser Berührung so heiß … Mein Körper schreit nur danach, dass er weitermacht. Ich höre seinen erregten Atem, und das macht mich noch mehr an.

Als ich seine Hose öffnen will, hält er meine Hand fest. Was? „Kathrin", haucht er mir in mein Ohr. „Nicht so schnell. Du bist eine Frau, die ich Stück für Stück genießen will. Du bist es so wert."
Mir läuft bei diesen Worten ein Schauer über den Rücken. Er nimmt mich in den Arm und hält mich fest. Ich lasse mich fallen und versuche, von meinem Erregungszustand wieder runterzukommen. Wow! Das habe ich noch nicht erlebt. Der Mann lässt sich Zeit und nicht aus der Ruhe bringen. Ein Genießer. Die Vorstellung, wie das zu Ende geführt wird, entlockt mir ein erneutes Stöhnen. Er küsst mich liebevoll auf die Stirn, bevor wir uns voneinander lösen.
„Bist du so weit fertig?", fragt Klaus mich verschmitzt.
„Haha, bis gerade eben noch. Ja, wir können gleich gehen."
Ich laufe ins Bad, um mich kurz frisch zu machen. Die erröteten Wangen stehen mir gut, stelle ich beim Blick in den Spiegel fest. Da ist nur noch Haarekämmen angesagt.

Galant hält er mir die Autotür auf. Ich steige ein und wir brausen los.
„So, meine Liebe, nun entführe ich dich mal kurz nach Bella Italia."
Oh, da strahlt mein Herz. „Benissimo!", rufe ich freudestrahlend und mit einem herrlich italienischen Akzent in meiner Stimme. Er hat geniale Ideen. Ich kann mich zurücknehmen und muss mich nicht

kümmern, sondern einfach annehmen und Danke sagen. Und ich fühle, er tut es aus ganzem Herzen.

Wir verbringen einen fabelhaften Abend bei einem netten Italiener in Frankfurt. Trinken guten Rotwein, tauschen heiße Blicke, lachen über Geschichten, die jeder zu erzählen weiß, und genießen das Hier und Jetzt. Das Leben ist so schön und alles Weitere noch so weit weg. Und da lasse ich es auch.

Um kurz vor Mitternacht bringt er mich nach Hause. Wir küssen uns noch ewig im Auto, bevor er mich bis zur Wohnungstür bringt. Sehr aufmerksam.

„Ich vermisse dich jetzt schon."

„Willst du noch auf einen Moment mit reinkommen?"

„Kathrin, dann werde ich nicht mehr gehen, und das weißt du auch. Ich möchte, dass du ausgeruht in deine neue und sehr aufregende Woche starten kannst."

„Na gut, du entscheidest. Es ist lieb, wie du an mich denkst. Doch würdest du auch an meinen Hormonhaushalt denken …", sage ich lachend und küsse ihn auf den Mund.

„Du Scherzkeks! Wir hören morgen voneinander. Ich rufe dich an. Schlaf gut, mein Engel!"

Ich schließe die Tür und sauge die Stille in mich ein. Dieser Mann ist ein Sechser im Lotto … ähm, mit Zusatzzahl, schiebe ich in Gedanken hinterher.

Klaus scheint mein Inneres zu spiegeln. Kathrin, wach auf – in sieben Tagen bist du in Hamburg. Da hat es sich „ausgeklaust".

Ich gehe ins Bad, schiebe den Gedanken beiseite und mache mich bettfertig. Im Bett merke ich, wie müde ich plötzlich bin. Ich bekomme nur noch kurz mit, wie der Mond in mein Zimmer scheint.

Rasant starte ich in meine neue und letzte Woche hier in meiner Wohnung. Ich habe verschlafen. War wohl doch etwas spät gestern. Jetzt muss alles schnell gehen. In Windeseile bin ich angezogen und auch schon auf dem Weg ins Büro. Geschminkt wird im Auto. Die Eile zieht sich bei der Arbeit fort und ich renne bis abends. Allein das kurze Telefonat mit Klaus gegen Mittag war eine kurze Unterbrechung für mich. Egal, so sind die Tage nun mal.

Bevor ich in mein Nochzuhause fahren will, ruft mein Chef mich nochmals in sein Büro.

„Kathrin, setzen Sie sich kurz. Ich wollte nur mal hören, wie alles klappt. Läuft es mit dem Umzug und brauchen Sie noch was?"

Ich erzähle ihm, dass ich morgen nochmals nach Hamburg fliege, um die Wohnungsübergabe zu machen, meinen Vermieter kennenlerne und meinen Schlüssel in Empfang nehme.

„Am Mittwoch habe ich einen Friseurtermin. Danach komme ich ins Büro. Und Donnerstag bin ich auch noch da."

„Ist es nicht besser, Sie nehmen den Rest der Woche frei? Das ist doch verrückt, der ganze Stress."

„Nein, das ist schon okay, Carl. Danke. Ich bin gut vorbereitet und habe am Wochenende fast alles geschafft. Es ist nur noch Kleinkram und um den kümmere ich mich zwischendurch und am Freitag."

„Wie Sie meinen. Es war nur ein Angebot meinerseits."

„Das weiß ich sehr zu schätzen, Carl. Danke Ihnen."

Glücklich, einen Chef wie Carl zu haben, laufe ich zu meinem Auto. Währenddessen checke ich mich für den morgigen Flug ein. Klaus wird mich neunzig Minuten vor Abflug abholen. Ist für mich zwar viel zu lang vorher, Gepäck habe ich keins, doch morgens ist bekanntlich immer die Hölle los am Flughafen. Dann ist noch Zeit für einen Kaffee. Auch gut.

Nach Kleinkrampacken liege ich bereits früh im Bett. Ich bin so müde. Keine Zeit mehr, irgendwelche Nachrichten zu beantworten. Thorsten hat auch wieder fünf geschickt. Der nervt.

Neele schläft heute Nacht bei ihrem Papa, da ich spät zurückkomme. Ich lege ihr einen Zettel hin. „Habe dich lieb. Melde mich, wenn ich zurück bin."

Um 6.30 Uhr steht Klaus pünktlich vor der Tür. Ich springe in sein Auto, nachdem er mich geküsst hat und mir selbstverständlich auch die Tür aufhält. Der Mann ist Gentleman durch und durch, selbst morgens um kurz nach halb sieben. Ich bin weiterhin beeindruckt. Mal sehen, wie lange noch.

„Na, freust du dich auf deine Reise in deine neue Heimat?" Er schaut mich an, während er den Motor startet.

„Ja!", sage ich aus ganzem Herzen und strahle ihn an.

„Einen Latte macchiato und einen Espresso, bitte", bestellt Klaus bei der noch etwas verschlafenen Bedienung in der Flughafen-Cafeteria.

„Wann genau landest du wieder hier?" Er schenkt mir wieder seine ganze Aufmerksamkeit.

„Um 20.30 Uhr hier. Passt es dir wirklich, mich abzuholen? Sonst kann ich auch eine Freundin bitten."

„Nein, ich werde dich abholen. Ich habe nur noch vier Tage, und ich versuche, jede freie Minute mit dir zu verbringen. Kathrin, du bist mir wichtig."

Ich bin sprachlos.

Bevor ich durch die Sicherheit gehe, küsst er mich noch mal lang und ausgiebig. Die ganze Hektik um uns herum verschwindet magisch und ich will mich nicht von ihm lösen. Doch irgendwann schiebt er mich liebevoll durch das Drehkreuz.

„Ich denk an dich, und melde dich kurz, wenn du da bist."

„Mache ich."

Dann verschwindet er aus meinem Blickfeld. Okay, Kathrin, Blick nach vorn. Fokussiere dich. Das Ziel ist Hamburg.

Der Flieger landet pünktlich an dem für mich schönsten Flughafen der Welt und mein Herz öffnet sich weit. Schnellen Schrittes laufe ich zum Ausgang. Die Wege am Flughafen kenne ich mittlerweile fast auswendig. Meine neue Heimat. Bald bin ich am Ziel. Die Zeit tickt. Vier Tage noch. Ich freue mich so sehr.

Die S-Bahn kommt in zehn Minuten. Ich schicke meinem Vermieter eine kurze Nachricht, wann ich in etwa da bin. Er meldet sich postwendend, dass er bereits in der Nähe ist und in der Wohnung auf mich wartet. Er freut sich. Und ich mich erst! Juchhu!

Die Fahrt in der Bahn ist toll. Hier scheinen mich gefühlt alle Menschen anzugrinsen. In Hamburg ist alles so anders. Es ist, als ob diese Stadt nur auf mich gewartet hat, und das die ganze Zeit.

Ich erreiche die Haltestelle Hallerstraße und steige aus. Jetzt noch zweihundert Meter, und dann erreiche ich meine neue Wohnung! Ich bin ganz aus dem Häuschen, als ich vor dem verklinkerten Altbau stehe. Mein Herz hüpft vor Freude und ich strahle übers ganze Gesicht. Ich bin so unendlich glücklich.

Glück

Das gibt es nicht! Da steht bereits mein Name auf dem Klingelschild!

Kathrin Schumann. Angeschmiegt an alle anderen Namen meiner neuen Nachbarn. Ich bin absolut begeistert. Das nenne ich mal top vorbereitet. Ich kann gar nicht aufhören, das Schild anzuschauen, so schön ist es. Fast zärtlich drücke ich auf den Knopf.

„Frau Schumann?", tönt es aus der modernen Sprechanlage.

„Ja, ich bin es!", rufe ich zaghaft hinein. Der Surrer erklingt und ich öffne die schwere Haustür.

Der Geruch im Hausflur ist toll. Es riecht nach Hamburg, nach Großstadt, nach alten Geschichten, die sich mit neuen vermischen. Der Boden riecht wie frisch gewischt und an den kunstvollen blauen alten Fliesen sieht man, dass sie schon viel erlebt haben. Dennoch zeigen sie sich von ihrer besten Seite. Das elegant geschwungene Treppenhaus empfängt mich stolz. Ein Schild mit der Aufschrift „Achtung, frisch gebohnert!" an der vierten Stufe erinnert an frühere Zeiten.

Ich kenne den Weg in den dritten Stock bereits von meiner Besichtigung. Das Universum hat mich bei der Wohnungssuche mit Glück überschüttet. Und Kathrin sagt immer wieder Danke dafür.

Die Stufen knarren bei jedem Schritt, ich liebe dieses Geräusch. Na ja, wenn ich die Einkäufe und Wasserkisten in ein paar Wochen hochtrage, reden wir noch mal, Kathrin!, ruft mir mein Verstand entgegen. Klappe!

Herr Paulsen steht bereits oben an der Treppe vor meiner Wohnung.

„Ein herzliches Willkommen, Frau Schumann! Ich freue mich sehr, dass Sie da sind und wir uns wiedersehen." Er reicht mir die Hand zur Begrüßung.

„Herr Paulsen! Die Freude liegt auch ganz auf meiner Seite."

Ich schätze Herrn Paulsen auf Ende fünfzig, ein gut aussehender, groß gewachsener Mann mit gepflegtem Dreitagebart, bereits grau melierten Haaren und strahlend blauen Augen. Man sieht ihm gleich an, dass er aus dem hohen Norden kommt. Sein norddeutscher Akzent ist auch toll! Ich bin so happy über meinen netten Vermieter, dass ich schreien könnte vor Glück. Er bittet mich in meine neue Wohnung. Mein Herz läuft fast über, als ich über die Schwelle gehe. Ein lichtdurchfluteter Flur empfängt mich. Das Stäbchenholzparkett ist hochwertig und hat eine herrliche Patina. Und obwohl es schon so alt ist, ist es auf Hochglanz poliert. Mein Vermieter hat es behandeln lassen. Es knarrt so schön. Ich liebe das Leben, welches dort drinsteckt. Ich habe sofort den Impuls, die Schuhe auszuziehen, und bücke mich. „Lassen Sie die Schuhe ruhig an, Frau Schumann. Später kommen noch Handwerker wegen eines Kabels in der Küche." Vom Flur gehen vier Zimmer ab, plus das Bad. Wir laufen zuerst rechts in den durch zwei große Fenster hell beleuchteten Wohnraum. Eine große weiße Flügeltür verbindet ein weiteres Zimmer, das als Esszimmer genutzt werden kann, und von dort aus geht man über das bodentiefe Fenster auf den einen Balkon, auf dem Platz für einen Tisch und vier Stühle ist. Man schaut von dort aus ins Grüne. Die Decken in beiden Zimmern sind mit altem Stuck verziert. Es steckt so viel Liebe in diesen Räumen und ich mittendrin. Ich bin erfüllt. Während Herr Paulsen mich durch den hellen Wohnraum führt, unterhalten wir uns.

„Hat mit dem Einbau der Küche alles geklappt?", frage ich ihn.

„Ja, das zeige ich Ihnen gleich."

Vom hinteren Wohnraum aus laufen wir in das gegenüberliegende Schlafzimmer. Ich juchze, und er freut sich, weil ich mich so freue. Es ist ebenfalls hell und freundlich. Links daneben ist das Badezimmer, das neu saniert wurde. Ich habe es bis jetzt noch nicht gesehen.

„Und nun das Schmuckstück. Das Bad. Es ist uns sehr gut gelungen und letzte Woche erst fertig geworden. Ich hoffe, es gefällt Ihnen."

Herr Paulsen öffnet die Tür.

Wow! Moderne Badkeramik empfängt mich. Das Waschbecken ist rechts und mittig der Wand angebracht. Darüber ein einladender beleuchteter Spiegel, durch den das kleine Bad größer wirkt. Am Fenster ist eine begehbare verglaste Dusche platziert. Die weißen Kacheln rahmen das ganze Kunstwerk ein. Alles ist da, was ich brauche. Ich bin außer mir.

„Herr Paulsen, wie wunderschön ist das! Das ist großartig geworden. Ich bin total begeistert!" Ich würde ihn am liebsten umarmen, bremse mich jedoch. Er lacht. Ich sehe, wie stolz er ist.

Der nächste Raum setzt dem Ganzen noch die Krone auf. Mit offenem Mund schaue ich auf meine nigelnagelneue Küche, in der ich bald kochen werde. Auf der linken Seite befindet sich die moderne Kochzeile mit Backofen, Hängeschränken und einem sehr trendigen Kühlschrank. Dazwischen klafft ein Loch für die Waschmaschine und den Trockner. Die großen Fenster sind geöffnet und ein weiterer kleiner Balkon zur Seitenstraße lädt zum Verweilen ein. Auf der rechten Seite ist die Wand mit weißen Kacheln versehen. Eine dazu passende blau-weiße Bordüre schließt das Ganze in der Mitte der Wand ab. Ein antiker Tisch für vier Personen schmiegt sich davor an die Wand. Der Boden ist mit weißen Fliesen gekachelt. Es sieht alles so liebevoll aus.

Da kann ich nicht mehr und falle meinem Vermieter um den Hals.

„Das sieht phänomenal aus! Ich bin so glücklich!"

Herr Paulsen drückt mich und lacht laut. „Ich freue mich, dass Sie das wertschätzen. Ja, wir haben viel in diese Wohnung investiert. Es war Jahre vorher auch nicht möglich, etwas zu machen, da hier eine alte Dame fast zwanzig Jahre drin gewohnt hat und nun im Altersheim gestorben ist. Eine nette Frau. Sie wollte nie, dass sich was verändert in ihrem Zuhause. Nun haben wir es genutzt, nachdem die Wohnung leer stand. Der Tisch in der Küche ist auch von ihr. Ein Überbleibsel. Ich finde, er passt gut dorthin."

„Ja, das finde ich auch. Wie gemacht dafür. Somit bin ich mit der Dame auch noch verbunden. Ich werde die Wohnung hegen und pflegen. Das verspreche ich Ihnen." Ich lache ihn dankbar an.

„Das spürt man sofort. Ich freue mich, dass ich so eine fröhliche Mieterin habe. Auch ein Glücksgriff." Er strahlt.

„Haben Sie jemanden in Ihrem Bekanntenkreis, der Maler ist? Ich möchte noch ein, zwei Wände in einer anderen Farbe streichen und die eine Wand im Wohnzimmer mit einer Tapete in Sandsteinoptik tapezieren. Ich hoffe, das ist für Sie in Ordnung." Ich schaue ihn an und öffne meine Jacke. Mir ist warm. Glücksgefühle machen heiß.

„Die Wohnung ist zwar frisch gestrichen, doch Sie können es gerne so machen, wie Sie es möchten. Sie leben ja hier. Ich habe keinen Bekannten. Mein Bruder, dem ein eigenes Malerunternehmen hier in Hamburg gehört, kann das machen. Ich gebe ihm Ihre Nummer, wenn das in Ordnung ist. Er wird sich bei Ihnen melden. Ich denke jedoch, das sollte sich kurzfristig einrichten lassen. Es ist ja nicht so viel, was gemacht werden muss. Ob er die Tapete vorrätig hat, müssen Sie mit ihm klären."

„Das mache ich gerne, Herr Paulsen. Danke Ihnen."

„Ich habe Ihnen nun schon alles bereitgelegt. Zwei Haustürschlüssel, ein Kellerschlüssel sowie ein Briefkastenschlüssel. Sofern Sie noch mehr Schlüssel benötigen, melden Sie sich bei mir." Er deutet auf den Tisch der alten Dame, auf dem ein kleiner Schlüsselbund mit einem Kleeblattanhänger liegt. Mir kommen gleich die Tränen. Das ist alles zu schön, um wahr zu sein.

Wir gehen gemeinsam die Details für die Wohnungsübergabe, die Möbellieferung und den Umzug durch. Ich krame in meiner Handtasche und fische aus der untersten Ecke meinen Füller hervor. Ein Blatt finde ich nicht, doch einen alten langen Kassenzettel, auf dem ich die Wohnung aufmale und Herrn Paulsen dabei erkläre, wo was hinkommt.

Er steckt den Zettel ein und läuft zufrieden zur Tür. Wir verabschieden uns herzlich voneinander.

Leise schließe ich die Tür und laufe langsam durch meine neue Wohnung. Will alles ganz bewusst und nur für mich aufnehmen.

In meinem neuen Wohnzimmer hole ich mein Handy aus der Tasche. Mir fällt ein, dass ich Klaus nicht Bescheid gegeben habe, dass ich angekommen bin. Mensch, Kathrin! Was ist nur los mit dir? Warum bist du so dusselig in letzter Zeit? Langsam wird es auffällig. Mit dem Blick auf mein Display sehe ich achtzehn Anrufe in Abwesenheit! Achtzehn! Thorsten – fünf. Grrrrrr. Von Klaus allein zwei. Meine große Tochter hat einmal angerufen, meine Kleine dreimal, meine Mutter ebenfalls. Sie wollte sicher auch den neuesten Stand wissen. Das Büro und meine Freundin und vier Nummern, die ich nicht kenne. Da bist du einmal offline, weil du deine Traumwohnung vom Vermieter übergeben bekommst, und alle Welt versucht, mich zu erreichen?!

Zuallererst rufe ich im Büro zurück. Katja fragt nach wichtigen Unterlagen, die sie sucht. Ich gebe Auskunft und lege auf. Dann rufe ich Klaus zurück.

„Petersen." – Sexy Stimme, denke ich so bei mir.

„Ich bin's Kathrin. Entschuldige, dass ich mich jetzt erst melde", sage ich kleinlaut.

„Kathrin, hat dich deine Stadt eingesaugt?"

Ich merke sofort, dass ich etwas ungelegen anrufe.

„Ich wollte nur kurz Bescheid sagen, dass alles geklappt hat, ich den Schlüssel bereits habe und meine Wohnung traumhaft aussieht. Ich werde jetzt noch verschiedene Amtsgänge machen und dann wieder zum Flughafen fahren", fasse ich mich kurz.

„Das hört sich gut an. Danke, dass du dich gemeldet hast. Dann weiß ich Bescheid. Ich hole dich wie besprochen um 20.30 Uhr ab."

„Danke dir, Klaus. Tschüss." Ich lege auf.

Er war sehr kurz angebunden. Entweder war er echt sauer auf mich oder er war in einem Termin. Mist. Ich hätte ihm schreiben sollen. Das wäre besser gewesen.

Ich inspiziere die Küche noch mal genauer, messe den Platz für meine Waschmaschine und den Trockner aus und schaue in den Kühlschrank. Da liegt eine Flasche Prosecco mit einer kleinen Karte dabei. „Willkommen in Hamburg! Marten Paulsen". Ich werde verrückt! Das sind ja Traumzustände. Also, ich bin der Glückspilz Nummer eins, und das derzeit nicht nur heute. Das kann nur ein Spitzenstart werden am Sonntag. Den Prosecco werde ich mir für einen besonderen Moment aufheben.

Während ich erneut durch die Wohnung laufe, gehe ich in Gedanken nochmals die Einrichtung durch und bin mit meiner Vorstellung sehr zufrieden. Neele wird es auch gefallen. Ganz sicher. Jetzt noch schnell auf die Toilette und ab zum Einwohnermeldeamt. Das Bad ist so schön. Liebevoll streiche ich über die Keramik des Waschbeckens. Sogar Handwaschseife aus den Alsterarkaden steht hier. Das erkenne ich sofort auf dem Etikett. Schmelz!

Ich packe meine Sachen und schließe zum ersten Mal die Tür meiner neuen Wohnung ab. Dann hüpfe ich freudestrahlend das Treppenhaus hinunter. Keiner begegnet mir. Es ist still. Ich höre nur das Knarzen der Treppenstufen. Ich bleibe stehen und schaue das elegante Treppenhaus hinauf. Fünf Stockwerke gibt es und insgesamt elf Wohnungen. Zwei auf jedem Stockwerk und eine Penthousewohnung im Dachgeschoss. Ich bin sehr gespannt auf meine Mitbewohner. Ich schätze Begegnungen mit Menschen und die dazugehörigen Geschichten.

Ich laufe in den Keller, an den ich mich nur dunkel erinnern kann. Er ist keine fünf Quadratmeter groß. Egal, Hauptsache, ich habe einen kleinen Abstellraum. Oben betrachte ich die Klingelschilder erneut. Mein Name ist mittendrin statt nur dabei. Ich fühle mich sehr wohl an dem Platz und lese die Namen auf den anderen Schildern.

Rasmussen, Bartelsen, Hanseherz – wie passend –, Peters, Klein-
schmidt – na, die sind wohl zugezogen, murmle ich vor mich hin –,
Erretskamp, Kegel – auch hundertprozentig zugezogen –, Derksen,
Arenz und Mensen-Clark. Alles so schön nordisch, und ich bin
dabei!

Freudestrahlend drehe ich mich um und laufe zu einem Café von
vielen in dem herrlichen Grindelvirtel. Und eines schöner als das
andere. Ach, ich überlege schon, in welchem von denen ich mein
nächstes Buch schreibe. Hurra! Ich entscheide mich für das Café
„Mit Herz und Zucker". Innen sieht es so schön schwedisch aus und
ist ganz bezaubernd und liebevoll eingerichtet. Auf den Tischen
stehen selbst gepflückte Blumen in bunten Vasen. Eine junge Kellnerin begrüßt mich herzlich.

„Wie schön Sie es hier haben." Ich lache sie an. „Die Sonne scheint.
Ich setze mich vor das Café. Kann ich bei Ihnen direkt bestellen?"
„Ja, selbstverständlich. Ich bringe es Ihnen raus. Was hätten Sie denn
gerne?"

Ich bestelle einen Milchkaffee und suche mir draußen einen Platz. Es
sitzen noch vier weitere Personen einzeln verteilt an den Tischen in
der Sonne. Ich setze mich neben eine Person mit einer Zeitung in der
Hand, schließe die Augen und genieße den Moment. Nächste Woche
hast du Urlaub, Kathrin, dann kannst du das jeden Tag machen. Ich
muss alles ausprobieren. Meine Liste ist lang.

Vor zwei Jahren habe ich bereits eine Liste gemacht, was ich in
Hamburg alles sehen will. Auf einer großen Karte mit allen Straßen
und Stadtteilen habe ich rote Fähnchen gesetzt, die ich durch grüne
Fähnchen ersetzen will, sobald ich diesen Ort, Restaurant, Museum,
was auch immer gesehen und erlebt habe. Ich möchte ein Buch
darüber führen.

Ich checke meine Mails, als die nette Bedienung mit meinem Milchkaffee kommt. Der sieht klasse aus. Der Milchschaumberg ist so hoch
wie mein Glücksgefühl und ein Kleeblatt aus Kakao ist auch noch

obendrauf. Also, das Universum schöpft für mich wieder aus den Vollen. Während ich meine Mails lese und Nachrichten beantworte, sagt jemand zu mir: „Das sieht aber lecker aus bei Ihnen und ist scheinbar mit Glück gesegnet."

Ich schaue verdutzt auf und sehe, wie der Mann hinter seiner Zeitung hervorlugt und mich mit strahlend weißen Zähnen anlacht.

„Das sage ich Ihnen. Ich habe heute so viel Glück, davon gebe ich gern welches ab."

„Ach ja? Dann hätte ich gern eine Portion davon. Ginge das?"

„Sie haben schon Glück. Neben meinem neuen Vermieter sind Sie gerade die zweite Person, die ich hier in Hamburg kennenlerne."

„Na, das nenne ich mal einen echten Glücksfall. So eine sympathische hübsche Frau wird bei uns in Hamburg wohnen. Ich bin begeistert. Woher kommen Sie?"

Nach über einer Stunde laufe ich mit seiner Visitenkarte in der Tasche zum Einwohnermeldeamt. Wir haben uns herrlich, in der Sonne sitzend, unterhalten.

Rechtsanwalt Claas Witten, sechzig, verwitwet, zwei Kinder. Er lebt seit seiner Geburt hier. Ich hingegen, habe ich soeben gelernt, bin eine Quiddtje, zu deutsch Zugezogene. Fantastisch – er kann mir sicher einiges zeigen. So sind wir auch verblieben, dass wir uns wieder treffen. Ich habe es immer gesagt: In Hamburg fliegen mir die Herzen nur so zu und ich muss nichts dafür tun. Einfach nur ich sein. Genial!

Ich erledige meine Sachen in aller Ruhe und habe sogar noch Zeit für einen Bummel. Mein Haustürschlüssel klimpert in meiner Handtasche. Ich könnte laut schreien vor Glück!

Pünktlich um 18 Uhr bin ich am Flughafen und schlendere durch den Buchladen, als mein Handy klingelt. Ohne groß zu schauen, nehme ich den Anruf an.

„Hallo, Kathrin, hier ist Thorsten."

„Thorsten. Was kann ich für dich tun?" Ich bin genervt, und das bringe ich auch unmissverständlich zum Ausdruck. Kann der nicht mal Ruhe geben?

„Kathrin, ich möchte mich bei dir entschuldigen. Können wir nicht noch mal über die ganze Sache reden? Ich muss ständig an dich denken." Ich hole tief Luft und dann kommt ein Schwall von Wörtern.

„Thorsten, hör bitte auf, mich zu kontaktieren. Ich bin nicht mehr interessiert. Bitte akzeptiere und respektiere das."

„Wir haben letzte Woche noch miteinander geschlafen. Bedeutet dir das nichts?", kommt postwendend.

„Äh, du hattest zehn Gin Tonic intus. Erzähl mir nichts von Bedeutung", kommt mein sarkastischer Kommentar wie ein Pfeil angeschossen. „Es war ein One-Night-Stand", schiebe ich noch hinterher. Eine Frau, die neben mir ein Buch inspiziert, schaut mich mit großen Augen an. Ich lächle sie etwas gequält an und drehe mich von ihr weg. Wie peinlich.

Was für ein toller Tag, und dann ruft der an. Ich könnte kot… heulen. Mach ich aber nicht.

„Kathrin, bitte lass uns noch mal treffen."

„Nein, ich ziehe am Samstag bereits um. Thorsten, ich muss jetzt los. Das Boarding hat begonnen", schwindle ich ihn an und lege einfach auf. Mir kommt der Rauch imaginär aus meinen Ohren.

Ich kaufe noch zwei DANKE-Postkarten und laufe zum Gate. Irgendwie freue ich mich auf meine Abholung von Klaus. Ich habe so viel zu erzählen. Es war ein ausgezeichneter Tag. Ich setze mich auf einen Stuhl und schließe die Augen. Habe meine Wohnung gedanklich vor mir. Ich bin bald da. Vier Tage noch.

Kathrin, du hast alles so klasse gemacht, auch wenn dir einiges an Gegenwind entgegenkam. Einige in der Familie, außer meiner Mutter, die immer die weiße Fahne für mich schwenkt, haben es mir schwer gemacht.

„Denk an dein Umfeld! Wo soll deine Tochter hin, wenn sie nach
dem Ausland wieder nach Hause kommt? Die arme Neele! Die
armen Kinder!"
Meine Kinder sind nicht arm. Sie sind reich an Liebe.
Vielleicht möchten die Menschen auch etwas bei sich verändern
und trauen sich selbst nicht. Dann schleudern wir meistens unseren
Unmut darüber bei anderen ab. Da war alles dabei, inklusive
wochenlang kein Kontakt. Beleidigt waren sie. Mit meiner Entscheidung, mein Leben zu verändern und es nach meinen Wünschen und
Träumen zu gestalten, habe ich wohl etwas in ihnen ausgelöst. Sie
vielleicht an ihre eigenen Träume erinnert. So viele haben gesagt: Das
schaffst du nicht, eine bezahlbare Wohnung in Hamburg zu finden
und ich habe es trotzdem geschafft. Ich habe es mir selbst erschaffen
aus eigener Kraft, dass es jetzt so gut läuft. Ich bin stolz auf mich und
dankbar.

Mein Flug wird aufgerufen. Brav stelle ich mich hinten an. Ich
schicke Klaus noch eine Nachricht, bevor der Flieger in die Luft geht.
Er schickt mir eine Nachricht, dass er pünktlich da ist und mich
abholt. Und er freut sich. Ja, ich mich auch.
Verkehrte Welt – eigentlich wollte ich andersherum. Mann in
Hamburg und Frankfurt hinter mir lassen. Na ja, mein Ziel ist klar,
und das verfolge ich.

Als ich aus dem Ankunftsterminal hinauslaufe, sehe ich ihn
sofort. Er sieht umwerfend aus. Groß, blaue Augen, und wie
lässig er dasteht! Wow! Und genau dieser Mann holt mich ab!
Mein Glückstag ist scheinbar noch nicht zu Ende. Ich muss das
konservieren für schlechte Zeiten. Er lacht, winkt und kommt mir
entgegen.
Zärtlich küsst er mich, nimmt mich in seine Arme, saugt den Geruch
meiner Haare ein und sagt: „Wie schön, dass ich dich wieder habe."

Abschied

Also langsam wird der Mann mir unheimlich. Er fährt mich nach Hause, und während der Fahrt plappert Kathrin ohne Unterlass. Klaus hört geduldig zu.

Er fährt bei mir vor und schaltet den Motor ab. Dann schaut er mich an.

„Kathrin, ich muss kurzfristig verreisen."

Ich sehe ihn an und irgendwie ist mir komisch. Platzt jetzt die Bombe oder was passiert?

„Okay", sage ich kurz und knapp.

„Es gibt im Ausland geschäftliche Probleme und ich muss für eine Woche nach Houston, Texas, fliegen. Morgen um 9.30 Uhr geht bereits der Flug. Ich werde am Freitag nicht dabei sein, wenn du deine Party machst. Mir tut es in der Seele weh, dich jetzt allein zu lassen. Ich wäre gern mit von der Partie gewesen und hätte deine Freunde kennengelernt."

Mein Herz wird auf einmal schwer bei seinen Worten. Ich spüre seine Ehrlichkeit und sein Bedauern, dass er mich allein lassen muss.

„Oh. Das ist sehr schade, Klaus. Doch es soll wohl nicht sein", entweichen mir die Worte. Ich bin traurig. Wo ist mein Glück hin? Habe ich das im in Hamburg gelassen?

„Komm, ich bring dich noch hoch. Dann muss ich nach Hause und packen."

Klaus steigt aus dem Auto und öffnet meine Tür. „Ich hätte gern heute Abend noch Zeit mit dir verbracht und dir zugehört, doch ich muss noch einiges vorbereiten. Das schaffe ich sonst zeitlich nicht."

„Alles gut. Ich erzähle es dir ein anderes Mal", sage ich und steige aus seinem Porsche aus.

Wir laufen gemeinsam die Treppe hoch. Als ich in die Wohnung komme, ist es kalt und jeder Schritt hallt in der fast leeren Wohnung. Klaus schließt die Tür. Nachdem ich meine Jacke aufgehängt habe, nimmt er mich in den Arm. Es ist still. Mit meinem Ohr an seiner Brust höre ich sein Herz schlagen. Es schlägt schneller als normal.

„Ist wirklich alles in Ordnung?", frage ich vorsichtig.

„Ja. Kathrin, ich vermisse dich jetzt schon. Du bist mir vollkommen ans Herz gewachsen. Ich habe so was noch nie erlebt. Du erfüllst mich. Ich will nicht, dass das aufhört."

Ich mag es, wie er mich festhält. Ich fühle mich geborgen und beschützt. Dennoch sehe ich ihm in die Augen und sage: „Klaus, ich ziehe nach Hamburg. Du wohnst hier in Frankfurt. Das ist nicht das, was ich anstrebe."

„Kathrin, entspann dich. Lass es doch mal laufen. Alles wird sich fügen zum richtigen Zeitpunkt. Ich habe verstanden, dass Hamburg für dich der Lebensmittelpunkt sein wird oder bereits ist, und ich weiß auch, dass es daran nichts mehr zu rütteln gibt. Ich spüre, wie du für diese Stadt brennst und dort aufgehst wie eine Blume. Dabei bist du schon so schön."

Ich kuschle mich an ihn und er drückt mich fest. Klaus riecht so gut. Wir verweilen so einen Moment und genießen. Dann löst er sich, nimmt meinen Kopf in seine Hände und küsst mich so gefühlvoll, dass mir schwindelig wird. Er löst sich von mir und schaut mir in die Augen.

„Tust du mir bitte einen Gefallen, Kathrin? Melde dich ab und zu bei mir. Ich weiß, dass du die nächsten Tage viel zu tun hast, doch ich möchte, dass du weißt, dass ich mich sehr freue, wenn ich von dir höre. Ich werde in den nächsten Wochen geschäftlich sehr eingespannt sein, doch selbstverständlich werde ich dich auch immer wieder anrufen."

„Ja, ich verspreche es dir. Eigentlich bin ich auch schnell und antworte zackig. Ich weiß im Moment nicht, was mit mir los ist", sage ich entschuldigend.

Er nimmt seinen Autoschlüssel von der Kommode und küsst mich erneut. „Tschüss, mein Engel. Gib auf dich acht. Und melde dich." Dann geht er.

Ich schließe die Tür und muss erst mal auf Toilette. Das war am Ende dieses Tages ganz schön viel. Ich merke plötzlich, wie müde ich bin, und beschließe, sofort ins Bett zu gehen. Morgen habe ich den Termin bei Luisa. Wenn ich verschlafe, gerät der ganze Tag wieder aus den Fugen. Das ist das Letzte, was ich jetzt brauche.

Ich schlüpfe in mein Nachthemd und schaue auf den Balkon. Mein Blick fällt auf den nackten Gartenzwerg. Er schämt sich nicht für das bisschen Moos, das bereits auf seiner nackten Haut ist. Stattdessen grinst er mich frech an. Was will mir das Leben hier mal wieder sagen?

Kathrin, zieh erst mal um und lass Gras beziehungsweise Moos über die ganze Klaus-Sache wachsen, denke ich noch, falle in mein Bett und bin eingeschlafen.

Um Punkt neun Uhr sitze ich bei Luisa auf dem Friseurstuhl. Ich berichte ihr von meinem Trip nach Hamburg und schwärme ihr von meiner Wohnung vor.

„Ich komme dich auf jeden Fall besuchen", verspricht sie und rührt wie wild die Farbmischung zusammen.

„Ich denke, ich werde so viel Besuch bekommen, dass ich irgendwie nie allein sein werde."

„Ich finde es auf jeden Fall mutig, dass du das machst. Du kennst doch niemanden dort oben, oder?"

„Nein, niemanden, doch ich mag es, mich noch mal komplett neu zu erfinden. Das hält jung und du kommst aus der eigenen Komfortzone raus. Überleg mal, wie viele neue Perspektiven, Möglichkeiten und Menschen ich kennenlerne. Das geht bei mir ganz schnell. Sollst mal sehen. Mein Vermieter ist supernett und gestern habe ich in einem süßen kleinen Café einen sympathischen Rechtsanwalt kennengelernt. Ich kann es dir nicht erklären, doch mich liebt Hamburg jetzt schon. Ich bin optimistisch."

„Was ist eigentlich aus deinem One-Night-Stand und dem Porschefahrer geworden?", fragt Luisa, während sie mit dem Pinsel über meinen Haaransatz streicht.

„Thorsten? Der nervt." Ich erzähle ihr die Treppenhausstory und dass er mich ständig anruft. „Na ja, am Hamburger Flughafen habe ich ihm am Telefon klar und deutlich gesagt, dass er mich nicht mehr anrufen soll. Ich hoffe, er hat es kapiert."

„Und was ist mit dem Karl?"

„Er heißt Klaus. Luisa, der Mann ist der absolute Wahnsinn. Wie aus dem Bilderbuch. Der kann küssen ... da bekomme ich zittrige Knie."

Luisa lacht und zieht die Wärmehaube von der Decke, damit die Farbe einwirken kann und mein Kopf nicht kalt wird.

Sie macht mir einen Kaffee und wir quatschen über die Kissenparty.

„Soll ich noch was mitbringen?"

„Ja, zwei Kissen, auf die du und Katharina euch setzen könnt. Die Wohnung ist komplett leer bis auf meine Matratze, auf der ich die letzte Nacht schlafe. Ich bestelle Pizza für alle und habe Rotwein und Wasser da."

„Tolle Idee, Kathrin! Ich freue mich."

Eine Stunde später sitze ich nicht mehr auf dem bequemen Friseurstuhl, sondern in meinem Büro. Katja und ich haben einiges zu besprechen und mein Chef ist nicht da. Auch gut. Ich gebe Gas bis abends und auf dem Weg nach Hause bekomme ich eine Nachricht von Klaus, dass er sich meldet wenn er gelandet ist und er mich vermisst. Ich schreibe ihm sofort zurück, bevor das wieder untergeht.

Der Donnerstag, mein letzter Arbeitstag im Büro, verläuft entspannt und ohne großes Aufsehen. Mein Chef ist nicht da, hat aber eine Flasche Gin, einen Fleurop-Gutschein und eine Karte für mich hinterlassen – ich solle mir einen fetten Blumenstrauß in Hamburg kaufen. Also der Mann denkt auch an alles. Ich kann wirklich sagen, der Mensch wird vom Glück geküsst, wenn er seinem Herzen folgt.

Katja hat einen kleinen Prosecco besorgt. Wir stoßen noch mal an auf das, was kommt. Und das wird herrlich! Sie kommt auch morgen zur Abschiedsparty. Mit ihrem neuen Freund.

Am Abend gehe ich noch mal meine Liste durch. Fitnessstudio ist gekündigt, Sachen sind so weit alle in Kisten, das Umzugsunternehmen hat den Termin für morgen bestätigt. Meinen jetzigen Vermieter habe ich auch noch mal angeschrieben wegen der Übergabe. Es wird alles klappen. Kathrin, du hast alles gut geplant. GO FOR IT!

Zwei Nächte noch, dann werde ich immer in meinem Hamburg aufwachen. Was für eine tolle Vorstellung! Ich bin sehr aufgeregt. Der Bach unter meinem Schlafzimmerfenster ist genauso aufgeregt wie ich, denn er fließt wild und laut durch sein Bett. Bevor ich schlafen gehe, trete ich an meine große Fensterfront im Wohnzimmer. Übermorgen ist Neumond. Heute bin ich weder traurig noch melancholisch. Ich will diesen Neustart von ganzem Herzen!

Pünktlich stehen am Freitagmorgen die Möbelpacker vor der Tür. Ich zeige ihnen alles, was mit soll.

Der Jüngste von allen zählt die Kartons. Zweiundfünfzig Stück – halleluja! Da ist mein ganzes Leben drin, in zweiundfünfzig Kartons. Wow!

Während die Männer bereits die Kisten raustragen, stelle ich den Möbelpackern Wasser und belegte Brötchen hin. Mit dem Verantwortlichen der Truppe laufe ich die Treppe hinunter, um ihm meine Vespa zu zeigen.

„Die müssen Sie mit drei Mann tragen. Und sie liegt mir sehr am Herzen."

Er lacht. „Ich verstehe. Wir bringen sie gut nach Hamburg. Machen Sie sich keine Sorgen."

Ich erkläre ihm nochmals, dass mein Vermieter in Hamburg vor Ort sein wird und alles beaufsichtigt.

„Er weiß auch, wo alles hinkommt. Ich knie mich hin und öffne die Alarmanlage meiner Vespa, die wie eine Kralle am Vorderrad befestigt ist. Der Entriegler piept laut.

„Wissen Sie, wie das System funktioniert? Ich bitte Sie, die Vespa vor das Haus zu stellen und mit der Alarmanlage auch wieder zu verriegeln. Den Schlüssel geben Sie bitte meinem Vermieter."

„Ja, das werden wir hinbekommen."

Während ich nach oben laufe, kommt meine Nachbarin um die Ecke. „Ach, Kathrin, ist es so weit?"

„Ja, morgen fahre ich. Heute Abend ist die Abschiedsparty. Habt ihr den Zettel in eurem Briefkasten gesehen?"

„Ja, wir kommen gern vorbei und bringen jeder ein Kissen mit. Wie geht es Neele?" „Nun ja, sie ist derzeit nur unterwegs und will sich mit allen Freunden noch mal treffen. Verständlich. Manchmal wirkt sie etwas traurig und kann es gar nicht richtig glauben, was hier geschieht, doch dann ist sie wieder motiviert und optimistisch. Ich biete ihr immer wieder an, mit mir zu reden, doch sie will nicht. Ich glaube, sie spricht viel mit ihren Freundinnen über die Veränderung. Sie sind eine große Stütze für sie. Montag und Dienstag ist der Um- und Einzug, und da hat sie Dreharbeiten in Wuppertal für einen Fernsehfilm und ist nicht vor Ort und abgelenkt. Sie kommt, wenn ich alles einigermaßen fertig habe. Nächsten Donnerstag beginnt ihr erster Schultag in Hamburg."

„Na, klasse! Wir freuen uns auf später."

Lachend mache ich dem Möbelpacker Platz, der zwei Kisten auf einmal genommen hat und gerade die Treppe herunterkommt. Mit dem Blick auf mein Handy fällt mir ein, dass ich unbedingt Franziska anrufen muss. Sie hatte mir zugesagt, dass sie heute Nachmittag das Sofa mit ihrem Mann abholt. Ich habe keine Lust auf Räumaktionen heute Abend, wenn alle da sind. Es soll ja eine Kissenparty werden und keine Sofaparty. Und ich muss den Rotwein noch besorgen.

Als die Möbelpacker gen Norden fahren und die Wohnung ratzeputze leer ist, setze ich mich in die Küche, trinke ein Glas Wasser und einen Kaffee. Reflektiere bitte, Kathrin.

Nun geht die Zeit hier zu Ende. So lange hast du an diesem Ort mit deinen beiden Töchtern gelebt. So viel gelacht und Partys gefeiert, wilden Sex gehabt, geweint, geschrien, versöhnt, Sorgen gehabt, Probleme gelöst, gearbeitet, deinen ersten Roman geschrieben, heiße Sommer und kuschelige Winter erlebt. Also, ich kann sagen, ich habe alles rausgeholt, was ging. Und nun? Die Zeit hier ist abgelaufen, ich schließe die Tür und werde am Samstag eine neue öffnen. Viele neue Möglichkeiten werden sich ergeben, weiter zu wachsen und sich zu entwickeln. Neue Erlebnisse, neue Menschen, neue Erfahrungen. Es wird großartig! Ich freue mich schon sehr, und der Mann meiner Träume, der wohnt auch schon da. Er ist jedoch noch anderweitig beschäftigt.

Ich kippe den Rest Kaffee in die Spüle und laufe ins Schlafzimmer. Meine bezogene Matratze liegt traurig auf dem Boden. Als ich hier eingezogen bin, habe ich in der ersten Nacht auch mit meinen Kindern auf der Matratze geschlafen und nun tue ich es in der letzten Nacht auch. Allein. Jetzt baue ich mir mein eigenes Nest, für mich und Neele. Und was für ein Schönes!
Ich lege mir die Sachen für morgen zurecht und schließe die Tür.
Jetzt noch den Rotwein kaufen und dann habe ich eigentlich alles. Pizza könnte ich auch schon vorbestellen. Liegt quasi auf dem Weg.

Ich laufe ein letztes Mal durch den Park zum Weinhändler, als mein Handy klingelt.
„Paulsen hier. Frau Schumann, entschuldigen Sie bitte vielmals, dass ich mich jetzt erst melde. Ich habe meinem Bruder Ihre Nummer gegeben. Er wird sich die Tage bei Ihnen melden. Dann können

Sie alles ausmachen. Ich habe Ihre Nachricht gesehen, dass die Möbelpacker losgefahren sind. Ich bin vor Ort und melde mich."

„Perfekt. Vielen Dank. Ach, zu meiner Vespa. Ich habe dem Mann vom Umzugsunternehmen gesagt, er soll sie vor das Haus stellen und die Alarmanlage anschalten. Den Schlüssel gibt er ihnen. Ist das okay?"

„Ja, absolut in Ordnung."

Wir verabschieden uns und ich betrete den Weinladen. Da ich weiß, was ich will, laufe ich zielstrebig durch den Laden und glaube nicht, wen ich sehe.

Thorsten! Sag mal, verfolgt der mich?! Er schaut von der Weinflasche hoch und grinst, als er mich sieht. „Was für ein Zufall." Er stellt die Flasche ab und wendet sich mir zu. Ich sage gar nichts.

„Sag mal, warum bist du eigentlich so sauer auf mich? Darf ich dich noch mal daran erinnern, dass ich vor zwei Wochen noch in deinem Bett gelegen haben und wir extrem guten Sex hatten? Das geht mir einfach nicht aus dem Kopf."

„Und DU gehst mir echt auf die Nerven! Was für ein Glück, dass ich morgen weg bin. Dann hat die ganze Litanei ein Ende." Ich will mich umdrehen, doch er berührt mich am Arm und hält mich fest.

„Kathrin, ich kann nicht aufhören, an dich zu denken", versucht er die sanfte Tour.

„Erzähl das deiner Großmutter, aber nicht mir. Lass mich sofort los." Aus meinen Augen sprühen nur so die Feuerfunken.

„Kann ich Ihnen behilflich sein?", höre ich eine freundliche Stimme hinter mir. Die Frau ist die Rettung.

„Ja!", rufe ich etwas hektisch, schüttle Thorstens Hand von meinem Arm und laufe der Frau voraus. „Ich hätte gern den Montes Cabernet Sauvignon, zehn Flaschen, bitte."

„Du hast ja einiges vor."

Thorsten verfolgt mich durch den Laden. Fast rutscht mir noch raus, wofür, kann es aber gerade noch runterschlucken. Der steht nachher noch auf der Matte oder mogelt sich mit rein. Geht gar nicht.

Er steht schneller an der Kasse als ich. Auch gut. Während er bezahlt, redet er auf mich ein. Ich verdrehe die Augen. „Einen Kaffee zusammen. Bitte. Dann gebe ich Ruhe." Thorsten schaut mich durchdringend an. Er sieht wirklich gut aus, wie er da so vor mir steht. „Bitte", schiebt er noch mal hinterher. Noch ein Bitte und ich falle um. „Bitte!"

„76 Euro, Frau Schumann, abzüglich Ihres Guthabens auf Ihrer Kundenkarte bekomme ich 66,50 Euro von Ihnen. Zahlen Sie bar oder mit Karte?"

„Bar, bitte." Ich bezahle schnell den Wein, verabschiede mich von der Frau und wünsche ihr alles Gute.

Thorsten steht immer noch neben mir. Wir verlassen zusammen den Laden und er hält mir die Tür auf. Na, sehr reizend.

„Okay, einen Kaffee. Einen, und zwar jetzt. Und dann gibst du Ruhe."

„Alles klar, wo gehen wir hin?"

„Zu mir nicht, falls du das meinst", sage ich etwas genervt.

„Nein, lass uns in die Altstadt gehen."

Thorsten nimmt mir die schwere Tüte ab und erzählt von seiner seit Jahren kriselnden Partnerschaft, die er nur wegen der gemeinsamen Kinder aufrechterhält.

„Weißt du, ich habe Verantwortung." Ich sage gar nichts dazu. Ich denke nur bei mir: Es ist immer dasselbe.

Wieso übernehmen die Menschen nicht Verantwortung für sich selbst und sind ehrlich zu sich? In dem Wort Verantwortung steckt das Wort Antwort – es ist die Antwort auf sich selbst, die in jedem von uns liegt. Warum stellen wir uns nicht selbst die Frage: „Was ist mir persönlich wichtig? Welche Werte, welche Qualität, welche Haltung möchte ich verinnerlichen und verkörpern und dahingehend eine Entscheidung treffen?" Dann kommt genug Kraft von innen, das auch anzugehen.

Doch wir lenken immer wieder im Außen von uns selbst ab. Wegen der Kinder, wegen der Frau, wegen, wegen, wegen … hier machen wir es uns zu einfach.

Wir betreten das Café und bestellen jeder einen Kaffee.
„Möchtest du auch Kuchen?"
„Nein, danke. Einen Kaffee hatte ich gesagt."
Er erzählt mir, dass er auch schon drei Jahre in Hamburg gelebt hat und die Stadt wirklich toll ist.
„Wieso haben wir uns eigentlich damals aus den Augen verloren?" Er schaut mich fragend an.
„Das weiß ich nicht, Thorsten, und es ist auch egal. Es sollte nicht sein."
„Kathrin, ich habe immer wieder an diese Nacht gedacht, die wir gemeinsam hatten, und es war so wunderschön. Du bist so wunderschön. Ich bekomme dich nicht mehr aus dem Kopf. Und jetzt gehst du nach Hamburg und lässt hier einen Scherbenhaufen von zerbrochenen Herzen zurück."
„Wie bitte?" Ich schaue ihn fragend an. „Wieso redest du denn im Plural?"
„Na ja, der Mann, der letztens in deiner Wohnung stand, der bleibt ja wohl auch zurück. Ich vermute, es war sein Porsche mit dem Frankfurter Kennzeichen …", meint er süffisant.
Ich öffne den Mund, und bevor ich von null auf hundert bin, klingelt mein Handy. Wer ist das denn jetzt? Ich klappe meinen Mund wieder zu und gehe dran.
„Moin, Paulsen hier. Ich bin der Bruder von Ihrem neuen Vermieter aus Hamburg."
Ich bin durcheinander. Muss ihn erst mal einsortieren. Doch ich bin schnell im Bilde. Unweigerlich stehe ich auf und gehe in eine ruhige Ecke. Ich spüre die Blicke von Thorsten auf meinem Hintern und drehe mich seitwärts.

Ich erkläre dem netten Herrn Paulsen, wie ich was haben möchte. Nur die Farbnummern habe ich nicht.

„Wann sind Sie denn in Hamburg? Sonntag kann ich kurz mit der Palette vorbeikommen. Am Vormittag, passt Ihnen das? Geht ja schnell. Sie sagen mir die Farbnummern und fertig ist der Lack."

Hey, das ist mein Spruch!

„Genauso machen wir es. Vielen Dank, und die Adresse haben Sie ja." Ich lache. „Jawoll. Tschüss!"

Klasse! Auch erledigt.

Ich gehe zurück zum Platz, schaue von oben in meine Tasse und meine lapidar: „Ich habe nur noch eine Pfütze in meinem Becher und werde jetzt gehen. Und mein Privatleben geht dich gar nichts an. Danke für den Kaffee. Ich wünsche dir alles Gute!"

Ich nehme meine Tasche, schnappe mir den Wein und gehe. Ja, mit meinem Tempo kommen nur wenige Männer mit. Wie gut, dass Klaus einen Porsche hat!

Thorsten ruft meinen Namen und läuft mir hinterher. „Jetzt warte doch mal. Kannst du dich nicht normal von mir verabschieden? Komm, drück mich noch mal. Ich habe dir versprochen, einen Kaffee, und dann lasse ich dich in Ruhe, und das machen wir auch so."

Ich stelle den Wein ab und er umarmt mich. Ich bin etwas steif und fühle mich gar nicht wohl. Total verrückt, vor zwei Wochen konnte ich nicht von ihm lassen und war einfach nur heiß, und jetzt hänge ich hier wie ein nasser Sack und hoffe, dass es vorbeigeht. Ich weiß auch nicht, warum ich so krätzig bin auf ihn. Es hat nur mit mir zu tun.

Ich reiße mich zusammen, drücke ihn auch und sage leise: „Tschüss, Thorsten. Mach's gut. Ich hoffe, du findest deinen eigenen Weg, der dich erfüllt."

„Ja, danke, Kathrin. Bleib so, wie du bist. Mach's gut."

Er gibt mir noch einen Kuss auf die Wange und dann trennen sich unsere Wege. Ich fühle mich so erleichtert.

Um 16 Uhr kommen Franziska und ihr Mann. Wir haben etwas Mühe, die drei Einzelteile vom Sofa die Treppe hinunterzuschaffen. Doch der Postmann, der gerade um die Ecke kommt und bei mir noch ein Paket abgibt, hilft netterweise. Was habe ich derzeit für hilfsbereite Menschen um mich? Es ist mein eigener Spiegel – innen gleich außen.

Zur Belohnung spendiere ich Franziska noch einen Kaffee, während ihr Mann schon mit den Sofateilen nach Hause fährt. Ich berichte ihr von dem Aufeinandertreffen mit Thorsten.

„Sag mal, das gibt es doch nicht. Jahrelang passiert hier nichts, und jetzt, wo du gehst, rennen dir alle hinterher."

„Tja, leider zu spät aufgewacht. Jetzt bin ich weg."

„Und Klaus?", will sie wissen.

„Ja, Klaus. Oje, ich muss mich bei ihm melden. Habe ich ihm versprochen."

Schnell hole ich mein Handy aus meiner Handtasche und schicke ihm flott eine Nachricht mit ein paar Infos zum heutigen Abend und dass ich ihn vermisse. Ich weiß, dass er sich darüber freut.

„Klaus ist, glaube ich, in mich verliebt. Doch du weißt ja, mein Mann wohnt bereits in Hamburg. Klaus ist märchenhaft und wäre er in Hamburg, sofort. Doch hier? Ich will keine Fernbeziehung. Ach, ich weiß auch nicht. Muss ich das jetzt wissen?"

„Nein, lass es auf dich zukommen." Franziska steht auf. „Ich muss los. Wir sehen uns später."

Gegen 18 Uhr rufe ich bei meinem Hamburger Vermieter an und frage, ob die Möbelpacker angekommen sind.

„Ja, die laden gerade aus. Die Vespa steht bereits vor dem Haus. Sieht übrigens klasse aus, das gute Stück. Mit der Möbellieferung hat auch alles geklappt."

Ich bedanke mich herzlich bei ihm und lege auf. Ich kann es kaum erwarten, in Hamburg zu sein.

Keine Stunde später verabschiede ich mich von Neele. Sie hat jetzt ihre eigene Abschiedsparty mit ihren Freunden. So war es ihr Wunsch. Bevor sie in das Auto einer Freundin einsteigt, schaue ich in ihre blauen Augen, nehme sie langsam in den Arm und drücke sie fest.

„Neele, dir einen schönen Abend mit deinen Freunden und viel Spaß bei den Dreharbeiten in Wuppertal. Wir sehen uns dann in Hamburg – unserem neuen Zuhause." Diese Worte sage ich ganz langsam und sie sind so emotional, dass mir die Tränen kommen. In dem Moment tut es mir von Herzen leid für meine Tochter, dass ich ihr das antue, diesen Schritt zu gehen und wegzuziehen.

Sie sieht mich ruhig an, fängt an zu lachen und sagt: „Wir sehen uns in deinem Hamburg. Wir schaffen das schon, Mama!" Sie drückt mich noch mal kurz, dreht sich um, hüpft ins Auto, winkt und weg ist sie.

Kinder… wir können so viel von ihnen lernen. So viel! Sie sind unser bester Spiegel!

„Wie schön, dass ihr gekommen seid. Es sind schon einige da. Kommt rein."

„Das hallt hier ja. Ach du Schreck, alles leer. Ist krass, wie das aussieht", meint Katja, die mit ihrem Freund die Wohnung betritt. Eine Stunde später sitzen überall auf dem Boden Freunde, Familie, Arbeitskollegen und Nachbarn. Dazwischen leuchten kleine Windlichter. Der Balkon ist voller Menschen, die mir Lebewohl sagen wollen. Und ich mittendrin. Herrlich.

„Sag mal, Kathrin, was ist das denn für ein lustiger nackter Kerl hier auf deinem Balkon? Was muss der frieren im Winter! Da steht aber nichts mehr." Die Jungs stehen draußen, rauchen und witzeln über meinen Adonis-Gartenzwerg wie Waschweiber.

„Dem musst du mal was zum Anziehen kaufen!", ruft der Nächste.

„Nix da, der kam schon so auf die Welt und bleibt auch so. Schau doch mal, wie der grinst. Der fühlt sich sauwohl", gebe ich lachend zurück.

Die Pizzakartons stapeln sich mit Pizzaresten und die Rotweinflaschen stehen daneben. Es ist ein warmer Sommertag. Die Fenster stehen weit auf und Chillout-Musik läuft dezent im Hintergrund. Ein Stimmengewirr umgibt mich. Es wird gelacht, gescherzt und ernste Gespräche geführt. Ich sauge alles bewusst in mich auf. Das wird in der Form nie wiederkommen. Es ist ein guter Abschluss.

Ich schlage vorsichtig mit einem Löffel an mein Rotweinglas. Das Stimmengemurmel wird weniger. Ich warte, bis es still ist – das habe ich in meiner Referentenausbildung gelernt. Somit hast du volle Aufmerksamkeit. Irgendjemand macht die Musik aus, und dann lege ich los.

„Ich bin begeistert, wie viele einzigartige Persönlichkeiten sich hier eingefunden haben, um mit mir das Ende einer Ära zu feiern. Ich sehe Freunde, ich sehe Familie, ich sehe Nachbarn und Arbeitskollegen. Fantastisch, dass ihr euch alle heute die Zeit genommen habt, dabei zu sein. Vor fast acht Jahren habe ich mir an einem Nachmittag die Wohnung angeschaut und sofort zugeschlagen. Traumhafte Lage, tolle Nachbarn, jedes Kind ein eigenes Zimmer und die Schule direkt gegenüber. Was will Frau mehr? Wir sind kurzerhand eingezogen und haben uns immer sehr, sehr wohlgefühlt.

Wie viele wissen, bin ich gebürtig nicht von hier, sondern komme oben aus dem hohen Norden. Ich habe immer gesagt, ich ziehe überallhin, nur nicht ins Rhein-Main-Gebiet. Und wo lebe ich seit fast achtzehn Jahren? Im Rhein-Main-Gebiet."

Gelächter im Raum.

Ich fahre fort: „Doch habe ich mich nie richtig zuhause oder am richtigen Platz gefühlt. Und alles hat seine Zeit. Ich finde es großartig, dass wir alle die Freiheit haben zu wählen, wo wir leben wollen. Vor drei Jahren bin ich in Hamburg gelandet und hatte auf einmal das

Gefühl, ich komme nach Hause. Ich erinnere mich heute noch an dieses Gefühl. Es ging durch meinen ganzen Körper. Da wusste ich, wo ich hingehöre und was mein Ziel ist. Und von diesem Ziel bin ich nun weniger als vierundzwanzig Stunden entfernt. Und darauf freue ich mich. Sehr.

Und jeder von euch ist eingeladen, mich in meiner neuen Heimat zu besuchen. Wahrscheinlich werde ich eigentlich nie allein sein, da immer jemand da ist, und das ist gut so. Scheut euch nicht und meldet euch jederzeit. Die Gästecoach steht für euch bereit. Jetzt lasst uns noch ein bisschen feiern, bevor ich mich ein letztes Mal hier auf meine Matratze begebe."

Es wird laut geklatscht und gejohlt, und dann kommt Franziska auf mich zu.

„Ja, Kathrin, wir haben uns natürlich auch was ausgedacht, damit du uns nicht so leicht entschwindest." Und plötzlich ziehen einige Leute eine ganz lange Wäscheleine durch meine Wohnung, die bunt bestückt ist. Mit kleinen Luftballons, bunten kleinen Fischen aus Papier und Karten.

„Wie du siehst, sind hier zwölf Karten mit Wäscheklammern befestigt –- für jeden Monat eine, in der einer von uns mit dir was unternimmt in deiner ‚alten Heimat'. Entweder zusammen früh-stücken, essen oder tanzen gehen, Sauna und so weiter. Lass dich überraschen, und wer sich jeden Monat mit dir trifft und was unter-nommen wird. Es soll dich schon zwingen, hier mit uns verbunden zu bleiben."

Und während sie das sagt, steht sie mit dem Zeigefinger drohend da. Der ganze Raum lacht, inklusive mir.

„Ganz lieben Dank an euch alle und ich werde das selbstverständlich einlösen. Und ihr bekommt immer Fischbrötchen, wenn ihr kommt."

Allgemeines Gelächter.

Ich sehe, dass Franziska die Tränen in den Augen stehen. Für sie ist es furchtbar, dass ich wegziehe. Sie ist meine beste Freundin und wir sind so oft schon um die Häuser gezogen und hatten richtig, richtig Spaß. Ich nehme sie fest in den Arm. Während jemand wieder die Musik anmacht, kann sie gar nicht mehr aufhören zu weinen.

Ich beruhige sie: „Franziska, ich bin nicht aus der Welt. Wir mussten uns bisher auch immer verabreden. Alles ist gut." Sie nickt schniefend.

„Komm, wir trinken einen Rotwein zusammen und feiern noch ein bisschen. – Ganz lieben Dank für das tolle Geschenk, eine klasse Idee."

Bevor die Ersten gehen wollen – es ist mittlerweile 23 Uhr –, mache ich noch schnell von allen Gruppenfotos als Erinnerung an diesen schönen Abend.

Nachdem mir ein paar beim Aufräumen helfen und zwölf Pizzakartonstapel zum Mülleimer gebracht sind, verabschieden wir uns und um kurz nach Mitternacht schließt dann auch der Letzte die Tür. Ich muss erst mal runterkommen und setze mich einen Moment raus auf den Balkon.

Ich rieche die herrlich frische Luft, betrachte den Abendhimmel und bin völlig bei mir. Die Vorfreude auf Hamburg ist zu groß, um melancholisch zu werden. Ich trinke den letzten Schluck Rotwein und lasse meine Gedanken schweifen.

Als ich später auf meiner Matratze liege, schaue ich aus dem Fenster. Sehe die beleuchtete Burg und höre das Plätschern des Baches neben meinem Schlafzimmerfenster. Es ist das letzte Mal. Nie wieder werde ich genau diese Geräusche hören. Ich schließe nicht nur die Augen, sondern auch imaginär die Tür dieses großen und langen Kapitels in meinem Leben. Alles hat seine Zeit und diese hier ist nun abgelaufen.

Am Nachmittag begrüße ich meinen Makler. Er wird nun mit mir die Wohnung abnehmen. Seit sechs Uhr bin ich auf den Beinen. Doch ich bin weit gekommen. Bis auf ein paar Kleinigkeiten ist alles im Auto.

Meine liebe Putzfrau Anne hat bereits gewirbelt und die Wohnung ist tipptopp.

Wir laufen langsam durch mein altes Zuhause und er schaut sich alles an.

„Wie lange haben Sie hier gewohnt, Frau Schumann?"

„Fast sieben Jahre."

„Und jetzt geht es nach Hamburg?"

„Ja", sage ich und bücke mich nach einem Blatt, das sich auf dem Boden verirrt hat.

„Das sieht alles ordentlich aus. Wo sind Ihre Kinder? Gehen die mit Ihnen?"

„Die Große ist in den USA und die Kleine kommt mit."

„Sind Sie nicht ein bisschen traurig, hier wegzuziehen?"

„Nein. Es war eine gute Zeit in einer traumhaft schönen Wohnung. Zwar teuer, doch lohnenswert. Das muss man erst mal verdienen als Frau alleine mit zwei Kindern."

„Hamburg ist sicher genauso teuer."

„Ja, doch die Wohnung ist kleiner und günstiger. Sie ist auch so eine Traumwohnung wie diese. Ich hatte bisher immer Glück mit meinen Wohnungen."

Ich unterschreibe das Übergabeprotokoll und er sichert mir die Kaution in den nächsten Wochen zu. Das klappt ja hier wie das Eierlegen. Im Kopf rechne ich schon aus, wann ich in Hamburg ankomme.

Ich gebe ihm die kompletten Wohnungsschlüssel und schnappe mir meine Tasche, die in der Küche auf dem Tisch steht.

„Wann ziehen die neuen Mieter ein?"

„In drei Wochen."

Wir verabschieden uns voneinander.

Meinen Mädels habe ich heute schon telefonisch Tschüss gesagt. Bei meiner Mutter melde ich mich nun auch ab.

Freudestrahlend und happy hüpfe ich ein letztes Mal das Treppenhaus hinunter. Das war es. Ende der Geschichte. Ich schaue ein letztes Mal auf das Haus, das eine lange Zeit mein und das Zuhause meiner Töchter war.

Als ich um die nächste Ecke fahre, hupe ich und winke, obwohl keiner da ist. Ist mir schnuppe. Mein Handy klingelt. Unbekannte Nummer.

„Ich bin's, Ihr Makler. Sie haben Ihren Gartenzwerg auf dem Balkon vergessen."

„Ach, egal. Werfen Sie ihn weg. Ich brauche ihn nicht mehr."

Rückblick

An der Tankstelle halte ich, um vollzutanken. Nicht nur mein
Auto braucht Kraft. Unweigerlich muss ich an Klaus denken. Als
ich bezahlt habe und weiterfahre kommt mir Thorsten in den Sinn
und meine Gedanken wandern weiter zu all den Männern, denen
ich mein Herz geöffnet habe und die mich immer wieder enttäuscht
haben. Doch es war meine eigene Täuschung. Einen Partner habe
ich seit meiner Scheidung nicht mehr gefunden. Das waren immer
nur Kurzepisoden. Und ich denke an die vielen Jahre hier, die mir so
endlos lang vorkamen, weil ich eigentlich nie hierherwollte. Doch ich
kann niemandem einen Vorwurf machen, denn ich habe mir diese
Situation selbst erschaffen. Ich habe die Entscheidung dafür selbst
getroffen. Mir fallen die Tränen wieder ein, die ich bitterlich geweint
habe, als ich hierhergezogen bin. Und dennoch habe ich es getan –
immer für andere, doch nie für mich selbst.
Mein bester Freund Jan hat häufig gesagt: „Ich habe das Gefühl, du
bist immer auf der Suche nach etwas." Ja, das war ich.
Meine Gedanken sind wie Regentropfen an der Scheibe. Sie sammeln
sich zu einem größeren Tropfen und ziehen mich mit sich runter.
Während ich auf die Autobahn fahre, kommen sie, die Tränen, erst
langsam, dann immer mehr. Sie bahnen sich ihren Weg durch alle
meine Kanäle und laufen mir heiß die Wangen hinunter. Während
ich vom fünften in den sechsten Gang schalte, tropfen sie auf meine
Bluse. Ich weine und das Schluchzen wird immer lauter. Ich weine
um so vieles und es tut so weh. Der Schmerz bahnt sich resolut
seinen Weg. Ich kann und will ihn nicht mehr halten. Er will einfach
nur raus. Gefühlt werden. Der genaue Grund ist mir gar nicht klar.
Diese Emotion der Traurigkeit kommt so geballt, dass ich nichts
dagegen tun kann und will. Ich brauche frische Luft und kurble kurz
das Fenster ein wenig runter.

Ich fahre nur geradeaus und weine immer weiter. Ich weine um meiner selbst willen und merke, wie ich alles auf einmal loswerden will. Es löst sich so vieles, an dem ich so lange krampfhaft festgehalten habe. Die Last, die ich auch all die Jahre allein getragen habe. Freiwillig, unbewusst, manchmal mit Freude, mit Wut und mit noch so vielen anderen Gefühlen. Das waren Muster, die ich mir selbst auferlegt habe, für die ich mich teils auch unbewusst entschieden habe. Ich habe immer gesagt: Steck nicht den Kopf in den Sand, versuche das Beste daraus zu machen. Halte durch, Kathrin.

Doch unser Herz ist verlässlich. Es erinnert immer wieder im Leben daran, dass da noch so vieles ist, was auf uns wartet. Es vergisst unsere Wünsche und Träume nie.

In der Tiefe meines Herzens gehörte ich nie dorthin, wo ich all die Jahre gelebt habe, und je länger ich gen Norden fahre, desto weniger Tränen kommen. Bis nichts mehr rauskommt und auch die letzte Träne geweint ist. Und endlich ist der Fluss versiegt. Ich schluchze noch ein paarmal auf, dann ist endlich Ruhe.

Es ist still im Auto, nur das Surren des Motors ist zu hören. Ich hole tief Luft und atme mit einem langen Seufzer aus. Jetzt geht es mir besser. Das hat gutgetan. Ich trinke einen großen Schluck Wasser aus meiner Flasche.
Dann konzentriere ich mich auf die Straße. Das Radio lass ich aus. Musik ertrage ich jetzt nicht. Laut Navi bin ich in fünfeinhalb Stunden in Hamburg. Also 21 Uhr. Es ist klasse, wenn das alles ohne Stau klappt. Ich bin positiv. Es ist Samstagabend und nicht viel los.

Nach einer weiteren Stunde und vielen Gedanken, die mir durch den Kopf gehen, will ich Klaus kurz anrufen. Ich habe das Bedürfnis.

Warum auch immer. Ich brauche jetzt irgendwie eine männliche Stimme. Außerdem habe ich ihm versprochen, mich ab und zu zu melden. Da ich sowieso noch stundenlang im Auto sitze und hier nicht wegkann, passt das. Ich wähle die Nummer über die Freisprechanlage. Er müsste gerade aufgestanden sein. Nach dreimal Klingeln höre ich seine ruhige männliche Stimme.

„Kathrin! Wie schön, dass du anrufst!" Er ist außer sich vor Freude. „Wie geht es dir? Bist du schon auf dem Weg?"

„Ja, vor zwei Stunden bin ich losgefahren mit einem sehr vollen Auto."

„Erzähl, hat alles geklappt? Wie war der Abend gestern?"

Ich erzähle ihm alles, während ich weiter geradeaus auf meinem neuen Lebensweg bin, der mir gut gefällt.

Nach zwanzig Minuten Austausch fragt Klaus: „Und, wie geht es dir mental? Was hat es mir dir gemacht? Der Abschied? Das Gehen?" Ich schlucke. Stille in der Leitung. Dann erzähle ich ihm, da mein Herz mir von irgendwoher einen Ruck gibt, dass ich fürchterlich geweint habe. Er sagt nichts und hört nur zu. Hört den Gedanken zu, die ich in Worte fasse, denn meine Gedanken waren Gefühle in Aktion. All das, was mir in den Sinn kommt. Dieser Mann ist einfach nur dufte denke ich, während sich wieder etwas in mir löst. Irgendeine Kontrolle, die ich mir auch selbst auferlegt habe.

Als ich fertig bin, sagt Klaus: „Kathrin, danke für dein Vertrauen. Ich weiß das sehr zu schätzen, und ich finde es ausgezeichnet wie du alles machst. Mir war nicht klar, dass du dich in Frankfurt nie am richtigen Platz gefühlt hast. Dazu kennen wir uns zu kurz. Es hat sich einiges gelöst in dir. Lass es zurück. Vielleicht hältst du am nächsten Rastplatz. Werfe etwas Müll aus deinem Auto weg und verbinde es mit dem, was du alles losgelassen hast. Lass es auf diesem Rastplatz zurück. Lass es dort. Somit kommst du frei und ohne diesen Ballast in deinem Hamburg an. Klingt das nach einem Plan?"

„Das ist ein guter Plan. Ich danke dir."

Dann frage ich nach ihm und wie es ihm geht. Er erzählt und sagt mir, dass er viel zu tun hat und er am Donnerstag wieder zurückfliegt. Wir versprechen einander, uns wieder zu melden, und er dankt mir nochmals für meine Offenheit und meinen Anruf.

Es ist schön, jemanden zu haben, mit dem man sich austauschen kann, und dann auch noch mit einem so emphatischen Mann. Der nächste Rastplatz ist meiner.

Ich werfe, während ich an meine geweinten Tränen denke, meine nassen Taschentücher, meine Kuchentüte und meine Wasserflasche weg, steige ins Auto und fahre endlich in meine neue Heimat.

HAMBURG – ich komme!

Hamburg

So dringend muss ich auf die Toilette! Wo ist denn jetzt der Scheißschlüssel? Ich mache hier gleich in die Hose. Ich bewege mich mit den Beinen hin und her, um es einzuhalten. Gleich passiert noch ein Unglück. Warum bin ich nicht auf der letzten Raststätte gegangen? Hätte, wäre, wenn. Alles keine guten Wörter.

Während ich in meiner Handtasche wühle, wird plötzlich von innen die Tür schwungvoll geöffnet.

„Guten Abend!" Ein junger Mann lacht mich an und schießt an mir vorbei.

Weg ist er. Ich nutze die Gunst der Stunde, sause in den Hauseingang und renne das Treppenhaus hoch. Ich muss so dringend! Nun werde ich in meinem Lauf rasant gestoppt, als ich bei mir vor der Tür stehe und immer noch keinen Schlüssel habe. Kurzerhand kippe ich die ganze Handtasche im Hausflur aus. Da ist er! Geht doch. Ich schließe die Tür auf und renne ins Badezimmer. Da ist die rettende Toilette. Und es ist herrlich …

Als ich meine Hände wasche, höre ich ein leises „Hallo!" im Treppenhaus. Ich laufe schnell zur Tür und sehe eine Frau in meinem Alter vor meiner Tür stehen.

„Hallo! Kathrin Schumann", begrüße ich sie und strecke ihr freudestrahlend und mit erleichterter Blase meine Hand entgegen.

„Nike Hanseherz. Ich habe die Wohnung obendrüber. Ich habe die Sachen vor der offenen Tür liegen sehen und dachte, es sei was passiert, weil die Wohnung die ganze Zeit unbewohnt war."

„Ich habe gerade sechs Stunden Autofahrt hinter mir und musste so dringend auf die Toilette. Es gab keinen Parkplatz vor dem Haus und ich habe meinen Wohnungsschlüssel nicht gefunden. Da habe ich vor lauter Panik meine Handtasche ausgekippt", erkläre ich ihr gestikulierend die Lage und bücke mich. „Ich bin sozusagen gerade

erst eingezogen." Lachend werfe ich mein Sammelsurium wieder in
die Handtasche.

„Na, dann herzlich willkommen in Hamburg und kommen Sie erst
mal an. Bestimmt sehen wir uns demnächst öfter. Kommen Sie gern
mal bei mir vorbei. Wie gesagt, ich wohne über Ihnen."

„Ja, gern. Vielen, vielen Dank. Frau Haushenz, richtig?"

„Hanseherz. Nike Hanseherz. Du kannst Nike sagen. Tschüss und
schönen Abend noch!"

Ach, wie nett. So, jetzt aber zackig, Kathrin. Auto ausladen.

Um 22.30 Uhr stecke ich zum letzten Mal den Schlüssel in das
Schloss der Haustür, nachdem ich meiner Vespa noch kurz Hallo
gesagt habe. Ganz brav steht sie vor dem Eingang. Den Rest der
Sachen habe ich aus dem Auto geholt und das Auto um die Ecke
geparkt.

Der Geruch im Treppenhaus ist jedes Mal fabelhaft. Ich fühle
mich schon komplett zuhause und habe noch nicht eine Nacht hier
geschlafen. Mit meinem letzten kleinen Karton laufe ich in den
dritten Stock. Jede Stufe knarrt. Ich liebe es!

Überall liegen Fußmatten vor den Türen, nur meine ist noch ohne.
Doch Kathrin ist vorbereitet. Meine neue Matte müsste eigentlich
schon in meiner Wohnung sein – in einem meiner zweiundfünfzig
Kartons. Ich schließe auf und genieße jede Sekunde davon. Dann
trete ich bewusst über die Schwelle meines neuen Zuhauses. Das
Gefühl ist unbeschreiblich. Ich bin da – endlich. All die Jahre
habe ich mich am falschen Platz gefühlt, doch nun empfinde
ich eine wohltuende innerliche Ruhe in mir. Ich bin tatsächlich
angekommen.

Die Glühbirne im Flur leuchtet und ich sehe meine weiße Kommode,
die wirkt, als ob sie immer schon dort gestanden hätte. Leise schließe
ich die Tür. Es riecht ganz neu hier. Jetzt erst mal in Ruhe alles
begutachten. Während ich den Karton abstelle, linse ich durch die

geöffnete Wohnzimmertür. Zwischen etlichen Kartons entdecke ich meine Sofalandschaft, zwar noch mit einem Plastiküberwurf versehen, doch der warme cremefarbene Ton ist gut zu erkennen. Ich ziehe meine Schuhe aus, laufe über den knarrenden Holzboden in das Zimmer und ziehe die Plane weg. Der Stoff wirkt einladend und ich freue mich sehr, dass ich ihn genauso ausgewählt habe. Der kleine Wohnzimmertisch ist bereits liebevoll davor platziert.

Dann sehe ich durch die Flügeltür in mein Esszimmer, wo der von mir bestellte weiße Tisch steht. Die passenden Stühle schmiegen sich regelrecht an ihn und ergeben somit eine Einheit. Imaginär sehe ich schon die Blumen und Kerzen darauf.

Der Teppich ist noch eingerollt und verpackt. Ich bin begeistert, dass alles so außerordentlich gut geklappt hat. Auf leisen Sohlen laufe ich über den Flur in das gegenüberliegende Schlafzimmer. Mein Bett steht brav an der richtigen Stelle. Die Matratze habe ich gerade noch über die Straße geschleppt. Der Kleiderschrank kommt erst nächste Woche. Im Bad wasche ich mir die Hände und höre Handybrummen aus meiner Handtasche. Wühlend suche ich danach. Als ich es habe, ist der Anruf bereits weg. Klaus. Wie süß. Er will sicher wissen, ob ich gut angekommen bin. Ich werde ihn später zurückrufen. Er ist sowieso meiner Zeit hinterher. Erst mal muss ich mein Zuhause inspizieren. Ich laufe in die Küche und schalte das Licht an. Ein traumhaft schöner Blumenstrauß empfängt mich auf dem wunderschönen Tisch der alten Dame. Das gibt es nicht! Eine Karte steckt darin. „Willkommen in Hamburg! Ich wünsche Ihnen einen guten Start. Herzliche Grüße, Ihr Marten Paulsen"

Ich werd verrückt und zieh aufs Land. Wie wertschätzend ist das denn?! Mein Herz schäumt gleich über vor Glück. Ich schnappe mir die Blumen und stelle sie auf den Esszimmertisch. Das sieht doch fast schon wohnlich aus.

Ich öffne die Balkontür weit und trete hinaus. Die Luft ist herrlich frisch, obwohl ich mitten in der Stadt bin. Ein paar Autos fahren auf der Rothenbaumchaussee. Ich suche den Mond, doch ich finde ihn nicht. Irgendwo kommt Gelächter her. Mittlerweile ist es nach 23 Uhr und ich merke, wie müde ich plötzlich bin. Der Umzug, die Fahrt und die Erlebnisse der letzten 48 Stunden machen sich bemerkbar. Sei achtsam mit dir, Kathrin. Morgen ist auch noch ein Tag.

Ich beziehe mein Bett und schlüpfe in mein Nachthemd. Ich bin so glücklich. Als ich in meinem Kuschelbett liege, rufe ich Klaus an. Bei ihm ist es jetzt 16.30 Uhr.

„Ich bin's, Kathrin. Wollte nur melden, dass ich in Hamburg gelandet bin."

„Kathrin! Was freue ich mich, dass du dich meldest! Es müsste kurz nach 23 Uhr bei dir sein. Wann bist du angekommen?"

Wir telefonieren bestimmt 30 Minuten. Dann merke ich die bleierne Schwere der Müdigkeit in mir.

„Klaus, ich bin richtig müde. Lass uns ein anderes Mal weitersprechen."

„Ja, mein Engel. Ich freue mich sehr, dass du dich gemeldet hast. Ich merke, du hältst dich an dein Versprechen, das du mir gegeben hast. Ich vermisse dich."

Irgendwie wird es wohlig in mir. Ich denke, das wird sich legen. Ich wohne nun endlich in meinem Hamburg. Neue Möglichkeiten, neue Bekanntschaften, neue Männer, und mein Traummann wartet schon auf mich. Juchhu!

„Schlaf gut und denk daran: Was du die erste Nacht in deinem neuen Bettchen träumst, geht in Erfüllung."

Bevor ich über den fehlenden Mond nachdenken kann, bin ich im Land der Träume.

Die Sonne auf meiner Nasenspitze weckt mich. Ich blinzle schlaftrunken und etwas orientierungslos aus dem Fenster. Die Vögel zwitschern aufgeregt durcheinander. Jetzt weiß ich es wieder. Hamburg.

Ich bin zum ersten Mal in meinem Hamburg aufgewacht. Mein Herz klopft schneller und ich versuche, meine Gedanken zu sortieren. Was habe ich geträumt? Ich weiß es nicht mehr. Na toll!

Kathrin, heute warten charmante zweiundfünfzig Kartons zum Auspacken auf dich. Was frühstücke ich eigentlich? Denk in der Dusche darüber nach.

Ich schäle mich aus meinem Bettchen und hüpfe unter die kalte Dusche. Dreißig Minuten später stehe ich geschniegelt und gebügelt in meinem Wohnzimmer und suche im richtigen Karton nach meinem Wasserkocher. Auf meinem Handy sind gefühlte dreißig Nachrichten, die ich noch beantworten muss. Später.

Toast habe ich dort doch auch irgendwo. Eieiei … was für ein Chaos!

Als es an der Tür klingelt, versuche ich gerade, den fahrbaren Kleiderständer aufzubauen. Das ist ein Mist!

Ich steige über drei Kartons, die natürlich mitten im Weg stehen, als es bereits zum dritten Mal klingelt.

„Jaha, ich komme!", rufe ich genervt. Ich reiße die Tür auf – und meinen Mund … WOW! Was für ein Mann! In meinem Kopf sausen etliche Gedanken gleichzeitig in Lichtgeschwindigkeit hin und her. Wer ist das? Warum klingelt der hier? Ist er das? Mein Traummann? Jetzt schon? Definitiv JA!

Ich klappe den Mund wieder zu und setze mein süßestes Lachen auf.

„Hallo, Frau Schumann." Er grinst mich breit an. Breit ist übrigens auch sein Kreuz. Ein Mann wie aus dem Bilderbuch. Ach, was erzähl ich? Wie aus einem Film … Oscarprämiert. Groß, super gebaut, leicht gebräunt und strahlend blaue Augen. Seine blonden Haare stehen lustig in alle Richtungen und trotzdem sieht es sexy aus. Ich habe sofort das Bedürfnis, ihm da durchzufahren.

Lässig in Jeans und Poloshirt gekleidet kommt aus seinem sehr erotisch geschwungenen Mund: „Ich bringe die Farbpaletten vorbei." Mein Maler, schießt es mir durch den Kopf. Mein Maler! Bruder meines Vermieters. Ja, ein wenig Ähnlichkeit ist zu sehen.

„Oh, ich male auch gern!"

„Wie bitte?" Fragend schaut er mich an.

„Ach nix. Kommen Sie rein. Klasse, dass Sie extra heute am Sonntag vorbeikommen." „Kein Problem. Sehr gern."

Ich gehe voraus und spüre, wie er mir auf den Hintern schaut. Hm.

„Ich bin erst gestern Abend spät angekommen, daher sieht es noch wild aus."

„Wild?!"

Allein das Wort aus seinem Mund. Hier liegt pure Anziehung im Raum. Sehr hot. Kathrin, komm mal runter! Der Typ wird nur deine Wände anmalen und ist dann wieder weg. – Nein, der wohnt hier, und du auch seit gestern. Schon vergessen? Du bist angekommen und darfst.

„Welche Wände müssen denn genau gestrichen werden?"

Er läuft langsam durch den Raum. Allein seine Art, sich zu bewegen. Mir ist heiß. Ich öffne die Balkontür und erkläre ihm, was gemacht werden muss.

„Wie lange werden Sie dafür brauchen?"

„Das geht schnell. Sobald Sie mir die Farben genannt haben, schaue ich, ob sie vorrätig sind, und dann können wir das gleich Ende kommender Woche machen."

„Machen *Sie* das dann?" Sag mal, Kathrin, spinnst du?

Er schaut mich an und lacht. Dieser Mann ist Sex pur.

„Möchten Sie das denn?"

Ich räuspere mich. Tja, Kathrin, jetzt kannst du mal sehen, wie du aus dieser Nummer wieder rauskommst. Ich schubse den kleinen erbosten Engel, der mit Händen in der Taille wütend schnaubt, von meiner Schulter. Ich mach das schon.

„Sind Sie denn allein oder wie groß ist Ihre Firma?"

„Groß", meint er nur.

„Groß? Okay. Na ja, Sie werden schon wissen, wie Sie es einteilen.

Es wäre fantastisch, wenn Sie das bis Ende nächster Woche schaffen. Ich habe noch zwei Wochen Urlaub und möchte so viel wie möglich fertigbekommen, bevor ich wieder arbeite."

„Das kriegen wir hin. Das verspreche ich Ihnen."

Sein Lächeln ist verführerisch. Die Anziehung hier im Raum ist kaum auszuhalten.

Er reicht mir die Farbpalette und unsere Finger berühren sich. Imaginäre Funken sprühen. Er zieht sofort seine Hand zurück und die Palette fällt zu Boden. Wir bücken uns gleichzeitig und stoßen mit dem Kopf gegeneinander. Ich verliere das Gleichgewicht und falle nach hinten.

„Aua!" Sag mal, was ist denn hier los?

„Sorry, das war meine Schuld."

Er lacht und reicht mir die Hand. Ich ergreife sie, und während er mich nach oben zieht, blickt er mir tief in die Augen.

Mit warmer und dunkler Stimme sagt er: „Ich wusste gar nicht, welch eine süße und sympathische Mieterin mein Bruder hat."

Mir läuft sofort ein wohliger Schauer über den Rücken. Ich bin sprachlos, und das soll bei Kathrin was heißen …

„Äh, danke. Ich war noch nicht aus dem Haus. Kenne somit nur meine Wohnung."

Was rede ich hier für einen Stuss?

Ich schnappe mir die Farbpalette und suche genau die richtige Farbe aus.

„Diese hier, bitte."

„Und zielstrebig ist sie auch noch", schiebt er hinterher. Ich lache ihn an.

Dann erkläre ich ihm, wie ich die sandsteinfarbene Wand haben will, und er rät mir ganz klar von der Tapete ab.

„Machen Sie Kacheln in diesem Stil dorthin, das sieht viel edler aus und passt auch besser zu Ihnen und dieser Wohnung."

„So viele Komplimente, und das an einem einzigen Tag. Da fällt mir ein, ich habe Ihnen gar nichts zum Trinken angeboten. Möchten Sie einen Kaffee?"

„Nein, danke. Ich muss gleich los."

Wir einigen uns auf die Kacheln. Er will sie nächste Woche zur Ansicht selbst vorbeibringen.

„Ich gebe Ihnen eine Visitenkarte von mir. Rufen Sie mich an, bevor Sie kommen. Ich werde viel unterwegs sein."

Ich gebe ihm die Karte und er lacht mich mit seinen blauen Augen an.

„Einen guten Start hier bei uns in der schönsten Stadt der Welt."

Zielstrebig geht er zum Ausgang, öffnet die Tür und dreht sich erneut zu mir um. „Es war mir eine große Freude, Sie kennenzulernen. Wir sehen uns."

„Ja. Ich freue mich darauf."

Ich reiche ihm die Hand und er umfasst sie warm und stark. Es fühlt sich großartig an. Ich mag es. Sehr.

Ich schließe die Tür, lehne mich von innen dagegen und bin nur von dieser kurzen Begegnung und Berührung erregt. Halleluja. Das geht ja gut los. Kathrin, hier gehst du nicht mehr weg. Es ist super hier.

Als Neele Dienstagabend kommt, stürmt sie sofort in ihr Zimmer und ist restlos begeistert.

„Mama, das sieht klasse aus!"

Na ja, ich habe auch geackert, was ging. Alles, damit das Kind einen guten Start hat.

Der erste Schultag läuft gut und sie findet ihre Klasse ganz „cool".

Nach drei Tagen habe ich es dann auch endlich geschafft und meine zweiundfünfzig Kisten ausgepackt. Mein Kleiderschrank wurde geliefert. Meiner Vespa habe ich einen kleinen Teil von Hamburg gezeigt und einige süße Cafés und Plätze entdeckt. Ich muss immer wieder feststellen, es war der perfekte Zeitpunkt zum Umziehen. Es ist sommerlich warm und der August zeigt sich von seiner schönsten Seite. Nicht nur die Sonne strahlt, sondern auch ich. Meine Amtsgänge klappen und alle sind so hilfsbereit und herzlich. Hier sagt sogar die Frau an der Budni Drogeriemarktkasse: „Herzlich willkommen in Hamburg!" Ich gehöre so was von in diese Stadt. Als ob alle schon auf mich gewartet haben. Ja!

Meinen Freunden in Frankfurt schwärme ich jeden Tag von meinem neuen Zuhause vor, schicke Videos, und jeder kann sehen und hören, wie glücklich ich bin. Sie vermissen mich dennoch. Klaus schreibe ich immer wieder Nachrichten, wenn ich daran denke. Er landet morgen wieder in Deutschland. Ich bin jedoch mittlerweile schon so eingesaugt von meiner neuen Heimat, dass ich nur das Hier und Jetzt lebe.

Heute Abend will ich bei meiner neuen Nachbarin, die über mir wohnt, vorbeischauen und ihr ein kleines Töpfchen Grüne Sauce, die ich extra aus Frankfurt mitgebracht habe, bringen. Das will ich eigentlich im ganzen Haus verteilen und mich kurz vorstellen. Doch eins nach dem anderen. Ich laufe mit einem herrlichen Wiesenblumenstrauß für meinen Balkon, den ich in dem kleinen Blumenladen in der Hegestraße gekauft habe, die knarrenden Stufen zu meiner Wohnung hoch und freue mich über die lustige Fußmatte bei mir vor der Tür: „Du bist die Schönste im ganzen Treppenhaus". Ich habe sie von meiner Freundin Nicoletta für meine neue Wohnung geschenkt bekommen und muss grinsen. Genial, dass man so immer wieder an die Freunde denkt.

Meine Wohnung ist genial. Es ist immer wieder traumhaft, wenn ich nach Hause komme. Die Sonne scheint ins Wohnzimmer und ich laufe auf meinen heimeligen Balkon hinaus. Ein süßer kleiner

Holztisch mit passenden vier Stühlen steht darauf. Ich stelle die hübsche Vase mit den Blumen auf den Tisch. Ich brauche einen kleinen Sonnenschirm. Die Tage will ich noch die Balkonumrandung bepflanzen. Die Kästen und andere Halterungen hängen schon. Ich frage meine Nachbarin am besten, wo es eine nette Gärtnerei mit Auswahl gibt.

Ich mache mir Kaffee. Ich habe Urlaub und muss auch Pause machen. Alles braucht Ausgleich und ich bin wirklich weit gekommen in den letzten Tagen. Der Kaffee läuft gerade in die aufgeschäumte Milch, als mein Handy piepst.

„Gibt es bei Ihnen zufällig Kaffee?"

Wer ist das denn? Ich schicke ein Fragezeichen.

„Habe Ihre Sandsteinkachelmuster …" Mein Maler.

„Was für ein Zufall! Ich mache mir gerade einen. Freue mich", schreibe ich zurück.

Ich grinse über das ganze Gesicht und linse auf die Uhr. 14.30 Uhr. Jetzt schnell noch mal frisch machen und ein bisschen Farbe ins Gesicht, bevor cr kommt.

Ich bin etwas aufgeregt, als es zehn Minuten später klingelt, und atme noch mal tief durch, bevor ich öffne.

„Ich stimme zu." Er lacht mich an und zeigt auf meine Fußmatte.

„Herr Paulsen, schön, dass Sie da sind." Ich öffne meine Tür weit und bitte ihn herein.

„Lasse. Ich bin Lasse."

„Das ist ein schöner Name. So nordisch. Ich heiße Kathrin. –
Mit Zucker oder ohne?"

„Ohne bitte. Süße habe ich hier genug …"

Hm … Der Mann flirtet mit mir am helllichten Tag. Wow! Es fordert mich. Auch das mag ich. Männer, die sich bewegen und mutig sind. Und gute Sprüche draufhaben.

Er reicht mir die Probekacheln, die mir sofort gut gefallen. Ich gebe ihm den Startschuss dafür und wir vereinbaren einen Termin zum

Malern. Die Kacheln muss er erst bestellen.

„Das sieht ja fantastisch hier aus. Da hast du aber richtig rangeklotzt. Sonntag sah das noch alles etwas anders aus. Wie viele Kisten waren das eigentlich?"

„Zweiundfünfzig. Ich habe Gas gegeben. Je schneller ich fertig werde, desto mehr Zeit habe ich, um Hamburg noch etwas zu erkunden. Ich bin mit meiner Vespa schon rumgefahren."

„Du hast eine Vespa?"

„Ja. Mein italienisches Baby steht vor dem Haus. Jetzt muss ich nur noch mein Auto verkaufen."

„Cool. Ich fahre auch Motorrad. Habe eine Indian."

„Mein Chef hat auch so eine. Sehr smart."

Ich gebe ihm den Kaffee, nehme meinen und laufe voraus auf den Balkon.

„Kathrin, das sieht richtig einladend aus. Ich bin sehr beeindruckt." Entspannt sitzen wir auf dem Balkon in der Sonne. Die Zeit vergeht wie im Flug. Wir unterhalten uns und ich erfahre, dass er achtundvierzig ist, Inhaber eines der größten Malerunternehmen in Hamburg, drei Söhne hat und sich vor vier Monaten von seiner Frau getrennt hat. Wir flirten ein bisschen.

Ich wundere mich etwas. Der hat ja Zeit an einem normalen Arbeitstag. Na gut, läuft vielleicht unter Beratung. Außerdem ist Freitag. Und es ist nicht mein Problem. Ich fühle mich sauwohl.

Plötzlich klingelt es. Hier ist immer was los. Herrlich. Das ist genau mein Ding. Ich wohne erst seit fünf Tagen hier und es geht zu wie im Taubenschlag. Ich gehe an die Sprechanlage.

„Eine Lieferung für Schumann."

Hä? Was für eine Lieferung? Es ist doch schon alles da, was ich bestellt habe. Von unten ist Gepolter und Gestöhne zu hören.

„Kathrin, ich gehe jetzt. Habe die Zeit ganz vergessen. Wir sehen uns", sagt Lasse.

Er schnappt seine Jacke aus der Küche und steht gerade hinter mir, als ein riesiger Strauß roter Rosen vor mir erscheint. Der Mann, der den Strauß hält, ist kaum zu erkennen. Ich bin perplex. Lasse zieht hörbar die Luft ein.

„Den soll ich hier abgeben."

Der Lieferant, ein älterer Mann, schaut rechts am Strauß vorbei und grinst mich mit nur noch ein paar Zähnen im Mund an.

„Na, das ist ja wohl ein ganz besonderer Verehrer", meint Lasse mit Blick auf diesen traumhaft schönen Strauß mit hochwertigen Rosen. Er muss ein Vermögen gekostet haben. Eine champagnerfarbene Karte steckt drin.

Lasse legt seine große warme Hand auf meinen Arm. „Wir sehen uns. Danke für den Kaffee. Es hat mir gut gefallen."

Dann dreht er sich um und läuft die Treppe hinunter. Ich stehe immer noch fassungslos an der Tür. Das ging mir alles viel zu schnell.

Ich zupfe die Karte aus dem Strauß und laufe damit auf den Balkon.

„Dir einen guten Start in deinem Hamburg, mein Engel! Ich denke an dich. Klaus"

Dieser Mann ist echt unheimlich. Das ist ein Traum. Ich schaue in die Ferne, in den Himmel und lasse meine Gedanken schweifen. Denke an unser Kennenlernen an der Tankstelle. All die Jahre war da kein vergleichbarer Mann, der sich so rührend und ehrlich um mich gekümmert hat. Single war. So sorgsam und kostbar mit mir umging. Wir hatten, trotz der kurzen Zeit, zwei tolle Abende, haben viel gelacht, uns ausgetauscht, und die Küsse und Erotik, die von ihm ausgingen, waren unbeschreiblich. Ich habe jedoch nie mit ihm geschlafen. Klaus hat immer gesagt, er will mich genießen, und das in aller Ruhe. Das hat mir imponiert. Nicht gleich in die Kiste hüpfen, sondern das Ganze langsam beginnen. Geduld haben. Sich Zeit lassen, wertschätzend und respektvoll miteinander umgehen. Dieser Mann hat das absolut drauf. Charmant, einfallsreich und gut aussehend. Nach so einem Mann habe ich mich immer gesehnt. Einer, der weiß, was er will, und mit beiden Beinen auf dem Boden steht. Doch dieser Mann wohnt in Frankfurt, liebe Kathrin. Vergiss den. Was willst du mit ihm? Die Zeit dort ist zu Ende und hier beginnt ein neues Kapitel in deinem Leben.

So spricht mein kleines Teufelchen. Schau dir mal Lasse an – der Mann ist heiß und auch sehr charmant. Ein Jahr alter als du. Man kann sich richtig gut mit ihm unterhalten. Ihm gehört eines der größten Malerunternehmen in Hamburg. Papa von drei Söhnen, und scheinbar ist er nicht uninteressiert, UND er ist wieder Single. Seit vier Monaten. Also noch recht frisch. Greif zu, Kathrin!

Noch mal nehme ich die Karte zur Hand. Mein Herz wird warm, wenn ich den Text lese. Dieser Mann ist toll.

Ich suche eine passende Vase für diesen Wahnsinnsstrauß und stelle ihn auf den Boden vor das bodentiefe Fenster im Wohnzimmer. Da wirkt er richtig klasse. Ich mache ein Foto, schicke es Klaus per SMS und bedanke mich von ganzem Herzen dafür. Er sitzt jetzt wahrscheinlich im Flieger zurück nach Deutschland. Den Strauß muss er noch von den USA aus beauftragt haben. Beeindruckend. Ich scheine ihm wirklich was zu bedeuten.

Franziska schicke ich das Bild ebenfalls.

Sie schreibt sofort zurück: *„Du hast mehr Glück als Verstand. Was ist los bei dir? Fünf Jahre passiert nichts außer einem verheirateten Mann, der dich zu seiner Geliebten macht. Darüber schreibst du dein erstes Buch und er verschwindet aus deinem Leben, so schnell, wie er aufgetaucht war. Und kaum bist du dabei, dich auf die Socken zu machen und dir in deiner Traumstadt Hamburg ein neues Leben aufzubauen, geht es männertechnisch rund bei dir.“*

„Liegt wohl daran, dass ich absolut bei mir bin und mein Leben so gestalte und lebe, wie ich es von Herzen möchte. Das Äußere spiegelt mein Inneres. Ich bin selbst überwältigt.“

„Genieße es. Du bist es wert. Ich gönne es dir von Herzen, Kathrin!“

Ich mir auch.

Neele ist das kommende Wochenende wieder bei ihrem Papa und bei Freundinnen in Frankfurt. Um 18.30 Uhr klingle ich im Stockwerk über mir bei meiner Nachbarin. Mit dabei: eine Flasche Prosecco, meine Grüne Sauce und eine Einladung zu meiner Einweihungsparty nächsten Samstag. Das habe ich kurzerhand beschlossen. So lerne ich alle auf einen Schlag im Haus kennen. Meinen Vermieter lade ich auch ein mit seiner Familie. Lasse gehört ja faktisch auch dazu … und außerdem ist er ab sofort mein Maler. Der Termin steht.

„Hallo, Nike. Ich hoffe, ich störe nicht. Wollte nur kurz einen Willkommensgruß abgeben." „Komm doch rein."

Ich betrete ihre Wohnung, die genauso aufgebaut ist wie meine. Große, gestochen scharfe Fotos von Hamburg empfangen mich rechts und links an den Wänden in hochwertigen Rahmen.

„Das sieht toll aus. Bist du Fotografin?"

„Ja, schon seit zwanzig Jahren. Ich liebe es, diese Stadt einzufangen."

„Fotografierst du auch Menschen?"

„Nein, davor habe ich zu großen Respekt. Ich bin auf Gebäude und Wasser spezialisiert. Magst du was trinken?"

„Gern. Ich habe Prosecco mitgebracht für uns und noch ein anderes Mitbringsel aus Frankfurt. Grüne Sauce. Kennst du die?"

Wir setzen uns auf ihren Balkon, da es herrlich warm draußen ist. Das prickelnde Gesöff vor uns, tauschen wir uns aus. Ich bin glücklich, weil ich so eine nette Nachbarin habe. Sie findet die Idee der Einweihungsfeier klasse und kommt gerne.

Nach zwei Stunden weiß ich eine ganze Menge von Nike. Sie ist vierundvierzig, eine geborene Hamburgerin. Ihre Urgroßeltern kommen schon von hier und hatten damals eine große Ziegelei in Hamburg. Sie ist Single, seit ihr Mann sie vor zwei Jahren für eine andere Frau verlassen hat. Kinder hatten sie nie. Das macht alles etwas einfacher. Sie kennt sich in der Hamburger Szene extrem gut aus als Fotografin und sie will mir unbedingt die Stadt zeigen. Ich erzähle ihr von meiner Hamburg-Liste, die schon lang ist, und sie verspricht, diese mit mir abzuarbeiten. Hervorragend! Nehme ich.

Als die Flasche leer ist, verabschieden wir uns und ich wanke lachend nach unten. Prima, so kurze Wege. Da ich etwas angetrunken bin, bin ich im Flirtmodus und schreibe mutig meinem Maler Lasse. Mal sehen, was da kommt.

„Hallo, schöner Mann!", schreibe ich.

Die Nachricht ist noch heiß, da kommt sofort die Antwort.

„Hallo, schöne Frau!"

„Habe eine neue Freundin gefunden."

„Wo warst du denn?"

„Bei meiner Nachbarin oben drüber. Ich mache nächsten Samstag eine Einweihungsparty und habe sie eingeladen."

„Oh, darf ich auch kommen?"

„Gerne, doch erst, wenn die Wände gestrichen sind. Lol."

„Darf ich vorher noch mal kommen?"

Jetzt kommt er langsam aus der Reserve. Ich muss noch ein bisschen Alkohol hinterherschütten. Nicht, dass dieser heiße Zustand aufhört.

„Sehr gerne."

„Bist du zuhause?"

„Ja."

„Darf ich jetzt vorbeikommen?"

Ich halte inne – ich kenne ihn erst seit Sonntag und wir haben uns heute schon gesehen, was sehr nett war. Wenn ich zusage, weiß ich genau, wie das endet.

Mein Engelchen sitzt auf der einen Schulter und zerknittert gerade sein weißes Kleidchen, so aufgeregt ist es.

„Kathrin, warte doch erst mal ab, bevor du hier mit dem ersten Hamburger in die Kiste springst. Wo ist denn dein Anstand geblieben?"

„Ach was!", schreit mein Teufelchen auf der anderen Schulterseite.
„Weißt du, wie lange Kathrin keinen Sex mehr hatte? Seit genau
zweieinhalb Wochen. Das sind siebzehneinhalb Tage, genauer
vierhundertzwanzig Stunden. Das ist scheißlange. Jetzt lass sie doch
mal."
„Überdenke bitte mal deine Ausdrucksweise", kommt es zuckersüß
von drüben. „Und was ist mit dem lieben Klaus, der rote Rosen
schickt und total verliebt ist? Der sie wertschätzt und an sie denkt?"
Provozierend kommt zurück: „Engelchen, der sitzt in Frankfurt.
Schon vergessen? Wir sind in Hamburg und hier findet das Leben
tatsächlich statt. Außerdem ist sie Single und braucht niemandem
Rechenschaft abzulegen. Sie darf theoretisch mit jedem in die Kiste
hüpfen."

Ja, darfst du, tippe ich in mein Smartphone.
Mein Teufelchen macht Freudensaltos vorwärts. Das Engelchen hat
sich in Luft aufgelöst …
Ich mache mir gerade einen Gin Tonic, den meine Firma mir zum
Einzug geschenkt hat, als es fünfzehn Minuten später an meiner Tür
klingelt. Ich öffne und schaue ins Treppenhaus. Lasse läuft lässig und
sehr ansprechend gekleidet die Treppe hoch. Der Mann sieht nicht
aus wie ein Maler. Jeans, weißes gestärktes Hemd und Manschetten-
knöpfe, Sneakers. In der einen Hand trägt er eine braune Lederjacke
und in der anderen eine Flasche Gin. Das gibt es ja nicht! Kann er
Gedanken lesen? Seine blonden Haare stehen verwegen vom Kopf ab.
Heiß, einfach nur heiß.
„Ich mag deine Spontanität, Kathrin", haucht er mir liebevoll ins
Ohr und drückt mir dabei einen Kuss auf die Wange.
Die ist schon rot vor lauter Alkohol, Aufregung und Erregung. Er
riecht so gut!
Das dauert nicht lange. Das ist sicher …

„Ich habe dir was mitgebracht." Triumphierend übergibt er mir den Gin. „Ist aus unserer Hamburger Manufaktur."

„Danke sehr. Ich liebe Gin und hatte mir gerade einen gemacht." Ich bereite ihm auch ein Glas und drücke es ihm in die Hand. „Lass uns auf den Balkon gehen. Es ist so herrlich draußen."

Lasse betrachtet kurz den Rosenstrauß, der stolz und ansehnlich auf dem Boden steht. Er sagt nichts dazu. Ich laufe mit dem Feuerzeug und meinem Gin hinter ihm her und zünde die bunten Windlichter an, die meinen Balkon in ein herrlich warmes und romantisches Licht tauchen.

„Ich habe noch nichts gegessen und bei meiner Nachbarin gerade eine Flasche Prosecco geköpft."

„Dann lass uns was essen gehen, dann kann ich dir auch ein bisschen was von Hamburg zeigen. Hast du Lust?"

„Oh, sehr gern!"

Äh, und der Sex? Mein Teufelchen schaut verwirrt, das Engelchen sitzt auf meiner Schulter und lacht glockenhell.

Kathrin, nimm das, was das Leben dir bietet. Also mit so einem Mann um die Häuser zu ziehen ist ja wohl mega.

„Lass uns austrinken und dann losgehen."

Nachdem ich in meinem Schlafzimmer verschwunden bin, um mich mit vier Gläsern Prosecco und einem Gin Tonic intus ausgehfein zu machen, bin ich doch etwas überfordert. Ich hüpfe nicht mehr, sondern steige langsam in meine weiße High Weist Jeans, ziehe ein eng anliegendes Top an und darüber ein sommerliches Jackett. Sandalen an und fertig ist der Lack. Im Bad fahre ich durch meine offenen Haare. Bisschen Puder ins Gesicht, Lipgloss drauf und schon ist Kathrin fertig. Meine Augen strahlen mich aus dem Spiegel an. Du siehst hübsch aus. Ich bin selbst begeistert von mir.

Ich komme aus dem Bad und laufe auf den Balkon. Lasse schaut mich an. „Wow, Kathrin, du siehst toll aus!"

Der Abend wird perfekt, ich habe mit Lasse den absoluten Glücksgriff gemacht. Der Mann kennt sich nämlich sehr gut aus. Als waschechter Hamburger weiß er genau, wo die richtigen Läden sind. Wir gehen zunächst essen in den Tanzenden Türmen. Von hier aus hat man einen großartigen Ausblick auf die ganze Stadt. Wir bekommen einen tollen Tisch im clouds - Heaven's Bar & Kitchen. Ich habe keine Ahnung, wie er das gemacht hat. Es war bereits reserviert.

„Einen wunderschönen guten Abend, Herr Paulsen! Wie geht es Ihnen? Hier entlang, bitte."

Na, scheinbar ist er hier bekannt.

„Wie hast du das gemacht?"

Er lacht mich an, seine blauen Augen blitzen auf, er legt seine Hand beschützend in meinen Rücken und schiebt mich sanft zu unserem Tisch.

Ich vermute, als ich im Schlafzimmer war …

Egal, es ist traumhaft, ich habe Urlaub, bin das erste Mal abends in der Stadt unterwegs, genieße es und bestelle mir frischen Fisch und einen leichten Weißwein. Wir unterhalten uns gerade angeregt, als plötzlich eine große, schlanke und sehr hübsche Frau bei uns am Tisch steht. Lasse legt seine Serviette weg und steht sofort auf.

„Eva! Was machst du hier? Kathrin, das ist Eva. Eva, das ist Kathrin. Kathrin ist erst am letzten Sonntag nach Hamburg gezogen und ich zeige ihr die Stadt."

Ich reiche ihr sitzend fröhlich die Hand. Sie erwidert es, ist jedoch sehr abweisend. Eher gekünstelt. Ich lasse es ihr.

„Eva, was ist los?"

Sie zieht Lasse vom Tisch weg, da sie ihm scheinbar was sagen will, was ich nicht hören soll. Mir egal. Ich bin ja neu hier und der Plan ist momentan, keinen Plan zu haben. Während Lasse mit der Dame an der Bar steht und diskutiert – ja, so sieht es mittlerweile aus –, kommt mein Essen. Und da ich so einen Kohldampf habe, fange ich schon an zu essen.

Lasse kommt an unseren Tisch zurück und entschuldigt sich. Die Dame ist verschwunden. Ich frage nicht nach. Es ist mir egal, wer das war. Er wird es schon erwähnen, wenn er der Meinung ist. Sein Steak kommt und wir essen, während wir uns weiter austauschen. Er erzählt mir mehr von seiner privaten Situation. Er hatte vor einem Jahr eine andere Frau kennengelernt und sich Hals über Kopf in sie verliebt. Das Ganze lief erst mal heimlich, bevor er sich dann zu einer Trennung von seiner Frau entschieden hat. Na, das kommt mir bekannt vor ... nur mit dem Unterschied – er hat es getan und ist tatsächlich gegangen.

Doch die Neue hatte wiederum mit ihrem Ex Stress ... alles sehr verworren. Nun hat er sich auch von ihr getrennt.

„Derzeit kläre ich meine Baustellen", beendet er die Geschichte.

Ich spüre bei dem Gespräch seinen Schmerz ob der ganzen Situation und denke an meine eigene schwierige Zeit vor drei Jahren ... als ich Geliebte war.

Dennoch ist der laue Sommerabend herrlich. Es sind bestimmt noch zweiundzwanzig Grad.

„Hast du Lust, an der Außenalster spazieren zu gehen?"

Und ob ich das habe! Wir fahren mit der U-Bahn. Ich mag es, nachts U-Bahn zu fahren. Was hier für ein Leben ist! Und Kathrin mittendrin! Es ist genau mein Ding. Die U-Bahn ist komplett voll und wir stehen nah aneinander.

An der Hallerstraße steigen wir aus und laufen ein kurzes Stück zur Außenalster. Im CLIFF kehren wir ein, es ist mittlerweile kurz nach 23 Uhr. Hier ist noch recht viel los für die Uhrzeit. Doch hier in der Stadt ticken die Uhren anders als im Taunus auf dem Land. Ach, wie ich das liebe, dieses Treiben hier! Die vielen Menschen. Wir setzen uns auf zwei Liegestühle direkt am Wasser. Lasse holt Decken, damit uns nicht zu kalt wird. Mit einem Bier in der Hand reden wir bis kurz nach Mitternacht. Diese Stadt, dieser Abend, dieser Mann. Es ist zu schön und ich will gar nicht, dass es zu Ende geht.

Irgendwann kurz nach Mitternacht schlendern wir im sanften Licht der Straßenlaternen weiter. Die Grillen zirpen und es ist immer noch warm. Lasse nimmt meine Hand in die seine. Mein Herz schlägt schneller. Ich verstehe gar nicht, was mit mir los ist. Ich bin derzeit so anfällig. Wahrscheinlich reif wie ein Apfel, und jetzt warte ich nur, bis der Richtige reinbeißt – in das saftige Fleisch.

„Auch wenn wir gerade von dort kommen, willst du noch auf die Reeperbahn tanzen gehen oder nach Hause?"

Er schaut mir tief in die Augen und meine Antwort ist in dem Moment ganz klar: „Nach Hause …"

Sein Mundwinkel zuckt, und DAS ist sehr sexy! Ich sage es noch mal grinsend: „Nach Hause hört sich gut an."

Mir ist etwas kalt. Er legt seinen Arm um meine Schultern und so schlendern wir zu meiner neuen Wohnung. Bevor wir ins Haus gehen, zeige ich ihm liebevoll meine schwarze Vespa. Er ist begeistert und beeindruckt. Ihm war nicht klar, dass es eine 125er ist.

„Lass uns mal zusammen fahren."

Ähm, „mal", das kenne ich doch irgendwoher … Jetzt bitte nicht an Thorsten denken! Ich schließe die Haustür auf.

„Wer zuerst oben ist!", rufe ich spontan und laufe los.

Lasse sprintet mir hinterher. Ich versuche, nicht so laut zu sein. Das Treppenhaus ist echt hellhörig. Er überholt mich natürlich und steht schon lässig und grinsend am Türrahmen, bevor ich japsend oben ankomme.

„Tja, ich habe den Schlüssel!"

Während ich aufschließe, nimmt er meinen Arm und dreht mich zu sich hin. Ich schaue ihn von unten her an und er kommt mir langsam mit seinem Mund näher. Zeitlupentempo. Mein Puls ist vom Treppenlaufen noch oben, doch pocht er jetzt ganz anders. Lasses Augen versinken in meinen. Mit seinen vollen Lippen küsst er mich, dass alles weich wird in mir. Ich stöhne auf, während er fordernd meine Lippen öffnet.

Das Licht im Treppenhaus geht automatisch aus, doch in mir wird es hell. Wir stehen vor meiner geöffneten Tür im Dunkeln und küssen uns. Dann nimmt er mich und schiebt mich in meine Wohnung rein. Mit dem Fuß schließt er die Tür, ohne seine Lippen von meinen zu nehmen. Er ist mir ganz nah, nimmt meinen Kopf zwischen seine großen gepflegten Hände und dringt tiefer in meinen weichen Mund ein. Er stöhnt und ich spüre seine Erregung an mir. Ich fühle, wie das Adrenalin durch meine Adern gepumpt wird und bin heiß auf diesen Mann. Das war ich, seit er das erste Mal auf meiner Fußmatte stand. Wie er mich anfasst, und sein Geruch! Wir haben wilden Sex in meinem neuen Schlafzimmer und die Funken fliegen nur so ... Wow!

Während wir noch erschöpft im Bett liegen, brummt Lasses Handy in seiner Hose, die auf dem Boden liegt.
„Wer um alles in der Welt ruft mich um diese Uhrzeit an?"
Genervt meldet er sich: „Eva! Was ist los? Es ist nach Mitternacht!"
Er steht auf und verlässt das Zimmer. Ich höre nur, wie er wild diskutiert. Oha, hier ist Stimmung angesagt. Doch nicht mein Problem. Dennoch fühle ich mich trotz des guten Sex irgendwie nicht gut. Ich schließe die Augen und denke an Klaus. Jetzt geht es mir noch schlechter. Lasse kommt ins Zimmer.
„Kathrin, ich muss gehen. Es gibt Probleme mit den Kindern. Ich wäre gern bei dir geblieben heute Nacht, doch ..."
Er hebt seine Sachen vom Boden auf und zieht sich in Windeseile an.
„Alles gut. Soll wohl nicht sein. Kläre du deine Sachen."
„Ich melde mich wieder bei dir."
Er küsst mich auf die Stirn und verlässt das Zimmer, in dem wir gerade noch in einer anderen Welt waren. Die Haustür schließt sich. Stille.
Ich habe jetzt keine Lust, darüber nachzudenken. Morgen ist auch noch ein Tag. Mir fallen die Augen zu.

Frankfurt

Ich schaue aus dem kleinen Fenster. Es ist Abend.
„Stellen Sie bitte Ihre Rücklehne senkrecht", bittet mich die
Stewardess.
Es ist das erste Mal nach neun Wochen, dass ich nach Frank-
furt zurückkehre. Es ist Dienstag und wir haben übermorgen
Quartalsmeeting. Insgesamt werde ich drei Tage dort sein. Ich bin
ein bisschen aufgeregt, alle zu sehen. Ich schlafe bei meiner Freundin
Franziska in der Zeit. Es gibt so viel zu erzählen.
In noch nicht einmal dreißig Minuten bin ich wieder in der „alten
Welt". Irgendwie mag ich nicht. In den letzten Wochen hat sich alles
so wunderbar eingestellt. Neele fühlt sich recht wohl in ihrer neuen
Klasse. Sie fährt prima allein U- und S-Bahn und findet sich bestens
zurecht. Sie hat viel gelernt in der kurzen Zeit. Es macht auch was
mit ihr. Diese Veränderung. Sie skypt viel mit ihren alten Freundinnen und ist auch manchmal traurig, dass alle so weit weg sind.
Doch der erste Besuch einer Freundin bei uns in Hamburg steht
schon auf dem Plan.

Meine Einweihungsfeier war genial. Die Bewohner meines Hauses
sind supernett und einfach hamburgerisch – so wie ich es mag.
Es kamen nicht alle, doch die, die da waren, haben sich sehr wohl
gefühlt. Die Letzten sind gegen fünf Uhr morgens die Treppen
hoch- und runtergewankt. Mein Vermieter war mit seiner Frau da,
ein herzliches Paar, und auch Lasse kam mit einem Kumpel vorbei.
Selbst der Rechtsanwalt kam, den ich vor ein paar Wochen in einem
Café kennengelernt hatte. Ich bin um zwanzig Freunde reicher.
Teilweise war ich mit dem einen oder anderen auch schon abends an
der Alster auf ein Bier oder zum Joggen verabredet. Die Menschen
sind so nett und herzlich!

Wie wunderbar habe ich mich eingelebt und fühle mich richtig gut. Ich streiche mir eine Haarsträhne gedankenversunken aus dem Gesicht.

Das Arbeiten im Co-Working-Space klappt wunderbar. Ich habe ein nettes Plätzchen gefunden und alle sind behilflich, wenn ich mich orientieren muss. Auch die Kommunikation mit meinem Büro klappt bisher gut. Der Weg mit meiner Vespa durch die Stadt ist jeden Morgen mein Highlight und ich habe immer einen guten Parkplatz direkt vor der Tür. Die Leute finden es klasse, wie ich mit meinem italienischen Motorrad durch die Gegend sause. Der Fitnessclub, den ich mir ausgesucht habe, ist virtuell und ich trainiere an vielen verschiedenen Standorten – mal Yoga auf dem Steg, mal Bootcamp an der Alster und Schwimmen im Holthusenbad.
Während der Flieger zum Landeanflug übergeht, denke ich an Klaus und Lasse. Wo werde ich landen?

Lasse und ich verstehen uns prima. Er hat zwar noch etwas Probleme mit seiner Frau, doch er ist wild entschlossen, das alles hinter sich zu lassen. Er ist ein charmanter Mann. Lasse hat eine lässige Ausstrahlung, das weiß er auch. Er arbeitet viel, doch sofern es sich ergibt, kommt er vorbei und wir haben eine entspannte Zeit zusammen. Ich habe ihm allerdings recht schnell gesagt, vor allem nach dem ersten Sex, dass ich mich erst mal in Hamburg orientieren möchte. Er hat außerdem noch genügend eigene Sachen für sich zu klären. Es ist also recht entspannt und offen zwischen uns.

Als ich mit Klaus nach seiner Rückkehr telefoniert habe, hat er sofort gemerkt, dass ich irgendwie anders war. Es war sehr befremdlich, nach der Nacht mit Lasse mit Klaus zu telefonieren. Ich kam mir vor, als ob ich ihn betrogen hätte. Aber war ich überhaupt mit ihm zusammen? Nein. Außerdem wohnt mein Traummann doch in

Hamburg. Ist es Lasse? Ich war selbst verwirrt.

Doch wir haben weiterhin telefoniert und Klaus verhält sich absolut erwachsen und gentlemanlike. Er arbeitet zwar viel und ist oft unterwegs, doch ich spüre jedes Mal, wie liebevoll er sich mir gegenüber verhält und dass mein Herz warm wird, wenn ich mit ihm spreche. Dennoch, ich lebe hier in einer anderen Welt. Meiner Welt, in der ich mich absolut richtig fühle. Was will ich mit einem Mann, der ganz woanders wohnt?

Als mein Plan stand, dass ich für drei Tage nach Frankfurt gehe, habe ich ihm geschrieben und ihn gefragt, ob er Lust auf ein Treffen hat.

Er ist derjenige, der mich auch gleich abholt. Ich gebe zu, ein bisschen aufgeregt bin ich.

Als wir auf das Öffnen der Flugzeugtür warten, piept mein Handy.

„Ich bin da und warte auf dich. Ich freue mich sehr!"

Ich strahle über das ganze Gesicht und laufe zum Ausgang. Fokussiert und wissend, wo ich hin muss. Mein Koffer des Lebens rollt brav neben mir her. Überall hektisches Treiben. Menschen, die es eilig haben oder geschäftig telefonieren. Ich fahre die Rolltreppe runter, gehe durch die Schranken zur Gepäckhalle. Jetzt noch hundert Meter und dann sehe ich ihn. Ich habe Herzklopfen. Woher kommt das? Die Tür öffnet sich automatisch und mein Blick geht suchend umher. Und da steht er.

Er lacht, als er mich sieht, und seine Augen sind von lustigen Lachfältchen umgeben. Klaus trägt lässige Jeans, ein weißes Hemd und darüber ein dunkelblaues Jackett. Ich habe sofort ein schlechtes Gewissen. Kathrin, jetzt mach mal bitte halblang. Alles ist gut. Fühle hin und lass einfach geschehen. Klaus kommt mir entgegen und nimmt mich in den Arm. Er riecht so gut! Ich mag seinen Geruch. Das war von Anfang an so.

Ich fühle mich geborgen und lehne mich noch ein Stückchen näher an ihn.

„Mein Engel, du bist da."

Er küsst meine Stirn und hält mich fest. Als ich mich von ihm löse, sieht Klaus mich an, hebt mein Kinn und küsst mich, und das sehr gefühlvoll. Der Mann kann so gut küssen. Scheiße! Ich fühle mich nicht gut, obwohl es so schön ist.

Er nimmt mich an der Hand, schnappt sich meinen Koffer und wir laufen zum Parkplatz, steuern jedoch nicht zu seinem Porsche, sondern zu einem nagelneuen Tesla-Modell.

„Wo ist dein Porsche?", frage ich überrascht.

„Elektroautos sind spannend und vor drei Wochen wurde mir dieser hier ausgeliefert. Er war schon etwas länger bestellt."

Die Tür geht von allein auf. Dennoch bleibt er auf meiner Seite stehen, bis sie sich wieder von allein schließt. Das ist wie Raumschiff Enterprise. Ich bin begeistert von so viel Technik um mich herum. Die Mittelkonsole, die aus einer Art iPad besteht, zeigt unzählige Funktionen an. Ich bin überfordert und weiß gar nicht, wo ich zuerst hinschauen soll. Klaus spricht das Ziel in das Wageninnere und das Auto parkt eigenständig aus. Wie von Geisterhand. Das ist total abgefahren. Durch das Glasdach kann ich die Sterne sehen – Frankfurter Sterne. Doch der Mond? Wieder mal nicht da. Auf den ist kein Verlass.

Wir fahren wie in Lichtgeschwindigkeit – so kommt es mir zumindest vor – nach Frankfurt. Klaus hat einen Tisch in der Frankfurter Botschaft reserviert, direkt am Main. Wir bekommen einen wunderbaren Platz am Fenster. Nachdem er zwei Glas Prosecco bestellt hat, nimmt er meine Hände in seine und schaut tief in meine Augen. Stille am Tisch. Ich halte dem Blick stand.

„Kathrin, ich habe dich sehr vermisst. In den letzten Wochen, in denen wir uns nicht gesehen haben, hatte ich viel Zeit, um in aller Ruhe über vieles nachzudenken, und mir ist einiges klar geworden." Pause. Was passiert jetzt? Irgendwie habe ich ein komisches Gefühl im Magen.

Die Kellnerin kommt mit dem Prosecco und stellt ihn lachend zu uns auf den Tisch.

Wir stoßen an.

„Kathrin, ich möchte dir heute sagen, egal, was passiert, ich werde um dich kämpfen. Du bist es absolut wert. Du bist eine so wunderbare Frau mit einem so großen Herzen. Ich wäre verrückt, wenn ich dich gehen lassen würde. Und es ist mir egal, ob du in Timbuktu, USA oder Hamburg wohnst."

Ich weiß nicht, was ich sagen soll. Rein gar nichts. Aus diesem Mann spricht pure Liebe. Und zwar die, die er für mich empfindet. Ich kann sie fast mit meiner Seele berühren, so sehr fühle ich sie.

Ich trinke das ganze Glas Prosecco in einem aus. Das brauche ich jetzt.

Ich denke an Lasse. Lasse – zum ersten Mal vor meiner Tür mit den Farbpaletten in der Hand. Lasse auf meinem Balkon. Lasse mit dem Gin unterm Arm, als er abends das erste Mal bei mir vorbeigeschaut hat. Lasse und ich an der Alster, Hand in Hand. Lasse nackt unter mir. Lasse auf mir und Lasse in mir. Scheiße!

„Ich möchte gern noch einen Prosecco bestellen!", rufe ich der Kellnerin mit etwas heiserer Stimme zu.

Ich habe ein Problem. Jahrelang passiert nichts an der Männerfront. Ich habe es immer auf Frankfurt geschoben. Sie waren mir nach meiner Scheidung einfach abhandengekommen – alle und jeder. Es erschien kein Mann auf meiner Bildfläche des Lebens. Keiner, der mich wirklich erfasst hat in meiner Ganzheit und umgekehrt. Jetzt bekomme ich hier die Luxusvariante serviert und habe gleich zwei Traummänner auf einmal. Thorsten als One-Night-Stand und Nummer drei auf meiner Matte, den lasse ich außen vor. Einer in Frankfurt und einer in Hamburg. Das darf echt nicht wahr sein. Ganz großes Kino, Kathrin!

„Du sagst ja gar nichts." Klaus schaut mich fragend an.

„Ich bin einfach sprachlos." Nervös spiele ich an meinem Ohrring.

„Klaus, du bist so ein wunderbarer Mann." Ich lache ihn an und habe das Bedürfnis, ihn zu küssen, doch er ist zu weit weg. Daher nehme ich seine Hand und streichle sie zärtlich. Ich genieße das. Ihn anfassen. Dennoch bin ich innerlich durcheinander.

„Das ist sehr liebevoll von dir. Klaus, ich lebe jetzt in Hamburg und fühle mich sehr wohl dort, und das schon nach kürzester Zeit. Es ist, als ob ich angekommen bin. Nicht nur in der Stadt, sondern auch bei mir …"

Ich halte inne. Kathrin, stimmt das?! Ich schiebe den Satz beiseite und schaue ihm fest in die Augen.

„Mein Lebensmittelpunkt hat sich verändert und ich habe in meiner kurzen Zeit in Hamburg schon tolle Menschen kennengelernt. Die Herzen fliegen mir dort nur so zu. Warum auch immer."

Ich strahle ihn an, während ich mein Glas nehme, trinke und versuche, auf die Art und Weise Zeit zu gewinnen.

Klaus hört aufmerksam zu und saugt meinen Gesichtsausdruck auf.

„Weißt du, all die Jahre habe ich mich hier nach einem Mann gesehnt, der mich so nimmt, wie ich bin. Der charmant, offen, humorvoll und kreativ ist. Und vor allem ehrlich zu sich selbst und mit beiden Beinen auf dem Boden steht. Einen Mann nur für mein Herz und der weiß, was er will. Ja, so ein Mann, wie du es bist. Ich habe die Zeit so sehr genossen, die wir hier in meinen letzten Tagen in Frankfurt gemeinsam hatten."

Ich schlucke.

„Klaus, irgendwann habe ich die Entscheidung für mich getroffen. Der Mann, der mich sucht und auch finden wird, lebt in Hamburg. Und da ich schon seit Jahren als Ziel habe, in diese Stadt meiner Träume zu ziehen, liegt es nahe, dass der Mann auch dort lebt."

Während er meine Hände in seine nimmt, zu seinem Mund zieht und sanft küsst, rutsche ich auf meinem Stuhl unruhig hin und her. Ich ahne, was jetzt kommt.

„Hast du einen anderen Mann kennengelernt?", fragt er ruhig.

Zumindest wirkt es so für mich. Ich wusste, dass die Frage kommt. Er sieht mir in die Augen und legt meine Hände sanft auf den Tisch zurück, ohne sie loszulassen.

„Haben Sie schon gewählt?"

Die Kellnerin steht wie aus dem Nichts an unserem Tisch. Völlig durcheinander sehe ich sie an, in der Hoffnung, dass sie mir eine passende Antwort für Klaus serviert. Doch die kommt nicht.

„Wasser. Ich hätte gern ein Glas Wasser", kommt aus meinem gefühlt staubtrockenen Mund.

„Bringen Sie bitte eine große Flasche", schiebt Klaus freundlich lächelnd hinterher.

Ich beschließe, ehrlich zu sein. Das hat dieser wunderbare Mann verdient, der so wertschätzend ist.

„Ja, ich habe einen Mann kennengelernt. Wobei ich dazu sagen muss, dass ich es langsam angehen lasse. Ich bin gerade erst dort hingezogen und will nichts überstürzen. Ein Schritt nach dem anderen."

Jetzt kippt Klaus sich den Rest des Proseccos hinter die Binde.

Warum sieht das bei ihm so elegant aus?

„Ich verstehe."

Stille am Tisch. Es kommen keine Vorwürfe, keine Bewertung, kein Beleidigtsein. Der Mann verhält sich so erwachsen. Ich fühle mich irgendwie mies. Ich denke an Lasse. Seine blauen Augen. An seinen Körper. Seine Wärme. Unseren Sex. Und Lasse lebt in meinem Hamburg. Gut, er muss noch ein paar Sachen klären, doch im Großen und Ganzen …

Kathrin, und im Kleinen und Halben? Schau doch bitte noch mal genau hin.

Nun ja, Klaus haftet der „Makel" Frankfurt an. Oh Mann, Kathrin, du machst dir die Welt auch so, wie sie dir gefällt. Immer findest du einen Krümel …

Mein Handy klingelt. Es füllt die bleierne Stille. Es ist Franziska.

„Entschuldige bitte."

Ich drücke den Annehmeknopf und sehe noch aus dem
Augenwinkel, dass ich etliche Nachrichten von Lasse habe.
„Süße, wo bist du? Wann kommst du? Habe Sehnsucht nach dir."
Meine Freundin klingt so fröhlich.
„Ich sitze mit Klaus in der Frankfurter Botschaft. Ich denke, in einer
Stunde bin ich bei dir. Ist das okay?"
„Ja, mach du nur. Ich bin da und laufe nicht weg. Dein Bettchen ist
bereits bezogen und ich habe eine Überraschung für dich."
„Eine Überraschung? Ich liebe Überraschungen. Ich melde mich,
sobald wir losgefahren sind."
Während ich auflege, kommt die Kellnerin erneut an unseren Tisch.
„Kathrin, was möchtest du essen?" Klaus reicht mir die Karte.
„Ich denke, ein Salat mit Rinderfiletstreifen ist wunderbar. Haben
Sie das?" „Selbstverständlich. Das machen wir gern."
Klaus bestellt ein Steak. Was hat das Leben nur wieder mit mir vor?
Verstehen tue ich es nicht. Kathrin, fühl einfach hin und lass dein
Herz sprechen. Du darfst und du kannst.
Als Klaus nach vierzig Minuten Austausch in Anbetracht der
vorausgegangenen Unterhaltung einigermaßen entspannt ist, die
Rechnung gentlemanlike bezahlt, mir in die Jacke hilft und die Tür
aufhält, fühle ich mich innerlich immer schlechter. Lasse – Klaus.
Klaus – Lasse. Was für eine vertrackte Situation. Irgendwie empfinde
ich für jeden etwas.

Klaus fährt mich zu Franziska. Die Stimmung in seinem neuen
Elektroauto ist relativ neutral. Er fragt viel nach meinem Hamburger
Leben.
Nachdem wir angekommen sind, macht er den Wagen aus, schnallt
sich ab und schaut mich an. Keiner sagt ein Wort. Es herrscht
Totenstille im Auto. Mein Herz klopft schnell. Sehr schnell.
„Kathrin", sagt er leise, „ich bleibe dabei. Ich werde um dich
kämpfen, auch wenn ich viel arbeite und unterwegs bin. Apropos

unterwegs. Ich bin in drei Wochen geschäftlich in Hamburg. Gern möchte ich dich besuchen kommen und deine neue Wohnung anschauen, wenn du mir das gestattest."

„Ja, gern", kommt es aus meinem Mund wie aus der Pistole geschossen. Na, das war jetzt aber schnell rausgehauen, aber es kam von Herzen. Das spüre ich. „Melde dich einfach, wann, und ich richte mir das ein. Ich freue mich."

Ich lache ihn an und meine es ehrlich. Er strahlt!

Er hilft mir beim Gepäck und nimmt mich zum Abschied fest in den Arm. Klaus saugt den Duft meiner Haare ein.

„Du riechst so gut", flüstert er. „Ich vermisse dich jetzt schon."

Er küsst mich auf die Stirn. Ich seufze und löse mich aus seiner Umarmung. Irgendwie, ich kann es nicht erklären, tut dieser Mann mir gut. Ohne Kuss zwischen uns winke ich ihm etwas enttäuscht zum Abschied, bis er um die Ecke fährt.

„Hallo, Süße!" Franziska reißt die Tür auf und fällt mir um den Hals. „Ich freue mich so sehr, dass du da bist, und bin gespannt, was du alles zu erzählen hast. Komm rein!"

Der Abend wird lang und sehr alkohollastig. Ich muss zwar morgen arbeiten, doch egal. Das ist das Hier und Jetzt und ich genieße es, mit meiner Freundin zusammenzusitzen und von Angesicht zu Angesicht zu quatschen. Das wird nun zur Seltenheit werden. Ich habe beschlossen, mal hier und mal da zu übernachten, wenn ich in Frankfurt bin. So hat jeder was von mir.

„Jetzt mach endlich auf, Kathrin!" Aufgeregt öffnet sie die nächsten zwei Bierflaschen.

„Der erste Monat deiner Wäscheleine ist dran."

Ich ziehe aus dem gelben Umschlag, auf dem AUGUST steht, eine Karte heraus:

Ich gehe mit dir zum Poledance-Schnupperkurs!

„Wie cool ist das denn? Geniale Idee! In memory der Wodka-Bar, was?" Ich muss herzhaft lachen.

„Wann sollen wir gehen? Passt es denn jetzt in den drei Tagen, wo du hier bist? Donnerstags läuft nämlich so ein Kurs. Hast du Sportsachen dabei?"

„Nein, habe ich nicht. Doch kann ich mir bestimmt was bei dir oder Katja leihen. Ich frage morgen im Büro nach, wie der Plan für die nächsten drei Tage ist, und dann gebe ich dir so schnell wie möglich Bescheid. Einverstanden?"

„Einverstanden."

„Wie ist denn jetzt der Stand mit Klaus und Lasse?", fragt sie mich zu fortgeschrittener Stunde.

„Gute Frage. Ich weiß es selbst nicht. Klaus ist so charmant. Ein Mann wie aus dem Bilderbuch. Er ist so wertschätzend und hat so viel Stil und Klasse. Und sieht dazu auch noch umwerfend aus. Weiß, was er will. Was mir an ihm auch so gut gefällt ist, dass er sich so erwachsen verhält – in allem. Dieser Mann ruht in sich. Und er ist Single! Doch er wohnt in Frankfurt. Der Stadt, der ich jetzt den Rücken gekehrt habe."

„Und Lasse?"

„Lasse ist unglaublich. Franziska, der Mann ist so hamburgerisch. Blaue Augen, groß und sexy. Toll finde ich, dass er auch so geerdet ist, obwohl er ein großes Unternehmen führt. Und der Sex …", ich mache eine kurze Pause, „… ist der absolute Wahnsinn."
Allein der Gedanke daran lässt mich schwach werden. „Und er wohnt in meiner Traumstadt, in der ich nun lebe. Besser geht es nicht."

„Kathrin, ich fasse es nicht. Stell dir bitte mal deine Situation noch vor neun Monaten oder zwei Jahren vor. Da hat sich kein Einziger blicken lassen. Tote Hose – im wahrsten Sinne des Wortes. Und wenn, dann waren sie liiert. Oder lag es daran, dass du aufgrund deines ersten Romans zu beschäftigt warst?"

„Kann sein. Das ist heiteres Raten. Fakt ist, dass ich jetzt zwei super-attraktive Singles am Start habe, der eine hier, wo ich nicht mehr bin, und der andere da, wo ich lebe, und das überfordert mich und mein Herz."

„Du entscheidest, wie du damit umgehst und was du willst. Geh in dich. Sagst du selbst immer zu mir."

„Ich glaube, ich brauche Ruhe dafür und Zeit für mich. Derzeit erlebe ich unglaublich viel in meiner neuen Heimat und werde von so vielen Eindrücken und Neuem überschwemmt. Ich muss das erst mal für mich sortieren und dann hinfühlen. Das braucht Zeit."

„Hat sich Thorsten eigentlich noch mal bei dir gemeldet? Oder hat er es endlich kapiert?" „Nein. Er hat es kapiert. Das würde mir jetzt noch fehlen."

Nachdem wir uns Gute Nacht gesagt haben, liege ich in meinem Gästebett und checke im Dunkeln meine Nachrichten. Viele Freunde aus Frankfurt, denen ich gesagt habe, dass ich nun für drei Tage hier bin, haben sich per WhatsApp gemeldet. Und Lasse. Wie süß schreibt er denn?

„Ich vermisse dich. Ich bin froh, wenn du wieder hier bei mir bist. Dicken Kuss aus deinem Hamburg!"

Und davon mindestens zehn unterschiedliche Nachrichten über den ganzen Tag. Ich schmelze dahin.

Liebes Herz, was ist los mit dir? Man kann doch nicht für zwei Menschen so fühlen, oder? Ich muss darüber nachdenken, doch vorher bin ich ruck, zuck eingeschlafen.

Die drei Tage im Büro gehen rum wie im Flug. Zeit für Poledance gibt es nicht.

Mein Chef ist ganz aufgeregt, dass ich da bin, und es gibt vieles zu besprechen. Wir kommen gut durch, gehen mittags alle zusammen essen und auch das Quartalsmeeting klappt prima. Alles wurde von mir gut von Hamburg aus vorbereitet. Ich denke, mein erster Einsatz von Hamburg aus hat somit wunderbar geklappt. Das spiegelt mir auch mein Chef in den einzelnen Gesprächen, die wir haben. Kathrin, du bist klasse! Juhu! Alles ist möglich, wir müssen uns nur dazu entscheiden, es auch wirklich zu wollen.

„Ich werde in vier Wochen erneut da sein, dann planen wir den Schnupperkurs direkt, und du sagst dort im Poledance-Studio Bescheid, dass wir kommen, okay?", frage ich meine Freundin am Abend.

„Ja, gib mir einfach den Termin durch und dann rocken wir die Stange."

Ich werfe beim Lachen meine Haare in den Nacken und nippe anschließend noch an meinem Wein, während Franziska die Spülmaschine einräumt.

„Hat Klaus sich noch mal gemeldet?"

„Ja, gestern. Er schreibt, dass er an mich denkt. Viel an mich denkt."

„Wie geht es dir damit?"

„Ich denke auch immer wieder an ihn. Er kommt mich in drei Wochen besuchen. Da ist er geschäftlich in Hamburg. Er hat mich gefragt, ob er mich in meiner Wohnung besuchen darf."

„Und wo schläft er?", will Franziska wissen.

„Weiß ich nicht …" Darüber habe ich noch gar nicht nachgedacht. Wir quatschen ein bisschen darüber, dann muss ich meine Koffer packen.

Noch einmal schlafen, dann geht es heim. Wie schön sich das anhört!

Der Freitag ist schnell rum und um 16 Uhr fährt mich Katja zum Flughafen.

„Hast du alles?"

„Jawoll!"

„Freust du dich schon?"

„Oh ja! Sehr."

Ich steige aus, falle ihr um den Hals und wünsche ihr ein schönes Wochenende.

Es geht nach Hause. In mein Hamburg. In meine Wohnung. Ich sehe Lasse. Glücklich bestelle ich bei der Stewardess einen prickelnden Prosecco. Prickelnd wird es heute sicher noch. Oh, ich freue mich so sehr! Grinsend schließe ich die Augen und lasse die letzten Tage Revue passieren, bis die Ansage kommt: „Wir befinden uns im Landeanflug auf Hamburg!" Kathrin, du bist da. Du bist wieder zuhause.

Zuhause

Die U-Bahn kommt. Ich ziehe meinen Koffer in das Abteil und freue mich, nach Hause zu kommen. Ich schreibe Franziska eine Nachricht, dass ich gut gelandet bin. Es wird immer voller in der Bahn. Das Wochenende naht und die Leute fahren von der Arbeit heim. Ich bin aufgeregt, das erste Mal nach einer Reise nach Hause zu kommen.

Ganz brav steht meine Vespa vor dem Haus, als ich um die Ecke komme. Erst mal den Briefkasten leeren. Da steckt einiges drin. Ich schließe die Haustür auf, sauge den Geruch des alten Treppenhauses in mich auf und laufe mit meinem Gepäck die knarrenden Stufen hinauf.

„Du bist die Schönste im ganzen Treppenhaus" empfängt mich. Ich muss lachen.

Ich liebe mein Leben. Während ich die Tür aufschließe, fällt mir ein Zettel entgegen. Er flattert auf meine Fußmatte und bleibt auf dem Wort „Schönste" liegen. Ich hebe ihn auf, ziehe meinen Koffer in die Wohnung und schließe die Tür. Endlich zuhause. Jetzt merke ich, wie müde ich bin. Mit meinem Handy bewaffnet laufe ich in meine schöne neue Küche. Der Holztisch der alten Dame schmiegt sich liebevoll an die Küchenwand. Ich drehe den Wasserhahn auf und fülle mein Glas. Während ich ins Wohnzimmer laufe, checke ich meine Nachrichten.

Lasse will wissen, ob ich gut gelandet bin, und sogar Klaus hat sich gemeldet. Wie süß. Es tut mir immer noch leid, dass ich ihm das angetan habe. Doch was angetan? Ich bin weder mit ihm zusammen noch verpflichtet, ihm Rechenschaft über irgendetwas abzulegen. Dennoch ist mein Herz schwer. Er ist so ein toller Mann und er hat es verdient, gut behandelt zu werden. Doch was soll ich machen? Er wohnt nun mal in Frankfurt und hat da seinen Lebensmittelpunkt.

Mein Mund ist trocken. Ich trinke mein Wasser, lege die Füße hoch und rutsche tiefer in meine Couch hinein. Wie gemütlich. Ich beantworte ein paar Nachrichten für das Büro und entfalte den Zettel.
„Lust auf ‚Herz und Zucker'? Lass uns morgen frühstücken gehen. Kuss, Lasse"
Ach, dann sehen wir uns heute doch nicht mehr. Na gut, ist mir auch recht. Bin sowieso müde.

Meine Gedanken schweifen immer wieder ab. Klaus – Lasse. Lasse – Klaus. Ihr macht mich wahnsinnig! Warum kann nicht alles in ruhigen Bahnen laufen? Was muss ich auch tanken gehen kurz vor meinem Umzug? Na ja, das kann mir hier nicht passieren, ich habe kein Auto mehr. Das habe ich vor zwei Wochen an einen jungen Mann verkauft. Der war glücklich und ich auch, dass ich jetzt keinen Parkplatz mehr suchen muss.

Morgen will ich die Stadt entdecken. Daher ist es besser, wenn ich ins Bettchen hüpfe. Müde streife ich mir mein Nachthemd über, laufe über den weichen Teppich zu meinem Bett. Ich liebe mein Zuhause so sehr!

Handyklingeln reißt mich aus dem Tiefschlaf. Ich taste danach mit geschlossenen Augen auf meinem Nachttisch. Ohne die Augen zu öffnen wische ich auf Annehmen.
„Moin, Kathrin, ich bin's, Lasse. Wo bist du denn?"
„Wie, wo bin ich? In meinem Bett. Wie viel Uhr ist es denn?" Ich muss laut gähnen.
„Zehn Uhr. Ich habe geklingelt und keiner hat aufgemacht. Hast du meinen Zettel nicht gefunden?"
„Zettel?"
„Ja, ich hatte gestern im Haus zu tun und habe dir einen Zettel in die Tür gesteckt." Langsam fangen meine Gehirnzellen an zu arbeiten.

„Ach ja, der Zettel. Ja, hab ich gelesen, doch ich bin dann so schnell eingeschlafen", antworte ich lahm. Ich bin noch zu müde, um zu denken.

„Ich wollte dich zum Frühstücken abholen, meine Liebe."

Ich grinse, werde langsam wach und bekomme Lust auf den Mann in der Leitung.

„Das ist eine tolle Idee! Wo bist du denn jetzt? Kannst du nicht noch mal vorbeikommen? Ich habe Lust auf dich."

„Ach ja?" Seine Stimme klingt plötzlich rauchig.

„Ja, du hast mir gefehlt." Ich schaue aus dem Fenster. Draußen scheint die Sonne.

„Ich könnte in fünfundvierzig Minuten da sein."

„Das ist gut. Ich muss auch erst mal richtig wach werden."

Ich lege auf, drehe mich auf die Seite und kuschle mich noch mal in mein warmes Bett. Der Gedanke, diesen Mann in fünfundvierzig Minuten in meinem Bett zu wissen, ist – heiß!

Zehn Minuten später tappe ich in mein Badezimmer. Meine nackten Füße versinken im flauschigen Teppich. Verschlafen schiebe ich mir die Zahnbürste in den Mund. Gleich kommt mein Hamburger und ich bin selig. Ich blicke in den Spiegel und sehe meine roten Wangen. Toll! Was die Hamburger Liebe alles so mit mir macht.

Im Bademantel laufe ich in die Küche und denke plötzlich an Klaus. Ich fühle mich augenblicklich schlecht. Was passiert nur, wenn er nach Hamburg kommt? In meine Stadt! Was wird das mit mir machen? Ich brauche Wasser.

Ich rolle meinen Koffer ins Schlafzimmer, als es an der Tür klingelt. Donnerschlag, der ist ja schnell. Kann es wohl kaum erwarten. Der Sex wird super! Ich laufe zur Tür, setze mein verführerischstes Lachen auf und öffne schwungvoll die Tür. Mein Lachen erstirbt. Eine blonde, sehr gut gekleidete Frau steht auf meiner „Du bist die

Schönste im ganzen Treppenhaus"-Fußmatte. Irgendwoher kenne ich sie.

„Eva Paulsen. Ich möchte gern mit Ihnen persönlich sprechen. Geht das?"

Ich bin so perplex, dass ich keine Worte finde. Eva Paulsen? Sagt mir nichts. Woher auch? Bin ja erst seit ein paar Wochen hier. Das ist alles zu viel für Kathrin heute Morgen.

„Wie sind Sie denn hier reingekommen?"

„Ein Nachbar kam gerade aus dem Haus und da bin ich schnell reingeschlüpft."

„Ich bin gerade aufgestanden", entschuldige ich mich für meinen Aufzug.

Wieso entschuldige ich mich eigentlich? Ich bin zuhause! Warum auch immer, ich bitte sie herein.

„Um was geht es denn?", frage ich sie neugierig.

„Können wir uns kurz setzen?"

„Wird es eine längere Geschichte? Ich bekomme gleich Besuch."

„Nein, eigentlich nicht. Ich fasse mich kurz. Ich bin die Frau von Lasse."

Jetzt weiß ich, woher mir das Gesicht bekannt vorkommt. Mir weicht jegliche Farbe aus dem Gesicht. Meine Beine werden weich und ich kann nicht fassen, was sie da gerade gesagt hat. Hier steht in meinem Flur die Frau von dem Mann, der gleich in meinem Bett liegen wird. Irgendwie schaffe ich es, meinen Mund zu öffnen: „Und?"

„Ich weiß, dass er derzeit mit Ihnen unterwegs ist. Ich möchte meinen Mann zurückgewinnen. Wir haben Kinder zusammen und ich ..." Ihr stockt der Atem und ihre Augen füllen sich mit Tränen.

„Soweit ich weiß, hat er sich vor einer ganzen Weile von Ihnen getrennt."

„Ja, das ist richtig. Doch ich vermisse ihn. Die Kinder vermissen ihn und ich komme nicht mehr an ihn ran."

Die Tränen kullern. Irgendwie tut sie mir leid.

„Und was hat das mit mir zu tun? Woher wissen Sie eigentlich, wer ich bin?"

„Nun ja, meine Hoffnung ist, dass Sie vielleicht doch nicht so an ihm interessiert sind, und ich dachte, wenn ich mit Ihnen offen und ehrlich spreche … von Frau zu Frau …"

Sie schaut mich mit ihren großen, tränengefüllten Augen an. Mit fast erstickter Stimme schiebt sie den Satz hinterher: „Von Ihrem gemeinsamen Essen in den Clouds."

„Frau Paulsen, ganz ehrlich, das ist eine Sache zwischen Ihnen und Ihrem Mann. Das müssen Sie mit ihm klären. Nicht mit mir."

Die Clouds … wo war das denn noch gleich? Mein Kopf ist voller Wolken und kommt nicht mehr hinterher mit diesen ganzen Informationen.

„Er weicht mir aus und ich komme nicht an ihn ran."

Gleich, sicher – jeden Moment müsste er klingeln. Ich ziehe meinen Bademantel enger zu. Mir ist plötzlich kalt.

„Haben Sie es wirklich versucht, mit ihm persönlich zu sprechen?"

„Ja, auf allen Kanälen."

Das passt gar nicht zu ihm, denke ich bei mir. Was ist da los? Und ich denke instinktiv, dass ich es gar nicht wissen will. Ich habe keine Lust auf solche Geschichten. Ich habe das alles hinter mir. Danke sehr. Ich schalte dennoch auf professionell um.

„Frau Paulsen, wenn Sie wirklich mit ihm reden wollen, dann wird es auch eine Möglichkeit geben. Ganz sicher. Doch regeln Sie das mit ihm, nicht mit mir. Da bin ich die falsche Ansprechperson."

Sie holt ein Taschentuch aus ihrer edlen Luxushandtasche und trocknet ihre Tränen, die ihr immer noch die Wangen runterlaufen. Sie tut mir leid und eigentlich möchte ich sie am liebsten in den Arm nehmen, doch … nein!

„Ja, ich werde es versuchen. Ich wollte nichts unversucht lassen, mit Ihnen zu sprechen, da Sie ihn sicher ständig sehen."

„Na ja, ständig … Woher wissen Sie das eigentlich alles?"

Es klingelt. Oha, jetzt ist es so weit. Der Countdown läuft. Na prima, und Kathrin ist mal wieder mittendrin. Aaaaaaaaaah!

Ich gehe zur Sprechanlage. Also meinen Morgen hatte ich mir heiß vorgestellt, doch das hier ist die Hölle und da ist es mir definitiv zu heiß. Ich höre Lasse am anderen Ende.

„Hallo, Süße, ich bin verrückt nach dir …", haucht er in die Anlage. Ja, ich werde auch gleich verrückt. Ich verdrehe die Augen und drücke auf den Öffner.

Ich drehe mich zu Frau Paulsen um. „Nun bekommen Sie Ihre Gelegenheit zum Reden schneller, als Sie dachten. Ihr Mann kommt."

„Was?" Sie schaut total geschockt. „Ist das Ihr Besuch?" Mit großen Augen schaut sie mich an.

„Ja."

Sie dreht sich um und läuft schnellen Schrittes zur Tür.

Doch Lasse ist bei so viel Testosteron rasant die Treppe oben. Statt in meine Augen schaut er nun in das Gesicht seiner Nochfrau. Es ist wie im Film.

„Eva? Was machst du denn hier?"

Er ist sichtlich überrascht. Sie will sich an ihm vorbeischlängeln, schafft es nicht, ihm in die Augen zu sehen.

Und ich schaffe es nicht, meine Klappe zu halten: „Frau Paulsen, wollten Sie nicht mit Ihrem Mann sprechen? Jetzt ist die Gelegenheit."

Sie sagt keinen Ton. Lasse hält sie am Arm fest.

„Eva, was machst du hier?" Sein Ton ist jetzt etwas angespannter. Sie reißt sich los und läuft die Treppe hinunter.

„Eva!", schreit er ihr hinterher, bleibt jedoch in der Tür stehen.

„Kathrin, was ist hier los? Was macht Eva bei dir?"

Ich schaue ihn an. Seine Augen funkeln und er sieht heiß aus in diesem aufgeregten Zustand.

„Ich muss mich setzen", antworte ich kurz und knapp.

Er folgt mir ins Wohnzimmer.

„Ich habe ihr aufgemacht, da ich dachte, dass du es bist. Sie hat sich ins Haus gemogelt, daher stand sie direkt vor meiner Wohnungstür."

„Und was wollte sie?" Lasse setzt sich neben mich auf die Couch. Ich schaue ihn intensiv an. „Lasse, sie will dich zurück."

Er verdreht die Augen. „Das kann sie vergessen."

„Sie vermisst dich und die Kinder auch, sagt sie. Und sie kommt nicht mehr an dich ran. Sie habe alles versucht."

Lasse sagt nichts. Es ist Totenstille im Raum. Ich versuche in seinem Gesicht irgendeine Antwort abzulesen. Es gelingt mir nicht. Mein Bauchgefühl sagt mir: Irgendetwas stimmt hier nicht.

„Lasse, kläre deine Baustellen. Irgendwann musst du mit ihr reden." Ich habe Durst, stehe auf und gehe in die Küche, um mir Wasser zu holen.

„Willst du was trinken?", rufe ich laut.

„Nein, Kathrin." Ich erschrecke, da er plötzlich hinter mir steht.

„Kathrin, es tut mir leid, dass das alles bei dir passiert ist. Du hast überhaupt nichts damit zu tun. Es ist meine Sache, und es ist unmöglich von Eva, bei dir aufzutauchen. Du kennst gewisse Hintergründe nicht."

„Das will ich auch nicht. Ich habe das alles schon mal durchgemacht und ich bin Single. Glücklich und zufrieden. Ich bin gerade in die schönste Stadt gezogen und will mein Leben genießen."

„Und ich will dich genießen", haucht er dunkel in mein Ohr. Er umfasst meine Taille von hinten und küsst mich langsam am Hals. Will ich das jetzt? Ja, will ich. Es ist nicht meine Geschichte. Das muss er selbst klären. Er hätte ihr auch hinterherlaufen können. Ist er aber nicht.

Ich schwinge meine Hüften langsam und lasziv, und er öffnet meinen Bademantel und umarmt mich. Er fährt mit der Zunge über meinen Hals. Ich stöhne. Ich bin so heiß auf ihn und drehe mich langsam zu ihm um. Er berührt mit seinen weichen vollen Lippen meinen Mund

und öffnet ihn langsam und behutsam. Ich schmelze dahin.
Er packt mich, hebt mich hoch und trägt mich küssend in mein
Schlafzimmer. Die weißen Gardinen wehen leicht im Wind. Die
Sonne scheint immer noch. Ich wollte heute eigentlich Hamburg
entdecken. Na, dann entdecke ich erst mal den derzeit heißesten
Hamburger. Alle anderen Gedanken schiebe ich zur Seite.
Lasse liebkost mich und zieht mich langsam aus. Das ist heiß. Dieser
Mann ist heiß. Ich löse mich aus seiner Umarmung und werfe mich
auf ihn. Küsse ihn und ziehe ihm sein Poloshirt aus. Er ist so gut
gebaut und dieser Oberkörper ist extrem muskulös. Ich hinterlasse
eine Spur von Küssen auf seiner Haut, als mein Handy auf meinem
Nachttisch surrt.
Sag mal, was ist denn heute wieder los?! Es bringt mich total aus dem
Konzept. Ich breche ab und schaue auf mein Handy. Klaus. Ich werfe
mich aufs Bett und starre an die Decke. Lasse ist irritiert und guckt
auf mein Handy. Das Klingeln ist mittlerweile verstummt und nur
der Anruf in Abwesenheit poppt auf.
„Kathrin, was ist los? Wer war das?"
Ich sage nichts und fühle mich schlecht.
„Hey!", tönt es dunkel aus seinem Mund. Lasse packt mich und will
mich zu sich ziehen, doch mir ist die Lust vergangen. Von hundert
auf null. Minus eins.
„Ein Bekannter aus Frankfurt", antworte ich nur kurz und knapp.
„Lass uns frühstücken gehen. Mir ist jetzt nicht nach Sex. Was für
ein verrückter Morgen!" „Äh, was?" Lasse schaut verwirrt.
„Da ruft ein Bekannter an und danach kochst du nicht mehr? Ich
verstehe das nicht. Wer ist das?"
Lasse steht auf und schnappt sich sein Hemd.
„Ein Bekannter eben."
Ich komme mir wie ein Verräter vor, obwohl ich niemandem
Rechenschaft schuldig bin. Es ist meine Sache.
Ich werfe mir ein Kleid über, hüpfe ins Bad, mache mich frisch.

„Wo wolltest du noch genau mit mir hin?"

Im „Herz und Zucker" Café im wunderbaren Grindelhof ist es herrlich.
Es lenkt mich ab. Nach meiner Schlüsselübernahme war ich bereits hier.
Mein Magen grummelt. Jetzt merke ich, wie hungrig ich bin. Lasse
schiebt mich selbstbewusst an einen Tisch vor bodentiefen Fenstern.
Nachdem wir bestellt haben, schaue ich ihn an.

„Lasse, schau auf dich und kläre deine Baustellen. Das ist wichtig,
sonst kommst du nicht voran im Leben. Wegschauen hilft nicht,
Wahrheit ist unerbittlich. Die schleicht sich immer wieder an. Von
allen Seiten."

„Kathrin, erklär du mir erst mal, wer dieser Bekannte war, der dich
gerade angerufen hat." Er scheint eifersüchtig zu sein.

„Es gibt dazu nichts zu erklären. Punkt."

„Aha. Was meine Frau betrifft, kennst du die Hintergründe nicht.
Die Frau spielt einfach nur. Es ist ein einziges Theater, was sie da von
sich gibt."

Ich kann das gar nicht glauben. Die Tränen waren doch nicht
gestellt. Das war echt. Hundertprozentig. Ich konnte die Gefühle
dieser Frau spüren.

„Ich kann dich zu nichts zwingen, doch ganz ehrlich: Ich möchte
nicht, dass ich hier in irgendeiner Weise im Weg stehe."

Die nette Bedienung bringt den Kaffee und meinen Tee.

„Kathrin, du hast nichts damit zu tun, und ich verbitte es mir, dass
sie dich damit reinzieht. Ich genieße die Zeit mit dir so sehr. Du bist
eine tolle Frau. Ich habe auch ein Recht auf einen Neustart."

„Und deine Kinder?"

„Ich kümmere mich um meine Kinder, so gut es geht."

Ich lasse das Teenetz abtropfen und stelle es auf den Unterteller.
Mein Bauch grummelt komisch. Unser Frühstück kommt. Selbst
gebackene Croissants, Ei, selbst gemachte Marmelade. Alles, was das
Kathrin-Herz begehrt und mit viel Herz und Zucker gemacht.

„Danke, dass du mit mir hierhergegangen bist. Ich mag es hier. Eine schöne Atmosphäre."

„Ich kümmere mich darum und werde mit Eva sprechen. Ganz sicher."

Lasse sieht mir dabei nicht in die Augen. Es ist seltsam.

„Was liegt heute noch an bei dir?", fragt er mich kauend.

„Ich werde heute Hamburg ein wenig entdecken. Ich bin, ehrlich gesagt, etwas überfordert. So viele Menschen, die ganzen Bars, Restaurants, Möglichkeiten, die hier immer wieder neu aufpoppen. Ich weiß gar nicht, wo ich zuerst hingehen soll. Am liebsten möchte ich alles auf einmal sehen und bin zwischendurch immer wieder etwas frustriert, da ich Angst habe, dass ich diese Stadt nie richtig erfassen werde."

„Hey, sei locker. Gib dir Zeit. Manche brauchen ein ganzes Leben und du bist erst ein paar Wochen hier."

„Geduld ist nicht meine Stärke."

Nach dem Frühstück bringt Lasse mich nach Hause und küsst mich kurz, als plötzlich die Haustür aufgeht und Nike herauseilt.

„Moin, Kathrin! Wie ich sehe, ist alles klar bei dir." Sie lacht.

Lasse gibt mir einen Klaps auf den Po und verabschiedet sich. „Wir hören voneinander. Genieße deinen Tag!" Und ab ist er um die nächste Ecke.

„Also, Kathrin, mit Lasse hast du dir ein Hamburger Schnittchen geangelt. Du bist doch noch gar nicht so lange hier."

„Er ist mein Maler ..." Ich lache und schlüpfe in den Hausflur. Ich höre nur noch leise, wie Nike mir hinterherruft: „Ich male auch gern ... über den Raaaand!"

Ich liebe meine Nachbarn und mein Treppenhaus, laufe guter Dinge nach oben und öffne meine Tür. Erst mal klar Schiff machen. Mein Handy finde ich auf dem Nachttisch. Mehrere Anrufe von Klaus und etliche Nachrichten meiner Freundinnen.

Nachdem ich meinen Koffer ausgepackt und Ordnung gemacht habe, setze ich mich in die Sonne auf den Balkon. Es ist mittlerweile 14.30 Uhr. Jetzt ist der richtige Augenblick, um Klaus anzurufen. Ich wähle seine Nummer.

„Hallo, Kathrin!" Seine Stimme verursacht Gänsehaut bei mir. Er scheint sehr erfreut über meinen Anruf. „Ja, ich hatte angerufen. Wollte einmal deine Stimme hören und wissen, ob du wieder gut in deinem Hamburg angekommen bist."

„Jaaaaa!!" Ich strahle über das ganze Gesicht.

„Na, da ist ja jemand sehr glücklich. Das freut mich. Ich werde nächste Woche schon kommen. Ich habe viel zu tun und konnte einige Termine zusammenlegen, sodass ich Donnerstag bereits in Hamburg bin. Bist du da und verfügbar? Ich wollte so gern deine Wohnung sehen. Und vor allen Dingen dich." Seine Stimme klingt wie Samt.

Mein Herz schlägt schneller. Klaus hier in meinem Hamburg. Tolle Vorstellung!

Ich gehe in Windeseile meine Termine nächste Woche durch. Neele fährt am Donnerstagabend mit dem Zug zum Papa, weil sie am Freitag schulfrei hat.

„Donnerstag klappt wunderbar! Ist abends okay? Lass uns noch mal telefonieren, wann genau du kommst."

Wir plaudern noch über dies und das und ich lege dann glücklich auf. Jetzt mal die Puschen an, Kathrin, und Hamburg entdecken. Ich hätte Nike vorhin noch fragen können, wo ich am besten anfange. Doch ich werde mir diese Stadt schon Stück für Stück erobern.

Entdeckungsreise

Heute will ich erst mal den Kern erkunden. Ich schnappe mir mein Fahrrad und sause los. Was lerne ich als Erstes? Wenn der Hamburger sagt, das ist ganz nah, direkt um die Ecke, laufe ich gefühlt zwanzig Minuten, daher nehme ich lieber das Rad. Das geht schneller. Kathrin und langsam ist wie ein Auto ohne Reifen. Während ich am Gänsemarkt vorbeifahre, lasse ich meine Gedanken schweifen und denke plötzlich an die Liebe. Ich stecke auch mal wieder tief drin. Mit meinem Klaus-Lasse-Desaster.
Doch das Leben schützt mich. Immer. Nichts geschieht zufällig. Alles passiert für mich. Auch in der Liebe. Hier geht es auch um Weiterentwicklung.

Jeder Partner in unserem Leben spiegelt uns. Auch wenn wir nicht gern in den Spiegel des eigenes Selbst schauen wollen. Werden wir betrogen, sollten wir überlegen, wo wir uns vielleicht selbst mit unseren eigenen Gefühlen betrügen. Treffen wir immer wieder auf Menschen, die nicht frei sind, sollten wir uns fragen, wo wir selbst noch nicht frei und mit alten Geschichten verwoben sind. Wenn wir belogen werden, sollten wir uns fragen, wo wir uns selbst mit unseren Gedanken belügen. Uns auf den Weg machen und nach der eigenen Wahrheit suchen, die stets in unserem Herzen liegt.
Wir sind niemandes Besitz, doch viele verhalten sich so. Sie glauben, über den anderen bestimmen zu können in jeglichen Bereichen: Den oder die habe ich sicher, das ist jetzt MEIN Mann oder MEINE Frau, der oder die gehört mir jetzt bis ans Ende meiner Tage. Nichts dergleichen ist der Fall. Jeder ist ein eigenes Individuum.
Partnerbörsen boomen. Bloß nicht allein sein. Dabei täte uns genau das gut. Sich liebevoll Zeit zu nehmen, damit wir uns erst mal selbst innerlich finden und unseren eigenen Weg erkennen. Denn auf dem Weg

werden wir dann auch im Außen gefunden.

Wichtig ist dabei, aus dem Muster der Bedürftigkeit und des Opfers herauszugehen. Wir sollten uns immer wieder bewusst machen, dass jeder Einzelne an erster Stelle steht, kostbar und wertvoll ist. Wir sollten uns auch so behandeln lassen. Das ist jeder wert.

Wenn wir uns einen liebevollen und ehrlichen Partner für uns wünschen, sollten wir erst einmal liebevoll und ehrlich zu uns selbst sein, dann kommt schon alles richtig für uns.

Und wer sagt eigentlich, dass wir einen Partner brauchen? Ich kenne einige in meinem Freundeskreis, die auch allein glücklich und zufrieden sind. Die Hobbys haben, einen Freundeskreis und eine liebevolle Familie um sich. Die Gesellschaft und die Werbung reden uns oft ein, dass wir nicht „richtig" und vollständig sind, wenn wir allein durchs Leben radeln. Das ist absoluter Bullshit!

Ich radle gerade allein am Hanseviertel vorbei und bestaune die Vielfalt an Geschäften. Dann geht es weiter durch die Colonnaden, eine Straße in der Hamburger Innenstadt, die den Jungfernstieg mit der Esplanade und dem Stephansplatz verbindet. Herrliche alte stuckbesetzte Häuser strahlen noch weißer durch den blauen Himmel. Dann geht es zur Handelskammer, die sehr herrschaftlich aussieht. Am Rathaus vorbei und zur ehemaligen Hauptkirche St. Nikolai. Hier verschnaufe ich und schaue mir alles genau an. Die Sonne strahlt am Himmel. Voller Elan geht es zur Elbphilharmonie, Miniaturwunderland und dann zum Jungfernstieg zurück. Ich brauche dringend ein Eis von Warneke. Das beste Eis der Stadt, finde ich. Danach schaue ich der Alsterfontäne zu, die ihr Wasser in die Luft schießt. Ich bin so richtig hier. Ich spüre es mit jeder Pore meines Körpers.

Ich bin sehr stolz, hier zu wohnen. Das Heimatgefühl der Menschen ist unbeschreiblich. Überall sind Hamburg-Fahnen gehisst und ich kann den Stolz auf die Stadt regelrecht fühlen, den die Menschen hier haben. Das mag ich. Sehr. Und ich bin nun ein Teil davon.

Vorbei an der Alten Post und dem Spielkasino am Stephansplatz schiebe ich mein Fahrrad durch Planten und Blomen. Weiße Holz-Deckchairs sind im ganzen Park verteilt. Ich verweile eine Zeit dort und genieße die Menschen, die hier allen Alters, Hautfarbe und Nationalität ebenso die Zeit im Grünen genießen wie ich. Es ist ein schönes Gefühl, Teil von etwas zu sein. Dazuzugehören, obwohl ich niemanden kenne. Später entdecke ich die Rollschuhbahn, die im Winter zur Schlittschuhbahn umfunktioniert wird. Ich werde mir Rollschuhe kaufen – solche, die ich früher immer anhatte. Mit zwei Rollen vorn und zwei hinten. Was habe ich damit Pirouetten gedreht! Ganze Nachmittage habe ich damit zugebracht. Es hat mir so viel Freude bereitet.

Wir sollten uns dazu entscheiden, viel öfter Dinge zu tun, die wir in unserer Kindheit von Herzen gern gemacht haben. Sich bewusst damit auseinandersetzen und das auch wieder tun. Wir sind nie zu alt dafür und alles ist erlaubt. Wir müssen es uns nur gestatten. Uns dafür entscheiden, das innere Kind immer wieder in uns aufleben zu lassen. Es steht für die unbändige Freude, für Spaß und Glück, aber auch für fürchterlichen Schmerz, Traurigkeit und Wut. Es steht für alle abgespeicherten Gefühle, Erinnerungen und Erfahrungen aus unserer Kindheit. Jede Psyche ist stark von der eigenen Kindheit geprägt und zeigt uns immer wieder in unterschiedlichen Situationen, Menschen und Wegen die frühen inneren seelischen Wirklichkeiten, die das Erwachsenendasein beeinflussen. Doch in allem, was uns begegnet, haben wir jederzeit die Möglichkeit, uns selbst zu heilen. Und dazu gehört zunächst einmal, anzuhalten und bewusst hinzuschauen.

Ich schaue gerade einem blonden Mädchen von etwa fünf Jahren zu, das hingefallen ist. Sie steht auf, klopft sich die Hose ab und fährt freudestrahlend weiter. Ich werde mir definitiv Rollschuhe kaufen! Es ist mittlerweile 18.30 Uhr, der Tag ist verflogen und ich will nach

Hause. Zum Glück wohne ich sehr zentral. Es ist ein wahr gewordener Traum. Wie viele Leute wollten mir einreden: Kathrin, du willst mitten in Hamburg wohnen? Das schaffst du nicht. Weißt du, wie viele Menschen da Wohnungen suchen? Doch Kathrin glaubt an sich. Das Wort „unmöglich" habe ich mittlerweile aus meinem Wortschatz gestrichen. Alles ist möglich!

Hamburg muss mich erst mal richtig kennenlernen. Doch wie stelle ich das am besten an? Ich sollte um die Alster joggen, vielleicht habe ich nach 7,4 Kilometern die Erleuchtung.

Gefühlt sitzt die ganze Stadt draußen und genießt das traumhafte Wetter. Angeblich soll das der beste Sommer seit vielen Jahren sein. Ich strahle einfach nur.

Zuhause hat mich niemand vermisst – es liegen keine Zettel vor der Tür, ich habe keine Anrufe in Abwesenheit. Alles in Butter. Wunderbar.

Ich will heute früh ins Bett gehen, damit ich morgen ausgeschlafen meinen ersten Alsterrundlauf machen kann. Ob ich das schaffe? Ich bin schon so lange nicht mehr gejoggt.

Unter der heißen Dusche entspanne ich mich vom eindrucksvollen Tag. Lasse hat sich gemeldet, ob wir uns heute Abend treffen wollen. Nein, will ich nicht. Ich mag für mich sein. Mich genießen, meine Wohnung, meinen Raum und Platz. Neele ist nicht da und ich genieße die Ruhe. Mit einer Schüssel Nudeln und selbst gemachter Sauce sitze ich auf meiner neuen Couch und esse einfach nur. Wie befriedigend. Keine Stunde später liege ich glücklich und satt in meinem Bett.

Morgen kommt Neele wieder und ich freue mich auf sie.

Ich schaffe es allen Ernstes, die 7,4 Kilometer um die Alster auf Anhieb zu joggen. Wow. Ich bin selbst ganz begeistert über mich. Nach jahrelanger Jogging-Abstinenz. Doch es gibt so viel zu sehen und zu entdecken, dass ich – zack! – schon rum bin. Keine Berge, keine Steigung – alles platt. Zur Belohnung beschließe ich, mir einen schönen Sonntag bei mir zuhause zu machen. Es gibt noch ein paar Dinge zu verräumen und ich habe keine Lust, mich bei irgendjemandem zu melden. Neele will ich heute überraschen und sie am Flughafen abholen.

Sie freut sich sichtlich und wirft sich in meine Arme, als ich sie abends am Flughafen empfange. „Mama, ich habe mich richtig auf Hamburg gefreut!"

Mein Herz geht auf. Kinder können sich wesentlich schneller anpassen. Sie sind eben nicht so kopfgesteuert wie Erwachsene. Morgen hat Neele Filmaufnahmen in Hamburg und sie ist schon sehr aufgeregt. Wir machen uns einen gemütlichen Mädelsabend zu zweit und planen den nächsten Tag.

Meine Männer sind wieder aktiv, doch ich mag nicht. Will lieber mit Neele und mir sein.

Ich liebe es, in meinem Hamburg aufzuwachen. Seit ich hier wohne, nehme ich mir jeden Morgen explizit eine Stunde Zeit für mich. Das ist eine so kostbare Zeit und ich kann auch nicht mehr ohne. Ich trinke ein großes Glas Wasser und meditiere, sprich, ich trainiere, meinen Kopf von Gedanken zu entleeren. Viele Menschen tun etwas für ihre körperliche Fitness, doch pflegen sie auch ihren Geist? Früher hielt ich das für esoterischen Mist. Doch ich habe meine Sichtweise darauf geändert und merke, wie gut mir das tut. Langsam wach zu werden und Zeit mit mir zu haben.

Ich sitze glücklich in meinem weißen Bett und überlege, wofür ich dankbar bin und was ich heute alles erleben will. Welchen Menschen ich begegnen möchte, Pausen machen, lernen, unverhofft Spannendes erleben, Erfolge haben, Aufträge für mein eigenes Business bekommen und so weiter. Ich liebe meine Wunschliste, schreibe wild drauflos und definiere meine Wünsche und Ziele für den heutigen Tag. Ich wähle wie immer auch eine Intention, die mich durch den

Tag begleitet. Ich entscheide mich heute für „Mit Leichtigkeit durch den Tag!" und schreibe genau das in schwungvoller Schrift nieder. Das fühlt sich stimmig an und ich bin begeistert. Das wird ein toller Tag!

Neele und ich fahren mit der S-Bahn zum Filmset.

„Du rufst mich an, wenn du fertig bist, und denk daran, ich habe später einen Coachingtermin in der Innenstadt."

Neele ist sichtlich aufgeregt.

Um 14 Uhr sause ich das Treppenhaus runter. Kathrin, du bist schon wieder zu spät. Jetzt aber flott. Ich habe zu lange getrödelt. Schnell laufe ich über die vierspurige Straße. Die Bahn müsste gleich kommen. Doch es kommt nicht die Bahn, sondern das Auto. Ich kann nicht zurück. Und ohne Vorwarnung werde ich erfasst und durch die Luft geschleudert. Es geht alles so schnell und ich kann nichts mehr tun. Stattdessen fliege ich über die Rothenbaumchaussee und schlage Sekunden später auf der dritten Fahrbahn auf. Ich habe keine Ahnung wie, doch ich stehe instinktiv auf, spüre einen stechenden Schmerz in meinem linken Steiß und schüttle mich.

Sofort kommen Menschen zu mir gelaufen, um mich von der Fahrbahn runterzuholen.

Es scheint Schockstarre auf der gesamten Straße zu sein. Alles steht. Meine Handtasche und den Schirm halte ich trotz Flug immer noch in der Hand. Wie Mary Poppins.

Eine Frau ist leichenblass. „Sie sind so weit geflogen. Es sah fürchterlich aus", sagt sie geschockt zu mir.

Der Autofahrer kommt völlig fertig zu mir gelaufen. „Wie geht es Ihnen? Ich rufe einen Krankenwagen und die Polizei."

Ich stehe am Rand und fühle in mich rein. Überlege tatsächlich, ob ich in der Lage bin, den Termin noch wahrzunehmen, und alles in mir sträubt sich. Okay, keine gute Idee. Wie in Trance schreibe ich meinem Termin eine What's App, dass ich gerade angefahren wurde und ich den Termin absagen muss.

Ich spüre, dass ich nicht mit dem Kopf aufgeschlagen bin und atmen kann. Nur mein Steiß tut mir fürchterlich weh.

„Alles gut. Ich atme und mein Kopf ist okay." Einen Krankenwagen? „Ich habe das noch nie gehabt. Ich weiß nicht, was ich jetzt tun soll." Ich stehe hilflos auf dem Gehsteig und reibe mir den Steiß. Ich will nach Hause. „Nein, keinen Krankenwagen. Keine Polizei. Ich gehe nach Hause."

„Sind Sie sicher? Schaffen Sie das? Sie stehen unter Schock."

„Ja, ich will nur nach Hause. Ich wohne direkt da drüben." Und zeige mit dem Finger auf die andere Straßenseite.

Die Dame holt einen Stift aus ihrer Tasche, und die Zeugen, der Fahrer und ich schreiben die Kontaktdaten auf. Ich bin völlig durcheinander und stopfe alle Infos in meine Tasche. Der Fahrer will mich morgen anrufen.

Ich laufe ganz langsam zur Ampel und gehe bei Grün auf meine Straßenseite. Wie in Trance gehe ich noch zum Briefkasten und stecke Briefe ein. Wie ein geschundener Hund laufe ich bedacht zu meinem Haus. Ich gehe vorsichtig die Treppen hoch, stecke den Schlüssel in mein Schloss und öffne die Tür. Als ich sie hinter mir schließe und den Schlüssel an das Schlüsselbrett hänge, sage ich laut zu mir selbst: „Kathrin, du lebst!"

Mir fällt ein, dass ich nicht mal Schmerzmittel zuhause habe. Ich mache mir eine Wärmflasche und lege mich vorsichtig auf die Couch. Mein Blut rauscht anders als sonst. Das Cortisol wird regelrecht durch meine Adern gepumpt. Ich kann es mit jedem Herzschlag fühlen. Einfach nur liegen bleiben und fühlen, Kathrin. Ich bedanke mich innerlich immer wieder bei meinem Körper, wie gut er es gemacht hat. Wenn ich nicht so sportlich wäre und so viel Spannung im Körper hätte, wäre das Ganze heute sicher anders ausgegangen. Während ich ruhig liege, überlege ich, warum das jetzt passiert ist, und plötzlich fange ich an zu weinen. Ich weine vor Schock, vor Entsetzen, vor … keine Ahnung. Mein Leben hätte zu Ende sein können. Ist es jedoch nicht. Und wo befinde ich mich in meinem Leben, was hat mich angetrieben? Ist mein Tempo zu hoch? Was ging dem voraus? Ich weiß, dass ich mir das selbst erschaffen habe, und über die Straße bin ich auch einfach gelaufen. Wieso gehe ich nicht fünfzig Meter weiter zur Ampel? Das ist total lebensmüde! Dann fällt mir meine Intention von heute Morgen ein. „Mit Leichtigkeit durch den Tag!" Na, die hatte ich ja jetzt… ein paar Sekunden lang. Kathrin, du hast so viel Glück gehabt. Ich bin doch gerade erst hierhergezogen. Scheinbar hat das Leben noch einiges mit mir hier vor.

Während ich den Schmerz im Steißbein bei jeder Bewegung spüre, wird mir bewusst, dass das Leben ein Wimpernschlag ist. Es kann so schnell zu Ende sein.

Worauf warten wir also noch? Unsere Wünsche und Träume können wir jeden Tag erfüllen. Jeden neuen Tag. Unser Potential schlummert in uns und wartet nur darauf, sich entfalten zu können, und das in voller Größe. Wir sollten uns das immer wieder ins Bewusstsein rufen und nicht erst, wenn etwas passiert.

Neele kommt mir in den Sinn. Wenn mir was passiert wäre! Wäre ich wirklich verunglückt, nicht bei Bewusstsein oder sonst was, keiner hätte es erfahren. Wie auch? Es gibt keinen Backup. Wir sind hier komplett allein. Das macht mich nervös.

Nach zwei Stunden ruhigem Liegen rufe ich meine Mutter an. Sie ist erschüttert und erklärt mir dennoch, dass es genau richtig war, mich hinzulegen, und dass ich warten soll, bis mein Schockzustand nachlässt. Möglichst nicht aufstehen und einfach Ruhe halten. Alles klar, mache ich. Ich bin meinem Körper so unendlich dankbar, dass ich gerne tue, was er verlangt.

Sonst informiere ich niemanden außer meiner Tochter in den USA, die ganz fertig ist.

Lasse meldet sich per WhatsApp, doch ich habe keine Kraft zu antworten. Ich fühle mich auch in keinster Weise verpflichtet, mich zu melden.

Als Neele abends anruft und abgeholt werden will, bitte ich sie mir ihren Ansprechpartner am Set ans Telefon zu holen, was sie auch ohne nachzufragen tut. Ich erkläre dem Herrn, was passiert ist und dass er Neele in ein Taxi setzen soll.

Fröhlich und gut gelaunt öffnet sie 20 Minuten später die Tür. „Hallo, Mama! Es war sooo toll!" Ich liege immer noch auf der Couch und sehe wohl etwas blass aus. „Mama, was ist los?" Als ich ihr langsam erzähle, was passiert ist, fange ich wieder an zu weinen. Neele ist ganz erschrocken und kuschelt sich an mich. Ich bin froh, dass sie da ist und wir gemeinsam hier liegen. Erneut macht sich Dankbarkeit breit, dass ich noch unter den Lebenden weile.

Als ich nach zwei Tagen in meiner Manteltasche nach dem Zettel des Unfallfahrers suche, finde ich auch einen Kuli, mit dem mir wohl die Zeugen ihre Handynummern aufgeschrieben haben.

‚Seven senses' steht in grüner Schrift darauf. Ich bekomme unwillkürlich Gänsehaut.

Auch wenn meine Sinne gerade klar sind, doch ich kann mich kaum noch bewegen – der Körper fühlt sich komplett geprellt an. Wie ein ganz schlimmer Muskelkater. Er hat mit dem linken Steiß scheinbar das gesamte Gewicht abgefangen. Ich habe ein paar blaue Flecken am Körper. Mittlerweile sind auch alle Freunde und die Familie informiert. Sie wollen unbedingt, dass ich beim Arzt abklären lasse, ob innere Verletzungen vorliegen, die Folgeschäden verursachen könnten. Okay, nächste Woche gehe ich zum Arzt und lasse es anschauen. Jetzt bekomme ich es doch etwas mit der Angst zu tun. Mit Neeles Papa bespreche ich einen sogenannten Notfallplan, informiere die Schule, damit in so einem Fall gehandelt werden kann. Lasse ist etwas abwesend, als ich ihm am Telefon davon erzähle.

„Kathrin, was hätte alles passieren können! Verklage den Fahrer."

„Ach was, der arme Kerl kann gar nichts dafür. Es war mein eigenes Verschulden. Was laufe ich auch mitten über die Fahrbahn! So viele tun das tagtäglich und setzen ihr Leben aufs Spiel. Da muss ich schon an meine eigene Nase fassen. Unverantwortlich bin ich mit meinem Leben umgegangen. Ich habe sehr viel gelernt!"

Klaus weiß noch nichts. Er kommt morgen Abend, dann ist immer noch Zeit dafür.

Ich kann nur langsam laufen. Das Leben hat mich in meiner rasanten Lebensfahrt gestoppt, damit nichts Schlimmeres geschieht. Okay, ich habe es verstanden. Anhalten, Kathrin.

Einen Tag später.

„Tschüss, Mama! Pass gut auf dich auf." Neele drückt mich vorsichtig und macht sich auf den Weg Richtung Bahnhof. Wie eigenständig sie geworden ist! Ich bin stolz auf sie.

Obwohl ich immer noch ganz vorsichtig gehe, freue ich mich auf Klaus. Er will nach seinem Meeting um 19 Uhr bei mir sein. Ich versuche, einigermaßen die Bude auf Vordermann zu bringen, und bereite einen Salat vor. Draußen ist herrliches Wetter. Ich muss immer wieder Pausen einlegen. Kathrin mit gedrosseltem Tempo – auch spannend!

Mein Handy klingelt.

„Kathrin, es wird etwas später. Ich habe noch einen Termin dazu-bekommen. Ist das okay?"

„Ja, mach du nur, Klaus."

„Ich freue mich auf dich."

„Ich mich auch."

Lasse war heute den ganzen Tag nicht erreichbar. Na ja, ich bin auch nicht immer verfügbar.

Klaus

Die Türklingel reißt mich aus dem Schlaf. Ich wollte mich eigentlich nur kurz hinlegen. Wo bin ich? Schlaftrunken versuche ich aufzustehen. „Au!" Mir tut alles weh. Und schon wieder läutet es.

„Ja, ja, ich komme schon." Langsam laufe ich zum Eingang. „Ja, bitte?"

„Hier ist Klaus."

„Jaaaa, dritter Stock, bitte."

Mein Herz pocht. Jetzt bin ich wach. Hellwach. Ich höre, wie Klaus die Treppen hochläuft, und warte an der Wohnungstür auf ihn. Da kommt er um die Ecke für die letzten Stufen. Donnerschlag, sieht er gut aus! Jeans, Hemd, Sneakers, und seine Sonnenbrille hat er vorn in sein weißes Hemd gesteckt. Durch sein Hemd wirkt auch seine leichte Bräune auf der Haut sehr attraktiv. Er lacht, als er mich sieht.

„Mein Engel! Es tut mir leid, dass ich so spät komme."

Ich muss ebenfalls lachen. „Alles gut. Herzlich willkommen in meinem Hamburg!"

Und schon ist er bei mir und umarmt mich stürmisch.

„Au!", schreie ich laut durchs ganze Treppenhaus.

„O Gott, Kathrin. Was ist? Hab ich dir wehgetan?"

Er lässt mich augenblicklich erschrocken los. Ich stöhne immer noch.

„Komm erst mal rein. Dann erzähle ich dir alles." Ich drehe mich langsam um und laufe in den Flur. „Ich bin eingeschlafen auf der Couch. Das Klingeln hat mich geweckt."

„Bist du zu müde? Dann verschieben wir es auf morgen. Ich bin bis Sonntag hier. Was ist denn nur passiert?" Er kommt mir hinterher.

„Komm rein. Ich musste mich nur ausruhen."

„Ich bin etwas beunruhigt. Aber toll sieht es hier aus." Er guckt sich staunend um.

„Lass uns was trinken, dann zeige ich dir alles, okay? Oder willst du vorher alles sehen?"

„Nein, erst mal anstoßen auf dein neues Zuhause. Ich habe einen Prosecco aus der Toskana mitgebracht. Der schmeckt ausgezeichnet! Sollen wir den nehmen? Ich hatte ihn in der Tiefkühltasche im Auto. Ist schön kalt. Und bitte erzähle mir, was passiert ist. Ich mache mir echt Sorgen."

„Fein, machen wir. Ja, setz dich auf den Balkon und mach schon mal die Flasche auf. Ich hole eben Gläser."

„Kathrin, du hast es gemütlich hier. Alles ist so liebevoll gestaltet." Klaus tritt auf meinen Balkon, ist restlos begeistert und schaut in den prächtigen Innengarten. „Und das mitten in der Stadt. Du bist ein Glückspilz! Ich freue mich sehr für dich."

Während ich zwei Sektgläser auf den Balkontisch stelle, der fliederfarben eingedeckt ist für das Essen, öffnet Klaus die Flasche mit einem lauten Plopp und der Korken fliegt im hohen Bogen in den Garten.

„Das bringt Glück, meine Liebe! Wie viel Quadratmeter hast du hier?"

„Achtzig. Das reicht für Neele und mich. Setz dich."

Ich zünde die dicken Kerzen an, die neben der Vase mit dem bunten Sommerstrauß stehen.

„Es ist alles so geschmackvoll, Kathrin."

Aus meiner Lautsprecherbox tönt leichte Chillout-Musik. Die Grillen zirpen. Von irgendwoher kommt lautes Gelächter. Es ist ein himmlischer Abend im September, der noch so warm ist.

Klaus reicht mir mein Glas und wir stoßen an.

„Danke für die Einladung und ich wünsche dir alles, alles Liebe hier in deiner Stadt und dass sich all deine Wünsche erfüllen, die du damit verbindest."

„Danke. Schön, dass du mich besuchst. Ich freue mich sehr darüber."

„Jetzt erzähle bitte, warum du so gestöhnt hast. Hast du dich verletzt?"

Ich erzähle ihm in aller Ruhe die ganze Geschichte, und er ist entsetzt. Plötzlich schauen seine Augen traurig. „Wieso hast du mich nicht sofort angerufen?"

„Und dann? Du hättest mir sowieso nicht helfen können von Frankfurt aus. Ich wusste doch, dass du heute kommst. Ich wollte niemanden beunruhigen und mich erst mal selbst sammeln."

„Warst du schon beim Arzt?"

„Nein, doch ich werde nächste Woche gehen. Meine Freunde haben mich ganz verrückt gemacht."

„Das solltest du unbedingt tun. Nicht dass du Folgeschäden davonträgst. Hat sich der Unfallfahrer denn gemeldet?"

„Ja, er ruft jeden Tag an. Total süß. Blechschäden hatte er schon, doch einen Menschen angefahren nicht. Er war selbst aus der Fassung. – Es war meine eigene Schuld", schiebe ich hinterher. „Ich war in Hektik, nicht bei der Sache. Ich bin einfach über die vielbefahrene Straße gelaufen. Fünfzig Meter weiter ist eine Ampel. Ich muss jetzt achtsam mit mir sein, dass mein Körper sich erholen kann. Zwei Wochen gebe ich meinem Körper, um sich selbst zu regenerieren. Er ist komplett geprellt. Dann werde ich eine Osteopathin aufsuchen."

„Gute Idee. Und geh bitte zum Arzt. Es tut mir so leid für dich. Was hätte alles passieren können!"

„Darüber denke ich nicht nach. Ich war zu schnell in meinem Leben unterwegs. Überholspur in der Dauerschleife kommt nicht gut. Auch bei Kathrin nicht."

Wie süß besorgt Klaus um mich ist. Ich trinke den Rest des köstlichen Proseccos aus.

„Ich bin doch erst hierhergezogen, und scheinbar hat das Leben noch so einiges mit mir vor. Alle waren heilfroh und echt überrascht, dass ich so glimpflich davongekommen bin."

Klaus gießt mir nochmals nach. „Und ich erst", murmelt er leise.

„Ich möchte Steaks machen und einen frischen Salat dazu. Den habe ich schon vorbereitet. Die Steaks muss ich nur in die Pfanne hauen. Hast du Appetit?"

„Das klingt köstlich. Ich möchte aber nicht, dass du meinetwegen Arbeit hast. Wir können auch Essen gehen. Ansonsten helfe ich dir, okay?"

„Nein, lass uns hierbleiben. Ich habe alles schon fertig."

Langsam stehe ich auf und laufe in meine schöne Küche. Klaus schaut mitleidig und läuft mir hinterher.

„Ach komm, ich zeig dir erst mal die Wohnung."

Ich nehme ihn an der Hand und spüre, wie er zärtlich mit seinem Daumen darüberstreicht. Mein Herz klopft einen Tick schneller als sonst. Er ist restlos begeistert von allem und freut sich über jede Kleinigkeit.

„Es ist alles so geschmackvoll. Du hast ein Händchen dafür."

„Danke. Bis jetzt habe ich nur die Wohnung meiner Nachbarin von innen gesehen. Meine eigene habe ich einfach so gestaltet, wie ich es wollte. So, und jetzt habe ich Hunger."

Ich schmeiße die Pfanne an. Klaus kommt mit den Sektgläsern in die Küche. Er steht direkt neben mir. Ich bekomme Gänsehaut, während ich das Fleisch in die heiße Pfanne gebe. Was macht dieser Mann mit mir? Er hat eine solche Anziehung auf mich. Warum nur wohnt er in Frankfurt? Kathrin, nicht jammern. Es ist so, wie es ist. Genieße es einfach.

Wir unterhalten uns über seinen Job, wo er sehr stark eingebunden ist und viel zu viel arbeitet. Währenddessen wende ich das Fleisch und mache die Salatsauce. Immer wieder schaue ich ihm in die Augen, und er ist beeindruckt, wie ich wirble. Es macht Spaß, hier zu sein mit ihm.

„Willst du denn nichts daran ändern? Du warst doch schon mal in einer solchen Situation. Deine Ehe ist dabei draufgegangen."

„Nun, ich will das ja selbst nicht, doch ich denke, es ist die Ablenkung von mir selbst."

Ja, immer wieder dasselbe. Ablenkung von sich selbst. In dem Wort
„Ablenkung" steckt das Wort „lenken" drin. Wir lenken unser Leben
auf das, wofür wir uns entscheiden. Oftmals geschieht das unbewusst.
Meist wissen wir genau, was wir nicht in unserem Leben wollen, und
erschaffen uns genau das damit. Was wir nicht wollen.
Doch die wenigsten wissen, was sie wollen. Dabei ist es so wichtig, sich
immer wieder selbst zu fragen: „Was ist mir von Herzen wichtig?", und
das auch zu verinnerlichen. Eine Entscheidung dahingehend zu treffen
und die notwendige Veränderung anzugehen. Stattdessen machen viele
immer weiter und wundern sich, dass es schlimmer statt besser wird.

„Klaus, du hast es in der Hand. Du hast ein gut gehendes Unter-
nehmen. Du bist der Chef, du entscheidest das. Niemand sonst."
„Ich weiß. Es macht mir ja auch Freude. Ach, ich weiß auch nicht."
Was sind denn das für Töne? Klaus weiß auch nicht. Wow. Ich
dachte, der Mann hat alles im Griff. Der Mann ist ja doch nicht so
perfekt. Herrlich. Das macht ihn noch anziehender für mich.
Stille. Nur das Brutzeln des Fetts ist zu hören. Ich drehe die Platte aus.
„Kathrin, ich vermisse dich."

Jetzt ist er raus, der Satz, der ihm scheinbar die ganze Zeit schon
im Hals steckte. Meine Haare am Arm stellen sich auf, so wohlig
sind die Worte. Ich drehe mich zu ihm um und schaue ihm in die
Augen. Ich sehe so viel Traurigkeit und Liebe darin und ich muss ihn
unweigerlich in die Arme nehmen. Klaus lässt es geschehen und wir
verweilen eine Zeit lang so. Ich sauge seinen männlichen Geruch auf.
So weich und dennoch männlich. Er umfasst vorsichtig meine Taille.
„Keine Stunde vergeht, an der ich nicht an dich denke", flüstert er in
mein Ohr. „Du bist eine bezaubernde Frau und ich bin so verliebt in
dich. Ich habe dieses Gefühl lange nicht mehr gehabt. Und du gehst.
Folgst der Stimme deines Herzens, und das ist absolut richtig, dass
du das getan hast. So viele Menschen tun es nicht, bleiben innerlich

unglücklich und verstehen nicht, warum. Du bist ein Vorbild für deine Mitmenschen. Auch für mich."

Ich streichle seinen Rücken und mir kommen plötzlich die Tränen. Klaus berührt mich mit seinen Worten. Es stimmt, was er sagt. Ich habe so viele Jahre diesen Traum in mir getragen und mir immer versucht einzureden, dass es doch ganz nett im Taunus ist. Doch ich habe jahrelang mein Herz betrogen. Selbst betrogen. Ich wollte dort nicht leben und habe mir genau das erschaffen. Dort zu leben. Es hat mich so viel Kraft gekostet, mich aus der Komfortzone hinauszubewegen. Keiner kann sich das vorstellen, der das nicht selbst gemacht hat. Mich aufzulehnen gegen alle Kritiker, die mir einredeten, ich solle an mein Umfeld denken. Die armen Kinder. Meine Kinder sind nicht arm. Sie sind tolle Persönlichkeiten, die bald ihr eigenes Leben führen. Und das hier, das ist mein Leben, und in meinem eigenen Leben bin ich die wichtigste Person und stehe immer an erster Stelle. Ich möchte mein Leben so gestalten, wie ich es für mich selbst möchte. Das habe ich getan ohne Hilfe von außen. Ich habe es allein erschaffen aus eigener Kraft. Erst mit meinen Gedanken, dann mit meinen Worten, mit denen ich klar definiert habe, was mir wichtig ist. Ich habe sie ausgesprochen und habe Taten sprechen lassen. Die Tränen laufen heiß meine Wangen runter.
Klaus geht einen Schritt zurück, um mir ins Gesicht zu sehen. Er sieht meine Tränen und ich schaue ihn von unten an.
„Es hat mich so viel Kraft gekostet, mich für mich selbst zu bewegen", schluchze ich.
„Ich weiß. Doch das hier ist all der Lohn dafür, Kathrin. Du bist angekommen. Du bist am richtigen Platz, und das spürt jeder hier. Ich auch." Nun nimmt er mich vorsichtig in den Arm. „Es ist so wichtig für mich, das hier zu sehen. Wie du lebst, wo du bist. Dass es dir gut geht. Du bedeutest mir viel, Kathrin."
Ich spüre, wie schnell sein Herz schlägt.

„Du mir doch auch." Ich japse nach Luft. Mein Oberkörper schmerzt. „Ich muss mich setzen."

Langsam setze ich mich auf den Küchenstuhl. Klaus tut es mir nach.

„Mein gestürzter Engel … Ich bin so froh, dass ich da bin." Er greift nach der Küchenrolle und reißt ein Stück davon ab.

Ich schaue ihn aus verweinten Augen an. Ich weiß gar nicht, was ich sagen soll. Stille im Raum. Nur das Fleisch in der Pfanne muckt noch auf.

Klaus tupft mir die Tränen weg, nimmt anschließend meine Hand, führt sie zum Mund und küsst sie. Sanft und immer wieder. Mein Magen grummelt. Ich habe Hunger. Die Küchenuhr zeigt 21.45 Uhr an. Kein Wunder, dass mein Magen sich meldet.

„Komm, wir essen. Das tut uns beiden gut."

„Einverstanden."

„Ich habe Rotwein da. Magst du den aufmachen?"

„Ja, gern."

Ich reiche ihm die Flasche und richte die Teller an.

Auf dem Balkon sind mittlerweile die Kerzen ausgegangen. Es ist dennoch mild draußen.

„Meinst du, es ist zu kalt draußen?"

„Du entscheidest. Ich finde es angenehm. Aber nicht, dass du frierst."

Ich finde es immer wieder so umsichtig, wie er an mich denkt. Ich stelle mich auf den Balkon und fühle hin.

„Wir probieren es. Wenn es beim Sitzen zu kalt ist, können wir reingehen. Ich ziehe mir eine Jacke über."

Als ich aus dem Schlafzimmer wiederkomme, hat Klaus alle Kerzen angezündet, auch die Windlichter, und es sieht hübsch bunt aus.

„Kathrin, du hast es so schön hier. Ich fühle mich wohl. Sehr."

„Ich mag es auch und ich bin jeden Tag dankbar für mein schönes Zuhause, dass ich hier habe. Neele fühlt sich auch wohl."

Wir genießen den Abend, das leckere Essen und den Wein. Sprechen über seine Kinder, meine Kinder und über Wünsche und Träume, während Wincent Weiss vom Feuerwerk singt. Es ist tatsächlich noch so mild, dass wir erst gegen 23 Uhr reingehen und uns auf die Couch setzen. Klaus sitzt nah bei mir und nimmt immer wieder meine Hände in seine. Streichelt und liebkost sie. Wir lachen viel, manchmal sagen wir auch nichts und schauen uns nur in die Augen. Er berührt mein Herz, auch wenn er nichts tut. Ich spüre es deutlich. Plötzlich legt er seine Hand auf meine Wange und streichelt mit dem Daumen darüber. Ich kann den Blick in seine Augen nicht lassen. Er kommt näher. Ich schließe die Augen und spüre nur noch, wie sein weicher Mund auf meinen trifft. Das ist Feuerwerk pur. Es fühlt sich absolut himmlisch an. Er hält inne. Als ob er wartet, dass ich ihm grünes Licht gebe. Meine Augen sind immer noch geschlossen. Ich öffne leicht meinen Mund und Klaus versteht dieses Signal. Er dringt zärtlich mit seiner Zunge in meinen Mund ein und wir küssen uns mit einer solchen Sinnlichkeit, die mehr als unter die Haut geht. Es tut so gut. Wir sind wie eine vertraute Einheit. Klaus küsst perfekt und alles ist stimmig. Ich will mehr – und schon kommt der Schmerz.

„Au!", rufe ich laut und verziehe mein Gesicht.

Klaus zuckt zurück. „Oh nein, es tut mir leid."

„Nein, alles okay. Ich vergesse nur immer wieder, dass ich noch angeschlagen bin. Und ich sitze nicht so gut."

Ich versuche, meine Position zu verändern. Er stopft mir vorsichtig Kissen in den Rücken, damit ich aufrecht sitze. „Ist es gut so?"

Klaus streichelt mir über die Wange und küsst mich zärtlich. Er neigt seinen Kopf und fängt an, meinen Hals zu liebkosen. Ich bekomme am ganzen Körper Gänsehaut. Überall. Er beißt mit seinen Zähnen liebevoll in meinen Hals und ich muss leise aufstöhnen. Das ist sehr erregend. Wir küssen uns immer und immer wieder. Ich drehe mich, sofern mir das möglich ist, und fordere Küsse noch und nöcher. Unsere Finger sind ineinander verschlungen und berühren sich immer wieder zärtlich. Ich habe keinerlei Zeitgefühl. Das ist der Wahnsinn hier! Ich will diesen Mann. Sofort.

„Klaus, bitte lass uns ins Bett gehen", hauche ich in sein Ohr.

Er hält inne und schaut mich an. „Kathrin … ich …" Pause.

„Was?" Ich schaue ihn fragend an.

„Kathrin, ich bin mir nicht sicher, ob das richtig ist."

Er schaut mich verlegen an. Seine Haare stehen wild vom Kopf ab. Er sieht so gut damit aus. So verwegen.

„Wie bitte? Warum?"

Ich verstehe es nicht. Gerade eben noch konnte er die Hände nicht von mir lassen und jetzt zieht er sich zurück. Das hatten wir doch schon mal … Doch da wollte er mich in aller Ruhe genießen. Das kann er doch jetzt …

„Bei unserem letzten Treffen in Frankfurt hast du mir gesagt, dass du hier jemanden kennengelernt hast. Ich möchte mich nicht dazwischendrängen. Das bin ich nicht. Ich will dich mehr als alles andere, Kathrin, doch ich will dich frei und ungebunden erobern. Auch wenn du hier in Hamburg lebst."

Er schaut mir in die Augen und ich sehe darin seine Aufrichtigkeit. Das macht es nicht einfacher für mich.

Ich verstehe. Lasse. Die ganze Zeit habe ich nicht einen Gedanken an ihn verschwendet. Auch bezeichnend. Ich bin einfach im Hier und Jetzt. Und jetzt will ich auch ehrlich sein.

„Ja, ich habe jemanden kennengelernt. Es ist eine lockere Verbindung, ich würde mich nicht als seine Freundin bezeichnet. Das ist mir viel zu früh und er hat noch andere komplizierte Baustellen. Klaus, mein Herz ist so durcheinander Ich weiß nicht … Er wohnt hier. Du nicht."

Ich schüttle den Kopf. Ach, Mist!

„Kathrin, ich kann das nicht für dich lösen. Das musst du selbst tun. Du weißt, wie ich zu dir stehe, und das war von Anfang an so. Ich habe dich an dieser Tankstelle gesehen und ich war … schockverliebt in dich. Sagt man das nicht so in Hamburg?"

Ich muss schmunzeln.

„Ich wusste, dass du nach Hamburg gehst. Aber ich konnte nicht ahnen, wie sehr du für diese Stadt brennst. Aber das weiß ich jetzt. Ich sehe es. Ich spüre es. Du gehörst wirklich hierher. In der heutigen Zeit sind solche Entfernungen nicht der Rede wert. Nun hast du dir in den Kopf gesetzt, dass dein Partner unbedingt aus Hamburg sein soll. Gegen diese Entscheidung kann ich nichts tun. Es ist deine und die lasse ich dir auch."

Klaus sagt es ruhig und wertschätzend. Er hat völlig Recht. In allem, was er sagt. Das ist die Wahrheit. Es ist meine Entscheidung. Ich sage gar nichts. Weiß nicht, was ich sagen soll.

„Ich schlage vor, ich gehe jetzt in mein Hotel, was übrigens direkt gegenüber liegt. Ich wollte extra in deiner Nähe sein." Er tippt mit dem Zeigefinger auf meine Nase.

„Kommst du morgen wenigstens zum Frühstücken?"

„Nein, ich muss früh raus. Da schläfst du noch. Doch gern führe ich dich morgen Abend in die Staatsoper zum Ballett aus. John Neumeier – ich habe zwei Tickets ergattert."

Klaus strahlt mich an. Der Mann hat tolle Ideen und ich ein Problem.

„Vielleicht habe ich Glück und du zeigst mir Samstag deine Stadt."

Er steht auf. „Ich geh noch schnell auf die Toilette und dann lass ich dich schlafen. Es war sicher ein anstrengender Tag."

Ich strecke ihm meine Hand entgegen und er zieht mich langsam vom Sofa hoch.

„Ich zeige dir liebend gern meine Stadt."

Er küsst mich. Dann dreht er sich um und verschwindet im Bad.

Ich räume den Tisch ab und schließe die Balkontür. Ich bin traurig. Mein Herz ist traurig. Ich will, dass er bleibt. Ob ich ihm das sagen soll? Doch vielleicht ist es besser, wenn ich jetzt für mich bin und in aller Ruhe darüber nachdenke, was er gesagt hat und wie es mir geht und was mein Herz dazu meint.

Als ich den Kühlschrank schließe, steht Klaus daneben und grinst mich an.

„Ich gehe jetzt. Danke für diesen eindrucksvollen Abend bei dir. Das tolle Essen und die so köstlich schmeckenden Küsse. Ich möchte nichts davon missen."

„Auch ich fand den Abend phänomenal. Danke dir vielmals. Auch für deine klaren Worte."

Wir laufen zur Tür, er nimmt mich ein letztes Mal in den Arm und küsst mich leidenschaftlich.

„Mein Engel, wir sehen uns morgen. Ich hole dich um 17 Uhr ab. Ich habe einen Tisch im Favoloso für uns bestellt. Das Restaurant hatte sehr gute Bewertungen."

„Ich freue mich sehr. Schlaf gut, Klaus."

„Du auch."

Er wirft mir einen Luftkuss zu, als er die Treppe runterläuft.

Dieser Mann ist so authentisch und ehrlich zu sich selbst. Das gefällt mir gut. Während ich ins Bad laufe und mir die Zahnbürste in den Mund schiebe, denke ich über seine Aussage nach. Meine Gedanken wandern zu Lasse. Was fehlt mir an ihm, obwohl er in Hamburg wohnt? Er ist supernett, sexy, ist beruflich erfolgreich, wir können uns gut unterhalten … tja, doch die Baustellen. Immer wieder habe ich ein komisches Gefühl bei ihm. Als ob da noch was ist. Etwas für mich nicht Sichtbares. Vielleicht habe ich es auch viel zu schnell angehen lassen. Der steht als Erster auf der Matte und Kathrin greift direkt zu. Die kurze Zeit mit Klaus war so klasse und so vertraut. Und kaum bin ich in Hamburg, schnappe ich mir den Erstbesten von meiner Fußmatte. Anstatt erst mal in Ruhe anzukommen, mich auf mich zu konzentrieren. Klaus wenigstens eine Chance zu geben. Ich bin vielleicht wirklich getrieben von der Vorstellung, dass der Mann unbedingt aus Hamburg kommen soll. Da sind wir wieder bei dem Wort „unbedingt". Er muss bedingt aus Hamburg kommen.

Wenn es die Liebe ist, warum nicht aus Frankfurt? Der Mann ist der Sechser im Lotto. Was macht Kathrin? Nein, will ich nicht. Ich will jemanden aus Hamburg. Es reicht doch, wenn ich hier wohne. Alles andere wird sich schon fügen. Vertraue, Kathrin. Das hat doch in den letzten Monaten auch so gut geklappt, bestärke ich mich selbst. Außerdem, was ist eigentlich mit meinem Business, das mir so am Herzen liegt und das ich in meiner Stadt Hamburg vorantreiben und damit erfolgreich werden will? Das habe ich völlig zur Seite geschoben wegen der Männer. Wieder von mir abgelenkt.

Warum schenken wir uns nicht selbst die Zeit, um unseren eigenen Herzensweg erstmal zu finden? So einfach ist das. In dem Wort „einfach" stecken zwei Wörter. EIN FACH. Uns selbst bedienen – uns dienen mit unserem eigenen Fach. Dann kommt alles andere von ganz allein. Doch es ist oft die Ungeduld, alles sofort haben zu wollen. Und hier werden wir vom Leben eines Besseren belehrt mit Blockaden, Krankheiten, Situationen, Wegen und Menschen. Doch wir schauen nicht bewusst hin und erkennen es nicht. Sich bewusst Zeit nehmen für sich selbst und einfach sein. In dem Wort Ungeduld steckt das Wort dulden drin. Sich selbst dulden als der Mensch, der man ist.

Ich bin total dankbar, dass Klaus das gesagt hat, obwohl ich jetzt lieber mit ihm im Bett liegen würde. Ich schlage meine Bettdecke auf und kuschle mich hinein. Es ist weit nach Mitternacht. Obwohl ich müde bin, drehen sich meine Gedanken weiter. Was will ich in meinem Leben? Was ist mir wichtig? Mir, Kathrin? Von ganzem Herzen?

Draußen läuft eine Gruppe von Jugendlichen grölend vorbei. Aus ihrem Mund kommen so viele unbewusst gewählte Worte. Sie werden einfach rausgeschleudert. Ohne nachzudenken.

Dabei können sorgsam ausgewählte Worte so viel Großartiges bewirken.
Indem wir positive Worte für uns selbst nutzen. Uns damit selbst
bestärken, motivieren und uns damit nach vorn bringen.

Ich mag meine Gedanken und mein Herz schlägt schneller. Ja, ich
will das. Ich will viele Menschen mit meinen Worten und Bildern,
die ich in ihren Köpfen projiziere, begeistern und sie dadurch
motivieren, über sich und ihr Leben nachzudenken. So wie ich jetzt.
Es war genau richtig, dass Klaus das gesagt hat. Ich bin ihm sehr
dankbar.

Zum ersten Mal, seit ich in Hamburg bin, denke ich darüber nach,
was ich wirklich will. Und ich bin ganz ehrlich zu mir selbst. Um
kurz nach ein Uhr in dieser Nacht. Allein in meinem Bett.
Mir wird in dem Moment klar, dass ich mich mit „Kathrin Schumann WORTE MENSCHEN DYNAMIK" voranbringen möchte,
mit meinen Worten Großes bewirken möchte und es mir wichtig
ist, Menschen zu inspirieren. Es macht so viel Sinn für mich. Ich bin
davon überzeugt, dass es dann auch mit der Liebe klappt, wenn ich
auf meinem Weg bin. Es ist anstrengend, immer nach jemandem
zu suchen und sich selbst damit zu stressen. Mit Geschichten, die
einem nicht gehören, wie bei Lasse und seiner Frau beispielsweise.
Es stimmt, was Klaus sagt. Er möchte mich frei und ungebunden
erobern. Ich verstehe ihn, und er hat absolut Recht.

Und in dieser Nacht, nach 136 Tagen in Hamburg, treffe ich eine
Entscheidung. Ich schaue auf mich in meiner Stadt, kümmere mich
um meinen Herzensweg und lasse der Liebe wegen dem Leben seinen
Lauf. Alles wird für mich richtig kommen. Ganz sicher. Darauf
vertraue ich. Glücklich über diesen Entschluss, schlafe ich endlich
dankbar ein.

Im Hier und Jetzt

Freitag – ich habe mir den ersten Urlaub nach dem Umzug genommen. Klaus schreibt, dass er schon um 6.30 Uhr an der Alster joggen war. Donnerschlag, sehr vorbildlich! Mit meinem geprellten Körper ist an Sport nicht zu denken. Ich schiebe mir stattdessen das, vor Sirup triefende, Brötchen in den Mund. Ich brauche Kraft für meine Vorhaben.

Wenn wir uns was vornehmen, egal ob beruflich, gesundheitlich oder partnerschaftlich, sollten wir es innerhalb von zweiundsiebzig Stunden angepackt haben, sonst machen wir es nicht. Und wenn es nur ein einziger bewusster Schritt in diese Richtung ist.

Also, Kathrin, ran an die Buletten. Die Zeit läuft. Jetzt. Für mich. Dein Ziel ist klar. Rauf auf deine Bühne der Welt. Zeig dich. Mach Erfahrungen. Ohne Sichtbarkeit, kein Abenteuer, ohne Abenteuer bleibt alles so wie es ist. Gehe und entdecke dich selbst. Vorträge halten zur Persönlichkeitsentwicklung, Motivationscoachings geben, in Hamburg bekannt werden, zweites Buch schreiben, drittes Buch schreiben und zu Barbara Schöneberger auf die Talk-Couch! Mein Herz hüpft vor Freude. Ja, hier ist Dynamik, und zwar richtig. Das ist die Energie, die ich für mich selbst nutze, und sie ist so wertvoll und einzigartig. Juhu! Irgendwann kennt mich ganz Deutschland. Ich erreiche viele Menschen und motiviere mit meinen Worten. Das macht für mich so viel Sinn.

Doch wie stelle ich das genau an? Was kann ich tun, damit das alles möglich ist? Der eine oder andere sagt vielleicht zu sich: „Vielleicht. Das ist total verrückt und ein Hirngespinst. Zu Barbara auf die Couch – so ein Quatsch."

Alles ist möglich. Wenn es deinem Herzen entspricht, du genau hinhörst und siehst, werden dir die vielen Möglichkeiten bewusst.

Doch alles ist möglich. Halte das Ziel stets vor Augen. Achte dabei auf deinen Weg, den der Weg ist der Weg. Und es ist ganz entscheidend auf den Weg zu achten, denn er zeigt dir wie du an das Ziel kommst und er bereichert dich während du ihn zurücklegst. Wenn es deinem Herzen entspricht, du bewusst hinhörst und siehst, werden dir die vielen Möglichkeiten bewusst.

Vor Jahren habe ich mich mit einem Vorstandsvorsitzenden einer großen Versicherung getroffen.
Er hat mir folgendes mit auf den Weg gegeben: „Frau Schumann, bauen Sie sich ein Netzwerk auf, und zwar ein ganz großes."
Das habe ich gemacht, und zwar kontinuierlich. Ich melde mich bei den Menschen nicht immer nur, wenn ich was brauche, sondern auch zwischendurch. Mit lieben Worten, Wertschätzung und weil ich mich einfach freue, mit ihnen in Kontakt zu sein. Das kommt an, weil es authentisch ist. Und genau dieses Netzwerk werde ich nun für mich selbst ankurbeln.
Mein Handy brummt. Wer ist das denn jetzt? Lasse. Ihm ist ein Kunde ausgefallen und er hat so Lust auf mich. Äh, wie bitte?! Nein, ganz sicher nicht.
Ich bin im Flow und nichts kann mich davon abhalten. Ich lege das Handy zur Seite.

Bis zum Nachmittag habe ich fünf Referentenagenturen angeschrieben, mir ein Konzept für mein Buch aufgesetzt und sämtliche Zeitschriftenverlage aus Hamburg rausgesucht, die einen Bericht über mich bringen könnten. Radio und Fernsehen werde ich auch anschreiben. Irgendwann wird sicher jemand aufmerksam, liest genau, schaut sich meine Website an und hat Interesse, mich persönlich kennenzulernen. Ich nehme mir vor, jeden Tag fünf Akquisemails rauszuschicken mit meiner eigenen Motivation: „Es geschieht immer das Richtige in meinem Leben und es wird sich alles fügen. Vertraue!" Wenn eine Absage kommt, ist es noch nicht der richtige Kontakt. Weitermachen! Du bist klasse, so wie du bist, und du hast das Beste überhaupt verdient.

Um 16.30 Uhr klingelt es an der Tür. Ich bin völlig in Gedanken, sodass mich der Klingelton aufschreckt. Ich laufe wegen meiner Schmerzen vorsichtig zur Tür.

„Ja, bitte?"

„Lasse. Kann ich reinkommen?"

Ich weiß nicht, was ich machen soll. Ich muss mich noch anziehen, Klaus kommt um 17 Uhr. Das schaffe ich alles nicht. Kathrin, willst du Stress und Hektik und eventuell noch mal zwei Männer in deiner Wohnung? Nein! Das hatte ich ja erst – nur dass ich Thorsten durch Lasse ersetzte.

„Lasse, ich mache mich gerade fertig. Ich bin verabredet!", rufe ich in die Sprechanlage.

„Du hast dich nicht gemeldet. Ich habe etliche Nachrichten geschrieben. Ist alles okay?"

„Ja, es ist alles in Ordnung. Ich melde mich nächste Woche."

„Wieso erst nächste Woche? Sehen wir uns ni…"

Ein Auto fährt unten vorbei. Es ist zu laut.

„Was?", brülle ich in die Anlage.

„Sehen wir uns nicht am Wochenende?"

„Nein, ich habe Besuch und bin mit so vielen anderen Sachen beschäftigt", schiebe ich schnell hinterher.

„Wie geht es dir nach dem Unfall?"

„Ja, alles gut. Lasse, ich muss mich sputen. Ich melde mich nächste Woche."

„Okay. Tschüss."

Er klingt traurig. Es tut mir auch leid, doch ich kann ihm jetzt nicht helfen.

Nun aber flott ins nachtblaue Kleidchen schlüpfen. Ich habe noch genau zwanzig Minuten. Weil ich noch nie in der Staatsoper von Hamburg war, bin ich etwas aufgeregt. Ich kenne sie nur von außen und ich freue mich. Es war ein toller Tag. Ich war so produktiv. Das ist mein Herzensweg. Ich werde es schaffen. Ja!
Während ich geschniegelt und gebügelt auf Klaus warte, haue ich noch schnell ein paar E-Mails raus. Um kurz nach 17 Uhr klingelt es.
„Kommst du runter?"
„Ja!"
Oh, ich freue mich so. Ich schnappe meine Handtasche und laufe vorsichtig nach unten. Besser ist es. Unten falle ich Klaus fast in die Arme. Ein Mann in einem gut sitzenden Anzug ohne Krawatte – und Kathrin ist verloren.
„Donnerschlag, siehst du toll aus. Was für ein schönes Kleid!"
Er lacht, hebt mein Kinn und küsst mich auf den Mund. Er strahlt.
„Das hat schon ein paar Jährchen auf dem Buckel, doch ich liebe es, und heute Abend ist der richtige Anlass, es zu tragen. Du siehst auch klasse aus."
Wir fahren mit der U-Bahn eine Station bis zum Stephansplatz. Das Verkehrsnetz ist so gut ausgebaut hier. Ich liebe es!

Wir genießen bei Favoloso ein herrliches Essen. Ein guter Beginn für einen sicher aufregenden Abend.
Ich schaue auf mein Handy, als Klaus auf die Toilette geht. Und da ist sie auch schon die Aufregung.
„Jetzt verstehe ich den Besuch … oder küsst dich jeder männliche Besucher auf den Mund?"
Ich muss mehrmals hinschauen. Ich kann nicht glauben, was ich da lese. Lasse stalkt mich!

Kathrin, bleib bei dir – das hast du dir selbst erschaffen. Hättest ja vorher reinen Tisch machen können. Ich habe die Entscheidung erst letzte Nacht getroffen. Da kann ich ihm doch nicht direkt schreiben: „Ich kümmere mich jetzt um mich, und das war's."
Unglücklicherweise schien er in der Bar direkt gegenüber zu sitzen, wo er öfter mit seinen Freunden ein Bier trinkt. Wahrscheinlich hat er zufällig gesehen, wie ich aus dem Haus komme und Klaus mich küsst. Scheibenkleister. Okay, ich muss das klären, doch nicht jetzt. Ich bin dennoch geknickt. Das hat keiner verdient. Auch Lasse mit seinen Baustellen nicht. Er ist immer nett und zuvorkommend zu mir gewesen. Als Klaus zurückkommt, stecke ich etwas unsicher das Handy in meine Tasche.
„Gehen wir?"
„Stimmt etwas nicht?"
„Nein, alles gut."
Ich stehe auf und hake mich bei Klaus unter.

Die Aufführung von John Neumeier in der Staatsoper ist sensationell und ich genieße, obwohl ich immer wieder an Lasse denken muss und daran, wie ich das Problem nun kläre. Das werde ich, doch jetzt nicht, ermahne ich mich immer wieder in Gedanken. Sei im Hier und Jetzt. Es ist so fabelhaft mit dem Mann an meiner Seite.

Nachdem wir in der Sands Bar noch jeder einen Daiquiri getrunken haben, laufen wir nach Hause. Es ist ein herrlicher Weg zurück. Wir fassen uns an den Händen und Klaus hält immer wieder an, um mich zu küssen.
„Du bist so schön, mein Engel!"
Während wir weiterschlendern, schaue ich ihn von der Seite an.
„Ich möchte mich bei dir bedanken, Klaus."
„Wofür?"

„Erst mal für den beeindruckenden Abend und für deine Worte gestern. Sie haben etwas mit mir gemacht."

Er bleibt stehen und schaut mich an. Ich räuspere mich, denn jetzt schenke ich ihm reinen Wein ein.

„Ich gebe zu, der ganze Umzug und dann auch noch das Emotionale, was damit verbunden war, war etwas viel. Nach achtzehn Jahren alles zurückzulassen, um einen neuen Weg einzuschlagen. Freunde, Familie, alles Vertraute. Was für eine Veränderung! Nichts bleibt so, wie es war. Hinzu kam, dass ich tatsächlich, ohne dass ich es wollte, auf meinen letzten Frankfurter Metern auch noch zwei Männer kennenlernte. Den einen hast du auf meiner Fußmatte im Taunus getroffen. Klaus, ich hatte bereits abgeschlossen mit allem, und dann das. Ich habe mich gefragt: Warum passiert mir das? Wieso ausgerechnet jetzt, wo ich gehe? Jahrelang gab es nur ein paar Eintagsfliegen. Wo steckt der Sinn dahinter?"

Ein junges Pärchen schlendert verliebt an uns vorbei.

„Doch scheinbar wollte das Leben mich testen. Hat mir die Frage gestellt: Kathrin, wie wichtig ist es dir, nach Hamburg zu ziehen? Lieber den Mann oder Hamburg? Und meine Antwort ist ganz klar. Hamburg. Es ist die Liebe zu mir selbst, die mich nicht verlässt. Mein Herz, das für diese Stadt schlägt. Jahrelang habe ich davon gesprochen, hier zu leben, und ich habe es gemacht. Ich bin gegangen. Mutig und stolz. Habe mich nicht davon abbringen lassen, auch wenn ich einiges an Gegenwind bekam und auch bei mir viele einsame Tränen geflossen sind. Doch Veränderung ist kein Spaziergang. Die Kunst ist, wie gehe ich damit um? Und ich glaube, dass es ganz wichtig dabei ist, bei sich zu bleiben und sich immer wieder auf sich zu fokussieren, damit man selbst nicht von seinem eigenen Herzensweg abkommt."

Klaus tritt näher an mich heran, nimmt mein Gesicht in seine warmen weichen Hände. „Kathrin, du bist einfach wundervoll, und du bist genau richtig so, wie du bist. Du hast es gut gemacht."

„Du hast gestern etwas in mir ausgelöst. Seit ich hier angekommen bin, habe ich mich nicht mehr um mich selbst gekümmert. Da war der Maler, der gleich sonntags nach meinem Umzug auf meiner Matte gestanden hat. Und ich dachte: Das ist er. Der Hamburger in meinem Kopf. Dass es so schnell ging, war mir nicht klar. Er hat mich abgelenkt von mir selbst. Ich will mich erst mal selbst finden. Sehen, wie die Menschen hier sind, wie sie ticken, die Stadt richtig kennenlernen, jede Jahreszeit genießen, die für mich hier neu ist. Die Blätter fallen hier auch vom Baum, doch sie fallen irgendwie viel schöner als in Frankfurt. Doch das ist die Sichtweise von jedem Einzelnen. Ich bin hier einfach am richtigen Platz."

Ich mache eine Pause. Nehme Klaus' Hand und wir laufen langsam weiter.

„Ich habe gestern für mich beschlossen, dass ich mein eigenes Business ‚Kathrin Schumann WORTE MENSCHEN DYNAMIK' voranbringen möchte", fahre ich fort. „Ich möchte die Bühnen dynamisch rocken, Menschen begeistern mit meinen kostbaren Worten, Motivationscoachings geben und Bücher schreiben an einem großen weißen Schreibtisch mit Blick aufs Wasser. Eins nach dem anderen. Ich habe noch so viele in meinem Kopf. Das will ich. Von ganzem Herzen. Ich bin mir sicher, wenn ich diesen Weg verfolge, dann kommt auch die Liebe – unweigerlich." Ich sehe ihn unsicher an.

„Vielleicht ist sie auch schon da, Kathrin."

Klaus umfasst meine Hand fester, zieht sie zu seinem Mund und küsst sie.

„Ja, vielleicht. Und das möchte ich auf mich zukommen lassen. Nichts im Leben ist schwer oder anstrengend, wir machen es nur dazu. Alles fügt sich."

„Ja, alles fügt sich. Da bin ich mir auch sicher."

Wir sind fast zuhause.

„Magst du heute bei mir schlafen?" Ich schaue gespannt in sein Gesicht.

„Nein, auch heute nicht. Doch gern trinke ich noch einen Absacker bei dir, wenn du einen hast."

Das verstehe ich jetzt nicht. Ich bin enttäuscht.

„Ja, hab ich."

Etwas beleidigt schließe ich die Tür auf.

Das Eis klimpert im Glas, als ich den Digestif ins Wohnzimmer bringe. Wir stoßen auf den tollen Abend an.

„Warum?", frage ich ihn plötzlich. „Wieso willst du nicht hier schlafen? Ich will es verstehen."

„Kathrin, du hast eine Entscheidung für dich getroffen. Erst gestern. Kläre alles, was damit verbunden ist, werde sicher in deinem Tun. Setze deine Samen, die du für dein Business brauchst, und kümmere dich gut darum. Dann wird es wachsen und gedeihen. Hast du selbst gesagt. Und dann wird es so viel schöner, als es jetzt ist. Du würdest etwas vorwegnehmen, wofür noch nicht der richtige Zeitpunkt ist."

Also der Mann ist auch ein halber Coach. Ja, er hat recht. Ich bin zu ungeduldig. Ich habe verstanden. Er tut mir gut. Wie er spricht, was er sagt und wie er sich verhält. Das ist auf Augenhöhe.

„Für mich wird es auch nicht einfach, am Sonntag wieder zu fahren. Dich zurückzulassen, wieder nur zu arbeiten, um mich abzulenken. Doch das sind meine Baustellen, die ich klären muss, und das werde ich. Es ist ein Licht am Ende des Tunnels. Ich weiß es."

Ich kippe mir den Rest meines Absackers runter und merke, wie kaputt und müde ich bin. Ich habe doch einiges geschafft heute.

„Wann treffen wir uns morgen?"

„Ich hole dich im Hotel um neun Uhr ab. Dann gehen wir in ‚Mandelmehl & Zuckerei' zum Frühstücken, einverstanden?"

„Das hört sich süß an."

Als ich endlich in meinem Bett liege – allein –, denke ich über den Tag nach.

Auch die unangenehmen Sachen sollten wir innerhalb von zweiundsiebzig Stunden anpacken. Ich schnappe mir mein Buch und schreibe auf, welch schöne Erlebnisse ich heute hatte und was ich morgen besser machen möchte. „Ehrlich sein zu meinen Mitmenschen (Lasse)", schreibe ich auf. Ich werde das machen. Ich schalte das Licht aus und schaue aus dem Fenster. Ich bin so unendlich glücklich hier in meiner Stadt. Hamburg, meine Perle! Glücklich schlafe ich ein.

Auf unseren roten Stadträdern, die wir mit einem Tagespreis über die App angemietet haben, radeln wir durch die Stadt zu den Landungsbrücken. Langsam wegen meiner Schmerzen, die ich immer noch habe. Doch das Fahren läuft ganz gut. Das Wetter im September zeigt sich von seiner schönsten Seite. Ich weiß immer noch nicht, wieso die Menschen hier über das Wetter meckern. Ist doch alles super. Seit ich hier bin, zeigt sich die Sonne jeden Tag, und wenn es nur fünf Minuten sind. Sie ist da.

Stolz zeige ich Klaus alles, was ich bisher entdeckt habe. Wir holen uns bei Brücke 10 zur Stärkung für später Fischbrötchen – die besten der Stadt, wie ich finde. „Hier, direkt an der Elbe und dem Tor zur Welt feiere ich übrigens meinen 50.Geburtstag", erkläre ich Klaus stolz. Dann fahren wir gemütlich zurück und nehmen das Schiff 62 Richtung Finkenwerder. Der Ausblick vom Wasser aus auf die für mich schönste Stadt der Welt ist immer wieder ein Genuss. Wir passieren den Fischmarkt, und am Dockland steigen wir aus und stellen die Fahrräder ab. Ich scheuche Klaus die Stufen hoch und stoppe die Zeit von ihm, wie schnell er die 136 Stufen zur Plattform hochläuft. Als er oben ankommt, reckt er die Arme triumphierend nach oben und winkt mir zu. Klaus genießt die Aussicht.

Als er wieder unten ankommt, küsst er mich und wir nehmen das nächste Schiff Richtung Neumühlen.

Die Fahrräder neben uns herschiebend laufen wir vorbei an den alten Kapitänshäusern in Neumühlen, setzen uns in den Sand in der Nähe der Strandperle mit Blick auf die Docks und packen unser Proviant aus.

„Hm, das Fischbrötchen ist lecker."

„Ja, es ist wie Urlaub. Ich liebe es." Ich tupfe mir einen Krümmel am Mundwinkel weg.

„Du hast eine gute Wahl getroffen mit Hamburg."

Nach zwei Alsterwasser packen wir unsere Sachen und fahren zurück.

„Jetzt zeige ich dir die Elbphilharmonie vom Wasser aus. Komm wir radeln zu den Landungsbrücken zurück. Wir müssen dort nur das Schiff 72 nehmen!"

Ich ziehe Klaus am Arm hinter mir her. Stolz wie eine Königin glänzt das in meinen Augen schönste Konzerthaus in der Sonne. Ich habe all die Jahre begeistert den Bau verfolgt, obwohl ich noch nicht hier gewohnt habe. War sogar auf organisierten Baustellenbesichtigungen.

„Auch in den Michel müssen wir."

Beifallheischend sehe ich Klaus an. Ich glaube, er ist fertig. Haha, mit Kathrins Tempo ist das so eine Sache. Und das trotz derzeitigem Handicap.

„Lass uns danach eine Pause machen. Im Old Commercial Room gibt es den besten Labskaus der Welt", locke ich.

„Das ist eine gute Idee." Klaus lacht.

„Ich werde morgen sehr früh losfahren, da ich den Verkehr umgehen will." Er legt das Besteck ordentlich auf den Teller.

„Ich habe verstanden und bin traurig, dass die schöne Zeit schon zu Ende geht."

„Es kommt was Neues. Danke, dass du dir Zeit genommen hast."

„Klaus, es war mir wichtig. Du bist mir wichtig." Ich schaue ihm tief in seine liebevollen Augen. Er hält dem Blick stand und mein Herz pocht augenblicklich schneller.

„Danke, dass du da warst und dir mit mir mein Hamburg angesehen hast." Lass uns darauf noch einen Absacker in der Bar im Hotel Atlantic nehmen. Man kann dort so herrlich verweilen in den tiefen Sesseln." „Einverstanden, das machen wir."

Und danach heißt es Abschied nehmen. Klaus bringt mich bis zu meiner Haustür, nimmt mich vorsichtig in den Arm und drückt mich leicht.

„Ich hab mich in dich verliebt. Daran hat sich nichts geändert. Du bist eine tolle Frau und steckst voller Lebensfreude. Bleib so! Und gib auf dich Acht!"

„Das mache ich. Ich empfinde auch sehr viel für dich, und ich bin dankbar, dass wir die gemeinsame Zeit hatten."

Dann küsst er mich. Langsam und mit so viel Gefühl, dass meine Beine weich werden. Klaus erreicht mich mitten in meinem Herzen. Ich muss unweigerlich stöhnen. Nach einer gefühlten Ewigkeit lässt er mich los, küsst mich auf die Stirn und ich entschwinde in meinem alten Treppenhaus. Das war einfach nur schön. Wertschätzend. Respekt- und liebevoll. Ich spüre eine solche Dankbarkeit in mir, die mich in ihrer Ganzheit erfasst. Was für ein Glück, so was zu erleben und spüren zu dürfen.

Während ich mir in der Küche ein Glas Wasser aus dem Hahn hole, checke ich meine Nachrichten. Das Handy lag die ganze Zeit vergessen in meiner Tasche. Tut auch gut, „off" zu sein.

Auch das entscheidet jeder für sich selbst. Alles im Leben ist eine Entscheidung. Bis zu zwanzigtausend Entscheidungen trifft der Mensch am Tag. Zwanzigtausend! Und sei es nur der Toilettengang, die Brille aufzusetzen oder die Treppen zu laufen. Doch sich bewusst für etwas zu entscheiden, was für uns und unser Herz ist, fehlt oft.

Ich entscheide mich dennoch, auf mein Handy zu schauen. Meine Freundinnen sind in Sorge, da ich mich so lange nicht mehr gemeldet habe.

„Wohl eingesaugt von deinem Hamburg, was?", „Von Dir hört man ja gar nichts mehr."

Ich werde sie anrufen. Keine Nachricht schreiben. Lasse hat sich nicht gemeldet. Okay, ich werde mich morgen darum kümmern.

Gut, dass ich den Tag für mich habe. Ich hätte ihn zwar gerne noch mit Klaus verbracht, aber es gibt so vieles für mich zu tun.

Herzenslandung

„Gerne möchte ich dich treffen. Wann passt es dir?"
Auf meine Nachricht kommt erst mal keine Antwort. Ich gebe Lasse zwei Tage Zeit und rufe ihn dann an. Auf diesen Kindergarten habe ich keine Lust.
„Lasse, ich bin es. Kathrin. Ich möchte mich gern persönlich mit dir treffen. Geht das?"
„Wofür? Um mir zu sagen, dass es vorbei ist? So hätte ich dich nicht eingeschätzt."
„Ich möchte gern persönlich mit dir sprechen. Geht das?", wiederhole ich meine Frage.
Stille in der Leitung.
„Ja, heute Abend, 19 Uhr. In der Bar gegenüber von dir."
„Einverstanden. Ich komme dorthin."

Es ist Montag. Die größte Referentenagentur Europas hat gerade bei mir angerufen. Erst am Freitag habe ich sie angeschrieben. Sie möchten mich gern kennenlernen. Juhu! Wieder einen Schritt weiter. Ich vereinbare einen Termin und telefoniere nächste Woche mit ihnen.
Nächste Woche sehe ich mir in den Hong Kong Studios in der Hafencity Räumlichkeiten für mein Motivationscoaching an. Kathrin, Schritt für Schritt. Du schaffst das. Denke daran, du bist klasse.

Die Redaktionen der Zeitschriften oder Zeitungen sind nicht so schnell wie die Agentur. Habe Geduld und mache weiter, Kathrin. Schaue nach vorn. Sich immer wieder selbst zu motivieren ist anstrengend, doch irgendwie will ich mich auch nicht unterkriegen lassen, denn ich weiß genau, was ich will. Deutschland charmant und fröhlich mit meiner Persönlichkeit erobern.

Um kurz vor 19 Uhr schicke ich noch eine Akquisemail raus und verlasse dann das Haus. Ein bisschen nervös bin ich schon. Ich weiß zwar nicht, wieso. Schließlich bin ich niemandem verpflichtet. Ich möchte nur Klarheit, und die schaffe ich mir nun selbst. Guten Mutes laufe ich über die Straße. Immer noch vorsichtig wegen meiner Schmerzen. Mittlerweile war ich auch beim Arzt, der zum Glück nur eine starke Prellung des Iliosakralgelenks festgestellt hat.

Ich sehe Lasse schon von Weitem draußen sitzen. Er sieht lässig aus. Wie ein echter Hamburger Jung eben. Kathrin, geh deinen Weg. Los jetzt!, bestärke ich mich.

Er steht nicht auf, sondern bleibt auf seinem Platz und beobachtet mich, als ich mich setze.

„Willst du was trinken?"

„Ja, ein Wasser bitte."

Ich schlucke. Mein Hals ist doch etwas trocken. Er bestellt bei der Kellnerin und schaut mich erwartungsvoll an.

„Lasse, danke, dass du dich mit mir triffst. Ich habe in den letzten Tagen viel nachgedacht."

„Ach, dazu hattest du Zeit?", antwortet er schnippisch.

„Sei so gut und höre mir einfach zu, okay?" Er grummelt. „Ich habe immer gesagt, dass ich nach Hamburg ziehen will, und bin absolut davon überzeugt, dass genau hier mein Partner wohnt. Du warst der Erste, dem ich in Hamburg nach meinem Umzug begegnet bin. Ich war begeistert, dass genau du es warst. Gut aussehend, charmant und auch Single. So wie ich es mir gewünscht habe. Ich konnte gar nicht glauben, dass es so schnell ging. Und du standest ohne Vorwarnung auf meiner Matte. Ich habe mich darauf eingelassen, so wie du auch." Pause. Keiner sagt etwas.

„Was du nicht wissen konntest, dass ich kurz vor meinem Umzug jemanden kennengelernt hatte. Doch derjenige wohnt eben in Frankfurt und nicht hier." Mein Wasser kommt. Ich fahre fort: „Das passte mit meinen Vorstellungen nicht zusammen, da ich doch hier lebe. Eine Fernbeziehung kommt für mich nicht in Frage. Abgesehen davon bin ich auch hierhergekommen, um mein eigenes Business voranzubringen, und das ist mir in den letzten Tagen auch klar geworden. Das ist mir wichtiger als alles andere. Ich möchte hier erst mal für mich in Ruhe ankommen, mein eigenes Ding machen, und alles andere wird sich finden."

Lasse sagt nichts. Seine Augen schauen unruhig hin und her.

„Lasse, ich mag dich als Mensch, doch mein Bauch sagt mir auch, dass du derzeit noch genug Probleme hast. Ich möchte nicht zwischen dir und deiner Frau stehen und all dem, was ihr für euch noch aufzuarbeiten habt. Ich habe keine Lust, dass sie in meiner Wohnung steht. Das ist eure Geschichte. Nicht meine. Ich habe das alles hinter mir und bin da durch. Ich wünsche Dir, dass du es für dich klärst."

Ich nehme einen großen Schluck Wasser.

„Und der Typ? Der dich geküsst hat am Freitag?"

„Ist das wichtig für dich?"

„Ja."

„Das ist der Mann, den ich kurz vor meinem Umzug kennengelernt habe. Er ist am Sonntag zurück nach Frankfurt gefahren. Nichts ist da. Er wohnt dort und wird auch dort bleiben, weil seine Firma dort ist."

„Na und? Ist doch in der heutigen Zeit kein Problem, oder?"

„Er ist verliebt in mich, Lasse."

„Und du?"

„Ich weiß es nicht."

„Scheiße!", ruft er laut.

Ich erschrecke fürchterlich. Andere Gäste schauen zu uns her.

„Lasse, ich will mich jetzt erst mal um mich kümmern und um mein Vorwärtskommen. Es gibt für mich hier so viel zu tun und dafür brauche ich meine ganze Kraft. Mir war es wichtig, dir das persönlich zu sagen. Wir waren nie zusammen. Ich habe dir von Anfang an gesagt, dass wir es locker angehen lassen. Die Aktion mit deiner Frau war sicherlich auch ein Anstoß, der dazu beigetragen hat."

„Ach, Eva!"

Lasse ist sichtlich sauer. Ich habe ihn noch nie so erlebt und besonders vertrauenswürdig ist das nicht. Wer weiß, was da alles so läuft? Ich will es auch gar nicht wissen. Ich krame meinen Geldbeutel heraus und will das Wasser zahlen.

„Kathrin, es ist deine Entscheidung, nicht meine. Ich hätte mir das wirklich vorstellen können mit uns. Es schien so gut zu passen. Ich kapiere es nicht. Doch ihr Frauen habt eure eigenen Vorstellungen."

Für mich ist alles gesagt. Lasse wirkt eingeschnappt. Wahrscheinlich sein Ego. Ich stehe auf. Er tut es mir nach.

„Darf ich dich noch mal drücken?", frage ich.

„Nein, lieber nicht. Es täte mir jetzt nicht gut."

„Okay, verstehe. Mach's gut, Lasse."

Ich drehe mich um, zahle das Wasser und gehe nach Hause. Ich bin innerlich beschwingt und habe das Gefühl, es absolut richtig gemacht zu haben. Ich war ehrlich, vor allem zu mir selbst, und nun habe ich freie Bahn. Für mich, mein Leben und für die Liebe. Es werden großartige Dinge geschehen. Ich weiß es einfach.

Sieben Monate später verkaufe ich meinen ersten Vortrag. Ich halte ihn in Frankfurt. Es wird ein voller Erfolg! Die Agentur vermittelt mich immer öfter. Die Unternehmen und Menschen werden auf mich aufmerksam, sind begeistert. Meine junge Freundin Alexandra vom Ankerblatt ist mir bei einer Hamburg Veranstaltungsreihe, um die Stadt besser zu machen, regelrecht zugefallen. Sie nimmt mit mir spontan bei Sonnenaufgang an der Alster meinen ersten Podcast auf, und eine neue Website bekomme ich nun auch endlich.

In der Firma arbeite ich nur noch drei Tage die Woche. Sie sind froh, dass ich dennoch dabei bin. Meine Wäscheleine mit Gutscheinkarten von meinen Freunden in Frankfurt löse ich nach und nach ein. Poledance-Kurs ist auch bald dran – wir haben uns jedoch für einen

Poledance-Kurs in Hamburg entschieden – auf dem Kiez. Das passt besser und wird ein Riesenspaß!

Ich investiere meine Energie dort hinein, wovon ich mehr im Leben haben möchte, und schenke dem Aufmerksamkeit, das zu dem Leben beiträgt, welches ich mir selbst für mich erschaffen möchte. Und es klappt. Jeder kann das. Jeder! Es ist einfach eine Entscheidung für sich selbst.

Das zweite Buch ist fast fertig und meine Leser sind schon sehr gespannt. Ich bringe das voran, was mir wichtig ist. Das dritte Buch ist auch bereits in der Mache. Es wird ein Besteller – ich bin mir ganz sicher. Glauben versetzt Berge!

Ich laufe oft allein um die Alster. Ich liebe es jedes Mal. Das Wasser beruhigt mich. Manchmal sind auch Tränen dabei. Es gibt Tage, da vermisse ich meine Freunde aus Frankfurt, doch das gehört dazu. Alles stellt sich langsam um und braucht seine Zeit, und die will ich mir nehmen. Es muss sich alles erst neu finden.
Neele ist sich sicher, dass sie nach ihrem Fachabitur wieder zurückgeht. Hamburg gefällt ihr sehr gut, doch sie sagt, es ist nicht ihre Stadt. Das ist völlig okay für mich. Es ist ihre Entscheidung. Doch bis dahin habe ich ihr noch einen Blick über den großen Tellerrand gezeigt. Sie fit für die Großstadt gemacht. Ihr gezeigt, dass es auch noch was anderes gibt außer einer beschaulichen Kleinstadt. Die Vielfalt von Menschen, Persönlichkeiten, Möglichkeiten zu wohnen, Anbindungen. Das Tor zu einer anderen Welt, die nicht besser oder schlechter ist. Und sie wird diese Erfahrungen mitnehmen auf ihrem Weg. Auch die Erfahrung, was mit Menschen geschieht, wie ihrer Mama, die der Stimme ihres Herzens folgen, stolz und mutig ihr Ding machen und sich davon nicht abbringen lassen, egal wie viel Gegenwind da ist. Wind bringt bringt das eigene Lebensschiff voran.

Annika hat mir beim letzten Telefonat gesagt, dass sie traurig ist und auch ein Stück weit wütend, da sie nicht gefragt wurde, was das mit ihr macht. Wenn sie nach ihrem einjährigen Au-pair-Jahr aus den USA zurückkommt, ist ihr Zuhause nicht mehr da, wo sie all die Jahre gelebt hat. Sie hat letztes Jahr ihre Koffer genommen und ist gegangen. Um sich ihren Traum zu erfüllen. Als Au-pair für ein Jahr in der USA zu arbeiten. Nie wieder wird sie in ihr altes Zuhause zurückkehren. Nie mehr ihr Zimmer betreten, wo sie geschlafen, gefeiert, gelernt, gelacht, geweint und mit ihren Freundinnen war. Ich verstehe sie, kann das Gefühl nachvollziehen. Ich bin als Kind sehr oft umgezogen, aus beruflichen Gründen meines Vaters. Ich kann auch ihre Wut nachvollziehen, ich wurde damals auch nicht gefragt.

Das Leben ist Veränderung. Ist stetig im Fluss und bringt immer wieder Neues hervor. Neues kann jedoch nur kommen, wenn auch Platz dafür da ist. Loslassen, aus alten Mustern heraustreten, Ordnung schaffen. Ich verstehe, dass wir Menschen Beständigkeit brauchen, doch diese sollten wir in uns finden. Auf uns und unser Herz bauen mit all den wunderbaren Erinnerungen und nicht an der Vergangenheit kleben.

Denn das Zuhause in Frankfurt ist Vergangenheit. Es ist gegangen. Hat Platz gemacht für etwas Neues, Spannendes, Aufregendes. Auch für Annika. Sie hat nun alle Möglichkeiten, nach Herzenslust zu gestalten. Sie wird bis zum Beginn ihres Studiums – wo immer das auch sein wird – bei ihrem Papa leben. Und wenn sie mich besuchen kommt, wird auch sie die Energie spüren, die mich hier in meinem Hamburg umgibt.

Kinder werden flügge. Sie sollen ihr eigenes Leben nach ihren Vorstellungen und Wünschen leben, nicht die der Eltern. Sie sollen ihre Erfahrungen machen – die schlechten zum Weiterentwickeln und die guten zum Genießen. Und dabei immer wieder das eigene Herz befragen: Bin ich am richtigen Platz?

An meinem Platz, hier in Hamburg, bilden sich langsam Freundschaften. Mittlerweile habe ich liebe Menschen in dieser so wunderschönen Stadt Hamburg um mich, bei denen ich wirklich das Gefühl habe, sie sind für mich da, wenn ich sie brauche. Auch ich bin jederzeit für sie da. Es ist schön, einander zu unterstützen und zu begleiten. Die Menschen, die mir in Hamburg mittlerweile ans Herz gewachsen sind, sind verlässlich und verbinden sich mit mir. Ich schätze das und es hat einen Wert für mich.

Meine Freunde und meine Familie aus dem Taunus kommen mich immer wieder besuchen. Und jeder Einzelne versteht und fühlt, warum ich so richtig bin in meiner Stadt.

„Ja, Kathrin, das bist du!", höre ich sehr oft.

In Hamburg netzwerke ich wie ein Weltmeister. Immer mehr Leute schätzen mich als das, was ich bin. Eine Frau, die macht, was ihr am Herzen liegt, und die aus eigener Kraft ihren Weg geht. Ich bin Grund genug. So wie jeder Mensch. Ich freue mich sofern ich für den einen oder anderen eine Inspiration bin und vielleicht auch ein Geschenk, denn ich werde nicht müde, die Menschen immer wieder daran zu erinnern, dass da noch so vieles ist, was auf sie wartet und sie zu motivieren raus aus der eigenen Komfortzone zu gehen, über den Tellerrand zu schauen und ihr Leben aus ganzem Herzen ehrlich zu leben.

Ihnen sage ich: *„Nutzt positive Worte für euch selbst, definiert mit Worten klar und deutlich, was ihr wollt und was euch wichtig ist, und sagt es auch. Sprecht es laut aus. Umgebt euch mit Menschen, die euch motivieren, bestärken und die für euch da sind. Die gibt es. Immer. Wenn ihr genau hinschaut, dann seht ihr sie. Und die Dynamik, die dabei entsteht, wenn Menschen sich für sich selbst bewegen, ist immer wieder faszinierend!"*

Es ist April. Frühling. Samstag.
Klaus besucht mich heute wie in den letzten Monaten immer wieder.
Er hat einen Termin in Hamburg und kommt danach vorbei. Ich
freue mich sehr auf ihn. Es ist mein Geburtstag und wir werden ihn
zusammen feiern. Neele ist gestern zu ihrem Papa nach Frankfurt
geflogen. Der Brief, den sie mir mit einem großen bunten Blumenstrauß hinterlassen hat, liegt offen auf dem Esszimmertisch.
Lächelnd nehme ich ihn erneut zur Hand.

Liebe Mama,

*leider bin ich heute nicht da, um dir an deinem Geburtstag persönlich
zu sagen, wie sehr ich dich lieb habe. Ich kann es dir nicht sagen, weil ich
bei Papa bin und du in Hamburg, deiner Perle, bist.
Ich bin stolz auf dich, dass du es durchgezogen hast. Wir haben uns beide
dadurch weiterentwickelt.
Ich habe gelernt, Dinge zu schätzen. Meine Freunde, die weit weg
sind. Ich habe gelernt, wie wichtig es ist, Ordnung zu halten und
aufzuräumen. Ich habe gelernt, wie wichtig es ist, mit seiner Mama
zusammenzuhalten. In schweren wie in guten Zeiten.
Du bist so stark. Du hast dir deinen Traum erfüllt und hast es richtig
gemacht. Ich verstehe langsam, wieso es das Richtige war, mit dir zu
ziehen. Sonst wäre ich nicht so, wie ich jetzt bin. Du kannst stolz auf
dich sein. Du bist toll, wie du bist, und ich liebe dich sehr. Die Blumen
sind natürlich für dich. Sie stehen für deine verschiedenen Arten, die ich
sehr an dir schätze. Deine frohe Art, deine verrückte Art, deine Mama-
Art. Sieh den Blumenstrauß als Bestätigung, dass du alles richtig machst.
Danke, Mama, dass du so bist, wie du bist.*

Deine Neele

Mir kullern erneut Tränen die Wange runter. Ich möchte jedes Wort
für immer konservieren, so berühren mich ihre Zeilen.
Vor weniger als einem Jahr hat sie mich noch angeschrien, die
Chancen und Möglichkeiten, die Veränderungen mit sich bringen,
nicht wahrgenommen. Woher auch? Sie ist noch ein Kind. Doch
heute, kein Jahr später, ist sie sich dessen bewusst. Mit sechzehn. Es
erfüllt mich mit Stolz. Auf mein Kind und vor allem auf mich selbst.

Mit dem Brief laufe ich in mein Schlafzimmer und lege ihn achtsam
gefaltet in mein Tagebuch.
Ich habe mir extra ein neues Kleid in Winterhude gekauft. Es ist
grün und schmeichelt mir mit meinen blonden Haaren. Es ist wie
gemacht für mich. Klaus hat einen Tisch für heute Abend bestellt.
Wir gehen ins Henny's.
Es klingelt, als ich mir gerade meine Haare mache. Klaus kommt
„Happy Birthday" singend die Treppe hoch.
„Wo ist denn mein Geburtstagsengel? Wow! Kathrin, das Kleid steht
dir absolut fantastisch. Grün ist eine gute Farbe."
Er schließt die Tür und zieht hinter seinem Rücken einen Strauß
roter Rosen hervor, bevor er mich zärtlich küsst. „Ich verliebe mich
immer wieder neu in dich. Alles Liebe zu deinem Geburtstag!"
Ich freue mich so sehr, dass er extra aus Frankfurt gekommen ist
und wir an meinem Geburtstag zusammen sind. Das ist das schönste
Geschenk für mich.

Mit dem neuen Shuttleservice MOIA fahren wir zum Restaurant.
Das Henny's ist wunderbar – es ist mein erster Abend hier und wir
werden zuvorkommend bedient. Der Tisch ist hübsch dekoriert und
das Essen fantastisch. Klaus stößt mit mir erneut an.
„Ich habe recherchiert. Mir wurde von jemandem gesagt, dass dieser
Ort perfekt ist für ein erstes richtiges Date."
Ich schaue ihn fragend an.

„Alles Liebe zu deinem Geburtstag. Bleib so, wie du bist, mein Engel. Authentisch und ehrlich zu dir und deinem Herzen." Die Gläser stoßen klingend aneinander.

„Es gibt heute übrigens nicht nur deinen Geburtstag zu feiern …" Meine Augen glitzern. Ich liebe Überraschungen.

„Ich habe mir heute eine Wohnung in Hamburg gekauft."

„Was?" Ich bin völlig durcheinander. „Das war der Termin? Klaus, ich werde verrückt. Ist das dein Ernst?"

Er nickt. „Heute war die Unterzeichnung des Kaufvertrags beim Notar."

Ich bin aufgeregt und ergreife seine Hände.

„Ich bin mir so sicher. Ich liebe dich und du hast in den letzten Monaten gezeigt, wie ehrlich du es meinst mit dir und deinem Weg. Doch auch ich habe an mir gearbeitet, indem ich mehr abgebe und das Leben genießen will – und zwar mit dir in deinem schönen Hamburg, das du nun auch mit mir teilen darfst. Ich bin zwar kein echter Hamburger, doch vielleicht werde ich ja noch einer."

Er lacht, während ich aufstehe, in die Hände klatsche und ihm über den Tisch hinweg einen liebevollen Kuss gebe.

„Du steckst voller Überraschungen!" Ich grinse und setze mich wieder.

„Wo ziehst du denn genau hin? Arbeitest du von hier aus? Gibst du die Wohnung in Frankfurt auf?" Fragen über Fragen. Ich bin gespannt.

„Nun ja … ich wohne demnächst hier um die Ecke. Daher fand ich dieses Restaurant besonders spannend. Ein guter Start, wie ich finde. Für mich ist somit Frankfurt als Hauptwohnsitz auch bald Geschichte, womit deine nächste Frage beantwortet ist. Ich werde meine Wohnung dort behalten, jedoch als Zweitwohnsitz führen. Ich arbeite dann von Hamburg aus. Es ist in Planung, hier einen zweiten Standort aufzubauen."

Ich bin ganz aus dem Häuschen und rutsche auf meinem Stuhl aufgeregt hin und her. „Was für tolle Nachrichten! Können wir die Wohnung anschauen?"

„Ja, machen wir. Nach dem Dessert."

Als wir bezahlt haben und vor dem Restaurant stehen, umarme ich den Mann, der mich vor fast einem Jahr an der Tankstelle im Taunus angesprochen hat. Er zieht bald nach Hamburg. In seine eigene Wohnung. Und ich? Ich habe meine. Jeder hat somit seinen eigenen Raum und Platz für sich, wo er sich frei entfalten kann. Und dennoch können wir uns jederzeit sehen, wenn uns danach ist. Ich freue mich so sehr und mein Herz springt. Das Außen spiegelt mein Inneres.

Es erfüllt sich alles im Leben. Wir sollten uns dazu entscheiden, daran zu glauben und die Fülle auch zuzulassen.

Ich bin meiner Tochter Neele heute noch dankbar, dass sie mir damals den Spiegel des Lebens vorgehalten hat. Dadurch habe ich mich selbst bewegt und mache endlich mein Ding, denn ICH BIN GRUND GENUG!

… und ich träume weiter und freue mich darauf,
stets in Einklang zu bringen, wer ich bin,
woher ich komme und wohin ich will.
Mein Herz ist dabei voller Glück und Dankbarkeit für alles,
was kommt.

Es gibt auch Grund genug, DANKE zu sagen

an Menschen, die mich auch bei meinem zweiten Roman "Ich bin Grund genug" in der Umsetzung begleitet haben.

Ein großes Dankeschön an meinen besten Freund Oliver Evertz, dem das TypeStudio gehört. Satz- und layouttechnisch hast du erneut alles gegeben. Ich bin dir so unendlich dankbar! Deine selbstlose Unterstützung auf meinem Herzensweg ist einfach wunderbar.

Meine liebe Freundin Nicole. Du bist und bleibst meine beste Freundin und Beraterin. Immer wieder drosselst du ganz charmant mein Tempo. Die Titelfindung war sehr dynamisch und daher sage ich vom Grunde meines Herzens: Danke für dein Sein! Ich habe dir versprochen, ich kümmere mich um mein zweites Buch und das ganz liebevoll. Es ist es wert – jede Zeile, jedes Wort.

Meine Lektorin Ellen Rennen. Ich habe selten so viel Freude erlebt bei der Bearbeitung. Deine Kommentare haben mich auch nachts um 02.00 Uhr herzhaft zum Lachen gebracht. Es war eine so wunderbare Zusammenarbeit, die voller guter Worte, Motivation und Dynamik war. Ich freue mich auf die Zusammenarbeit für mein drittes Buch.

Zum Schluss danke ich meinen beiden Töchtern Annika und Neele. Auch dieses Mal wart ihr wieder mittendrin. Eure Freude und den Stolz zu spüren, wenn Mama wieder mal begeistert erzählt, was alles in ihrem Leben geschieht, ist ein großes Geschenk, für das ich sehr dankbar bin!

Und Neele, du bist eine alte Seele und trägst schon so viel Weisheit in dir. Es lohnt sich immer wieder, ganz genau hinzuhören, was du zu sagen hast.

Wenn du Lust hast, schreibe mir einfach was dich nach diesem Buch selbst bewegt und beschäftigt unter *kontakt@kathrinschumann.de.*

Ich freue mich von Dir zu lesen und antworte tatsächlich selbst.

Bisher erschienen – Im Print, als E-book oder Hörbuch

Kathrin Schumann – Tagebuch einer Geliebten
Ein autobiografischer Roman mit Impulsen zur
Persönlichkeitsentwicklung.
240 Seiten

Print: € (D) 9,99
E-Book: € (D) 6,99
ISBN 9 783744 840132

Audiobook/Hörbuch
ISBN 4057664660299

Streaming
ISBN 4057664689283

KATHRIN SCHUMANN

Ihre große Leidenschaft gehört dem Zwischenmenschlichen, den Menschen selbst und deren Geschichten. Durch ihre temperamentvolle und authentische Art schafft sie es immer wieder andere zu berühren und zu begeistern. Diese Dynamik ist eine besondere Begabung, die sie sich heute auch beruflich zunutze macht.

Sie ist ein großer Fan von Raus aus der Komfortzone. In ihren Romanen, wo die Liebe stets eine Rolle spielt, setzt sie immer wieder Impulse und Motivationen für den Leser. Es geht hierbei unter anderem um Persönlichkeitsentwicklung und inneres Wachsen.

Heute gibt Kathrin Motivationscoachings und hält Vorträge zur Persönlichkeitsentwicklung mit Themen, die mitten aus dem Leben gegriffen sind. Ihr Ziel hierbei ist es, das Wachstumspotenzial eines jeden Zuhörers in sich selbst zu entdecken und ihm dadurch das Selbstvertrauen in die eigene Stärke zu geben.

www.kathrinschumann.de